徐志摩诗歌散文经典

翡冷翠的夜

徐志摩 ◎ 著

吉林出版集团股份有限公司

图书在版编目（CIP）数据

翡冷翠的夜：徐志摩诗歌散文经典/徐志摩著.—长春：吉林出版集团股份有限公司，2017.9
（昨日芳菲：近现代名家经典作品丛刊）
ISBN 978-7-5581-2907-0

Ⅰ.①翡… Ⅱ.①徐… Ⅲ.①诗集—中国—现代②散文集—中国—现代 Ⅳ.① I216.2

中国版本图书馆 CIP 数据核字（2017）第 194945 号

翡冷翠的夜：徐志摩诗歌散文经典

著　　者	徐志摩
策划编辑	杜贞霞
责任编辑	王　平　史俊南
封面设计	老　刀
开　　本	650mm×960mm　1/16
字　　数	302 千字
印　　张	25
版　　次	2018 年 3 月第 1 版
印　　次	2021 年 6 月第 2 次印刷
出　　版	吉林出版集团股份有限公司
电　　话	总编办：010-63109269
	发行部：010-69584388
印　　刷	天津雅泽印刷有限公司

ISBN 978-7-5581-2907-0　　　　定价：59.80 元
版权所有　　侵权必究

目 录

诗歌卷

翡冷翠的一夜	3
呻吟语	7
她怕他说出口	8
偶　然	10
珊　瑚	11
丁当——清新	12
破　庙	13
自然与人生	15
地中海	18
灰色的人生	20
盖上几张油纸	22
无　题	25
东山小曲	27
一小幅的穷乐图	29
先生！先生！	31
石虎胡同七号	33
夜半松风	35

消　息	36
青年曲	37
谁知道	38
一家古怪的店铺	41
不再是我的乖乖	43
一个祈祷	45
客　中	46
决　断	48
最后的那一天	51
起造一座墙	53
在哀克刹脱教堂前	54
海　韵	56
苏　苏	59
又一次试验	61
运命的逻辑	63
新催妆曲	65
两地相思	68
我等候你	71
春的投生	75
我有一个恋爱	77
去　罢	79
为要寻一个明星	81
毒　药	83
白　旗	85
婴　儿	87
太平景象	89
卡尔佛里	91

目 录

在那山道旁 ·············· 95
五老峰 ················ 97
乡村里的音籁 ············ 100
默　境 ················ 102
希望的埋葬 ············· 105
冢中的岁月 ············· 108
叫化活该 ·············· 110
一星弱火 ·············· 112
她是睡着了 ············· 114
小　诗 ················ 117
你是谁呀？ ············· 118
青年杂咏 ·············· 120
威尼市 ················ 123
梦游埃及 ·············· 125
山中大雾看景 ············ 128
给母亲 ················ 129
悲　思 ················ 132
白须的海老儿 ············ 134
再休怪我的脸沉 ··········· 136
天神似的英雄 ············ 140
再不见雷峰 ············· 141
这年头活着不易 ··········· 143
庐山石工歌 ············· 145
西伯利亚 ·············· 148
渺　小 ················ 150
阔的海 ················ 151
车　上 ················ 152

车　眺	154
再别康桥	156
两个月亮	158
一块晦色的路碑	160
枉　然	162
生　活	163
残　春	164
残　破	165
活　该	167
哈　代	169
云　游	172
火车擒住轨	174
月下雷峰影片	176
沪杭车中	177
难　得	178
古怪的世界	180
朝雾里的小草花萤	182
问　谁	183
为　谁	186
落叶小唱	188
雪花的快乐	190
康桥再会罢	192
望　月	197
俘虏颂	198
一九三〇年春	200
马　赛	201
春	204

目 录

私　语 …………………………………… 206

秋　虫 …………………………………… 207

西　窗 …………………………………… 209

怨　得 …………………………………… 212

深　夜 …………………………………… 213

杜　鹃 …………………………………… 214

黄　鹂 …………………………………… 216

秋　月 …………………………………… 217

你　去 …………………………………… 219

在病中 …………………………………… 221

雁儿们 …………………………………… 223

散文卷

白郎宁夫人的情诗 ……………………… 227

我过的端阳节 …………………………… 247

落　叶 …………………………………… 250

自　剖 …………………………………… 267

再　剖 …………………………………… 274

鹞鹰与芙蓉雀 …………………………… 279

青年运动 ………………………………… 283

再谈管孩子 ……………………………… 290

悼沈叔薇 ………………………………… 296

意大利的天时小引 ……………………… 299

天目山中笔记 …………………………… 301

汤麦士哈代 ……………………………… 306

一封信 …………………………………… 315

秋 ································· 318
印度洋上的秋思 ······················· 330
泰山日出 ····························· 337
想　飞 ······························· 340
这是风刮的 ··························· 345
艺术与人生 ··························· 347
我的彼得 ····························· 360
我们病了怎么办 ······················· 365
罗素又来说话了 ······················· 370
伤双栝老人 ··························· 380
给新月 ······························· 384
吊刘叔和 ····························· 389

诗歌卷

Shi Ge Juan

翡冷翠的一夜

你真的走了,明天?那我,那我,……
你也不用管,迟早有那一天;
你愿意记着我,就记着我,
要不然趁早忘了这世界上有我,
省得想起时空着恼,
只当是一个梦,一个幻想;
只当是前天我们见的残红,
怯怜怜的在风前抖擞,一瓣,
两瓣,落地,叫人踩,变泥……
唉,叫人踩,变泥——变了泥倒干净,
这半死不活的才叫是受罪,
看着寒伧,累赘,叫人白眼——

天呀！你何苦来，你何苦来……
我可忘不了你，那一天你来，
就比如黑暗的前途见了光彩，
你是我的先生，我爱，我的恩人，
你教给我什么是生命，什么是爱，
你惊醒我的昏迷，偿还我的天真。
没有你我哪知道天是高，草是青？
你摸摸我的心，它这下跳得多快；
再摸我的脸，烧得多焦，亏这夜黑看不见；
爱，我气都喘不过来了，
别亲我了；我受不住这烈火似的活，
这阵子我的灵魂就像是火砖上的熟铁，
在爱的槌子下，砸，砸，
火花四散的飞洒……我晕了，抱着我，
爱，就让我在这儿清静的园内，
闭着眼，死在你的胸前，多美！
头顶白杨树上的风声，沙沙的，
算是我的丧歌，这一阵清风，
橄榄林里吹来的，带着石榴花香，
就带了我的灵魂走，还有那萤火，
多情的殷勤的萤火，有他们照路，
我到了那三环洞的桥上再停步，
听你在这儿抱着我半暖的身体，
悲声的叫我，亲我，摇我，咂我，……
我就微笑的再跟着清风走，
随他领着我，天堂，地狱，哪儿都成，
反正丢了这可厌的人生，实现这死

在爱里，这爱中心的死，
不强如五百次的投生？……自私，我知道，
可我也管不着……你伴着我死？
什么，不成双就不是完全的"爱死"，
要飞升也得两对翅膀儿打伙，
进了天堂还不一样的要照顾，
我少不了你，你也不能没有我；
要是地狱，我单身去你更不放心，
你说地狱不定比这世界文明（虽则我不信，）
像我这娇嫩的花朵，
难保不再遭风暴，不叫雨打，
那时候我喊你，你也听不分明，——
那不是求解脱反投进了泥坑，
倒叫冷眼的鬼串通了冷心的人，
笑我的命运，笑你懦怯的粗心？
这话也有理，那叫我怎么办呢？
活着难，太难，就死也不得自由，
我又不愿你为我牺牲你的前程……
唉！你说还是活着等，等那一天！
有那一天吗？——你在，就是我的信心；
可是天亮你就得走，
你真的忍心丢了我走？
我又不能留你，这是命；
但这花，没阳光晒，没甘露浸，
不死也不免瓣尖儿焦萎，多可怜！
你不能忘我，爱，除了在你的心里，
我再没有命；是，我听你的话，我等，

等铁树儿开花我也得耐心等；
爱，你永远是我头顶的一颗明星：
要是不幸死了，我就变一个萤火，
在这园里，挨着草根，暗沉沉的飞，
黄昏飞到半夜，半夜飞到天明，
只愿天空不生云，
我望得见天天上那颗不变的大星，
那是你，但愿你为我多放光明，隔着夜，
隔着天，通着恋爱的灵犀一点……

　　　　　　　　六月十一日，一九二五年翡冷翠山中

呻吟语

我亦愿意赞美这神奇的宇宙,
我亦愿意忘却了人间有忧愁,
　　像一只没挂累的梅花雀,
　　　清朝上歌唱,黄昏时跳跃;——
假如她清风似的常在我的左右!

我亦想望我的诗句清水似的流,
我亦想望我的心池鱼似的悠悠;
　　但如今膏火是我的心,
　　　再休问我闲暇的诗情?——
上帝!你一天不还她生命与自由!

她怕他说出口

（朋友，我懂得那一条骨鲠，
　　难受不是？——难为你的咽喉
"看，那草瓣上蹲着一只蚱蜢，
　　那松林里的风声像是箜篌。"

（朋友，我明白，你的眼水里
　　闪动着你真情的泪晶；）
"看，那一双蝴蝶连翩的飞；
　　你试闻闻这紫兰花馨！"

（朋友，你的心在怦怦的动：
　　我的也不一定是安宁；）

"看,那一对雌雄的双虹!
　　在云天里卖弄着娉婷;"

(这不是玩,还是不出口的好,
　　我顶明白你灵魂里的秘密:)
那是句致命的话,你得想到。
　　回头你再来追悔那又何必!

(我不愿你进火焰里去遭罪,
　　就我——就我也不情愿受苦!)
"你看那双虹已经完全破碎;
　　花草里不见了蝴蝶儿飞舞。"

(耐着!美不过这半绽的花蕾;
　　何必再添深这颊上的薄晕?)
"回走吧,天色已是怕人的昏黑,——
　　明儿再来看鱼肚色的朝云!"

偶然

我是天空里的一片云，
偶尔投影在你的波心——
　　你不必讶异，
　　更无须欢喜——
在转瞬间消灭了踪影。

你我相逢在黑夜的海上，
你有你的，我有我的，方向；
　　你记得也好，
　　最好你忘掉，
在这交会时互放的光亮！

一九二六年五月

珊瑚

你再不用想我说话，
　　我的心早沉在海水底下；
你再不用向我叫唤，
　　因为我——我再不能回答！

除非你——除非你也来在
　　这珊瑚骨环绕的又一世界；
等海风定时的一刻清静，
　　你我来交互你我的幽叹。

丁当——清新

檐前的秋雨在说什么？
　　它说摔了她，忧郁什么？
我手拿起案上的镜框，
　　在地平上摔一个丁当。

檐前的秋雨又在说什么？
　　"还有你心里那个留着做什么？"
蓦地里又听见一声清新——
　　这回摔破的是我自己的心！

一九二五年秋

破庙

慌张的急雨将我
赶入了黑丛丛的山坳,
迫近我头顶在腾拿,
恶狠狠的乌龙巨爪.
枣树兀兀地隐蔽着
一座静悄悄的破庙,
我满身的雨点雨块。
躲进了昏沉沉的破庙;

雷雨越来得大了:
霍隆隆半天里霹雳,
豁喇喇林叶树根苗,

山谷山石，一齐怒号，
千万条的金剪金蛇，
飞入阴森森的破庙，
我浑身战抖，趁电光
估量这冷冰冰的破庙；

我禁不住大声啼叫，
电光火把似的照耀，
照出我身旁神龛里
一个青面狞笑的神道，
电光去了，霹雳又到，
不见了狞笑的神道，
硬雨石块似的倒泻——
我独身藏躲在破庙；

千年万年应该过了！
只觉得浑身的毛窍，
只听得骇人的怪叫，
只记得那凶恶的神道，
忘记了我现在的破庙：
好容易雨收了，雷休了，
血红的太阳，满天照耀，
照出一个我，一座破庙！

自然与人生

风,雨,山岳的震怒:
  猛进,猛进!
显你们的猖獗,暴烈,威武,
  霹雳是你们的酣嗽,
  雷震是你们的军鼓——
万丈的峰峦在涌汹的战阵里
  失色,动摇,颠簸;
  猛进,猛进!
这黑沉沉的下界,是你们的俘虏!

壮观!仿佛是跳出了人生的关塞,
凭着智慧的明辉,回看

这伟大的悲惨的趣剧,在时空
无际的舞台上,更番的演着:——
我驻足在岱岳的顶巅,
在阳光朗照着的顶巅,俯看山腰里
蜂起的云潮敛着,叠着,渐缓的
淹没了眼下的青峦与幽壑;
霎时的开始了,骇人的工作。

风,雨,雷霆,山岳的震怒——
　　　猛进,猛进!
矫捷的,猛烈的:吼着,打击着,咆哮着;
烈情的火焰,在层云中狂窜:
恋爱,嫉妒,咒诅,嘲讽,报复,牺牲,烦闷,
　　疯犬似的跳着,追着,嗥着,咬着,
毒蟒似的绞着,翻着,扫着,舐着——
　　　猛进,猛进!
狂风,暴雨,电闪,雷霆:
　　　烈情与人生!

静了,静了——
不见了晦盲的云罗与雾锢,
只有轻纱似的浮沤,在透明的晴空,
冉冉的飞升,冉冉的翳隐,
像是白羽的安琪,捷报天庭。

静了,静了,——
眼前消失了战阵的幻景,

回复了幽谷与冈峦与森林,
青葱,凝静,芳馨,像一个浴罢的处女,
忸怩的无言,默默的自怜。

变幻的自然,变幻的人生,
瞬息的转变,暴烈与和平,
刿心的惨剧与怡神的宁静:——
谁是主,谁是宾,谁幻复谁真?
莫非是造化儿的诙谐与游戏,
恣意的反复着涕泪与欢喜。
厄难与幸运,娱乐他的冷酷的心.
与我在云外看雷阵,一般的无情?

地中海

海呀！你宏大幽秘的音息，不是无因而来的！
　　这风稳日丽，也不是无因而然的！
这些进行不歇的波浪，唤起了思想同情的反应——
　　涨，落——隐，现——去，来……
无数量的浪花．各各不同，各有奇趣的花样，——
　　一树上没有两张相同的叶片，
　　天上没有两朵相同的云彩。
　　地中海呀！你是欧洲文明最老的见证！
庞大的帝国，曾经一再笼卷你的两岸；
霸业的命运，曾经再三在你酥胸上定夺；
无数的帝王，英雄，诗人，僧侣，寇盗，商贾，
　　曾经在你怀抱中得意，失志，灭亡；

无数的财货，牲畜，人命，舰队，商船，渔艇，
　　曾经沉入你的无底的渊壑；
无数的朝彩晚霞，星光月色，血腥，血糜，
　　曾经浸染涂糁你的面庞；
无数的风涛，雷电，炮声，潜艇，
　　曾经扰乱你平安的居处；
屈洛安城焚的火光，阿脱洛庵家的惨剧，
沙伦女的歌声，迦太基奴女被掳过海的哭声，
维雪维亚炸裂的彩色，
尼罗河口，铁拉法尔加唱凯的歌音……
都曾经供你耳刹那的欢娱。
历史来，历史去：
　　埃及，波斯，希腊，马其顿，罗马，西班牙——
　　至多也不过抵你一缕浪花的涨歇，一茎春花的开落！
　　但是你呢——
　　依旧冲洗着欧非亚的海岸，
　　依旧保存着你青年的颜色，
　　　（时间不曾在你面上留痕迹。）
　　依旧继续着你自在无挂的涨落，
　　依旧呼啸着你厌世的骚愁，
　　依旧翻新着你浪花的样式，——
这孤零零地神秘伟大的地中海呀！

一九二二年八月

灰色的人生

我想——我想开放我的宽阔的粗暴的嗓音,唱一支野蛮的大胆的骇人的新歌;

我想拉破我的袍服,我的整齐的袍服,露出我的胸膛,肚腹,肋骨与筋络;

我想放散我一头的长发,像一个游方僧似的散披着一头的乱发;

我也想跣我的脚,跣我的脚,在巉牙似的道上,快活地,无畏地走着。

我要调谐我的嗓音,傲慢的,粗暴的,唱一阕荒唐的,摧残的,弥漫的歌调;

我伸出我的巨大的手掌,向着天与地,海与山,无餍地求讨，寻捞；

　　我一把揪住了西北风，问他要落叶的颜色；

　　我一把揪住了东南风，问他要嫩芽的光泽；

　　我蹲身在大海的边旁，倾听他的伟大的酣睡的声浪；

　　我捉住了落日的彩霞，远山的露霭，秋月的明辉，散放在我的发上，胸前，袖里，脚底……

　　我只是狂喜地大踏步向前——向前——口里唱着暴烈的，粗伧的，不成章的歌调；

　　来，我邀你们到海边去，听风涛震撼太空的声调；

　　来，我邀你们到山中去，听一柄利斧斫伐老树的清音；

　　来，我邀你们到密室里去，听残废的，寂寞的灵魂的呻吟；

　　来，我邀你们到云霄外去，听古怪的大鸟孤独的悲鸣；

　　来，我邀你们到民间去，听衰老的，病痛的，贫苦的，残毁的，受压迫的，烦闷的，奴服的，懦怯的，丑陋的，罪恶的，自杀的——和着深秋的风声与雨声——合唱的"灰色的人生"！

　　　　　　　　　　　　　　一九二三年十月十二日

盖上几张油纸

这小诗是去年在碘石东山下独居时做的,有实事的背景。那天第一次下雪,天气很冷,有几个朋友带了酒来看我,他们走近我的住处时,见一个妇人坐在阶沿石上很悲伤的哭,他们就问她为什么?她分明有点神经错乱,她说她的儿子在东山脚下躺着,今天下雪天冷,她想着了他,所以买了几张油纸来替他盖上。她叫他,他不答应,所以她哭了。

一片,一片,半空里掉下雪片;
有一个妇人,有一个妇人独坐在阶沿。

虎虎的,虎虎的,风响在树林间;

有一个妇人，有一个妇人，独自在哽咽。

为什么伤心，妇人，
　　这大冷的雪天？
为什么啼哭，莫非是失掉了钗钿？
不是的，先生，不是的，
　　不是为钗钿；
也是的，也是的，我不见了我的心恋。

那边松林里，山脚下，先生，
　　有一只小木箧，
装着我的宝贝，我的心，
　　三岁儿的嫩骨！

昨夜我梦见我的儿叫一声"娘呀——
天冷了，天冷了，天冷了，
　　儿的亲娘呀！"

今天果然下大雪，屋檐前望得见冰条，
我在冷冰冰的被窝里摸——摸我的宝宝。

方才我买来几张油纸，
　　盖在儿的床上；
我唤不醒我熟睡的儿——我因此心伤。

一片，一片．半空里掉下雪片；
有一个妇人，有一个妇人，

独坐在阶沿。

虎虎的,虎虎的,风响在树林间:
有一个妇人,有一个妇人,
　　独自在哽咽。

一九二四年一月二十六日

无题

原是你的本分,朝山人的胫踝,
这荆刺的伤痛!回看你的来路。
看那草丛乱石间斑斑的血迹,
在暮霭里记认你从来的踪迹!
且缓抚摩你的肢体,你的止境
还远在那白云环拱处的山岭!

无声的暮烟,远从那山麓与林边,
渐渐的潮没了这旷野,这荒天,
你渺小的孑影面对这冥盲的前程,
像在怒涛间的轻航失去了南针;
更有那黑夜的恐怖,悚骨的狼嗥,

狐鸣，鹰啸，蔓草间有蝮蛇缠绕！

退后？——昏夜一般的吞蚀血染的来踪，
倒地？——这懦怯的累赘问谁去收容？
前冲？啊，前冲！冲破这黑暗的冥凶，
冲破一切的恐怖，迟疑，畏葸，苦痛，
血淋漓的践踏过三角棱的劲刺，
丛莽中伏兽的利爪，婉蜒的虫豸！

前冲；灵魂的勇是你成功的秘密！
这回你看．在这决心舍命的瞬息，
迷雾已经让路，让给不变的天光，
一弯青玉似的明月在云隙里探望，
依稀窗纱间美人启齿的瓠犀。——
那是灵感的赞许，最恩宠的赠与！

更有那高峰，你那最想望的高峰，
亦已涌现在当前，莲苞似的玲珑，
在蓝天里，在月华中，秾艳，崇高，
朝山人，这异象便是你跋涉的酬劳！

东山小曲

[一]

早上——太阳在山坡上笑,

　　太阳在山坡上叫:——

　　看羊的,你来吧,

　　这里有新嫩的草,鲜甜的料,

　　好把你的老山羊,小山羊,喂个滚饱,

小孩们你们也来吧,

　　这里有大树,有石洞,有蚱蜢,有好鸟,

　　快来捉一会迷藏,豁一阵虎跳。

[二]

中上——太阳在山腰里笑,

太阳在山坳里叫：——
游山的你们来吧，
　　这里来望望天，望望田，消消遣，
　　忘记你的心事，丢掉你的烦恼，
叫化子们你们也来吧，
　　这里来偎火热的太阳，胜如一件棉袄，
　　还有香客的布施，岂不是妙，岂不是好？

[三]
晚上——太阳已经躲好，
　　太阳已经去了：——
野鬼们你们来吧，
　　黑巍巍的星光，照着冷清清的庙，
　　树林里有只猫头鹰，半天里有只九头鸟，
来吧，来吧，一齐来吧，
　　撞开你的头顶板，唱起你的追魂调，
　　那边来了个和尚，快去要他一个灵魂出窍！

　　　　　　　　　　　一九二四年一月二十日

一小幅的穷乐图

巷口一大堆新倒的垃圾,
大概是红漆门里倒出来的垃圾,
其中不尽是灰,还有烧不烬的煤,
不尽的是残骨,也许骨中有髓,
骨坳里还粘着一丝半缕的肉片,
还有半烂的布条,不破的报纸,
两三梗取灯儿,一半支的残烟;

这垃圾堆好比是个金山,
山上满偻着寻求黄金者,
一队的褴褛,破烂的布裤蓝袄,
一个两个数不清高掬的臂腰,

有小女孩，有中年妇，有老婆婆，
一手挽着筐子，一手拿着树条，
深深的弯着腰，不咳嗽，不唠叨，
也不争闹，只是向灰堆里寻捞，
向前捞捞，向后捞捞，两边捞捞，
肩挨肩儿，头对头儿，拨拨挑挑，
老婆婆捡了一块布条，上好的一块布条！
有人专捡煤渣，满地多的煤渣，
妈呀，一个女孩叫道，我捡了一块鲜肉骨头，回头熬老豆腐吃，好不好？

一队的褴褛，好比个走马灯儿，
转了过来，又转了过去，又过来了，
有中年妇，有女孩小，有婆婆老，
还有夹住人堆里趁热闹的黄狗几条。
一九二三年二月六日

先生！先生！

钢丝的车轮
在偏僻的小巷内飞奔——
"先生，我给先生请安您哪，先生。"

迎面一蹲身，
一个单布褂的女孩颤动着呼声——
雪白的车轮在冰冷的北风里飞奔。

紧紧的跟，紧紧的跟，
破烂的孩子追赶着铄亮的车轮——
"先生，可怜我一大化吧，善心的先生！"

"可怜我的妈，
她又饿又冻又病，躺在道儿边直呻——
您修好，赏给我们一顿窝窝头您哪，先生！"

"没有带子儿，"
坐车的先生说，车里戴大皮帽的先生——
飞奔，急转的双轮，紧迫，小孩的呼声。

一路旋风似的土尘，
土尘里飞转着银晃晃的车轮——
"先生，可是您出门不能不带钱您哪，先生。"

"先生！……先生！"
紫涨的小孩，气喘着，断续的呼气——
飞奔，飞奔，橡皮的车轮不住的飞奔。

飞奔……先生……
飞奔……先生……
先生……先生……先生……

一九二三年十一月

石虎胡同七号

我们的小园庭，有时荡漾着无限温柔：
善笑的藤娘，祖酥怀任团团的柿掌绸缪，
百尺的槐翁，在微风中俯身将棠姑抱搂，
黄狗在篱边，守候睡熟的珀儿，它的小友，
小雀儿新制求婚的艳曲，在媚唱无休——
我们的小园庭，有时荡漾着无限温柔。

我们的小园庭，有时淡描着依稀的梦景；
雨过的苍茫与满庭荫绿，织成无声幽冥，
小蛙独坐在残兰的胸前，听隔院蚓鸣，
一片化不尽的雨云，倦展在老槐树顶，
掠檐前作圆形的舞旋，是蝙蝠，还是蜻蜓？——

我们的小园庭，有时淡描着依稀的梦景。

我们的小园庭，有时轻喟着一声奈何；
奈何在暴雨时，雨槌下捣烂鲜红无数，
奈何在新秋时，未凋的青叶惆怅地辞树，
奈何在深夜里，月儿乘云艇归去，西墙已度，
远巷薤露的乐音，一阵阵被冷风吹过——
我们的小园庭，有时轻喟着一声奈何。

我们的小园庭，有时沉浸在快乐之中；
雨后的黄昏，满院只美荫，清香与凉风，
大量的蹇翁，巨樽在手，蹇足直指天空，
一斤，两斤，杯底喝尽，满怀酒欢，满面酒红，
连珠的笑响中，浮沉着神仙似的酒翁——
我们的小园庭，有时沉浸在快乐之中。

一九二三年七月

夜半松风

这是冬夜的山坡,
坡下一座冷落的僧庐,
庐内一个孤独的梦魂:
　　　在怅悔中祈祷,在绝望中沉沦;——

为什么这怒叫,这狂啸,
鼍鼓与金钲与虎与豹?
为什么这幽诉,这私慕?
烈情的惨剧与人生的坎坷——
　　　又一度潮水似的淹没了
这彷徨的梦魂与冷落的僧庐?

一九二四年二月二十二日

消 息

雷雨暂时收敛了；
　　双龙似的双虹，
　　显现在雾霭中，
　　夭矫，鲜艳，生动，——
好兆！明天准是好天了。

什么！又是一阵打雷了，——
　　在云外，在天外，
　　又是一片暗淡，
　　不见了鲜虹彩，——
希望，不曾站稳，又毁了。

一九二四年十二月

青年曲

泣与笑,恋与愿与恩怨,
难得的青年,倏忽的青年,
前面有座铁打的城垣,青年,
你进了城垣,永别了春光!
永别了青年,恋与愿与恩怨!

妙乐与酒与玫瑰,不久住人间。
青年,彩虹不常在天边,
梦里的颜色,不能永葆鲜妍,
你须珍重,青年,你有限的脉搏,
休教幻景似的消散了你的青年!

谁知道

我在深夜里坐着车回家——
一个褴褛的老头他使着劲儿拉；
　　天上不见一个星，
　　街上没有一只灯：
　　那车灯的小火
　　冲着街心里的土——
　　左一个颠簸，右一个颠簸，
　　拉车的走着他的踉跄步；
　　……

"我说拉车的，这道儿哪儿能这么的黑？"
"可不是先生？这道儿真——真黑！"

他拉——拉过了一条街,穿过了一座门,
转一个弯,转一个弯,一般的暗沉沉;——
　　天上不见一个星,
　　街上没有一个灯:
　　那车灯的小火
　　蒙着街心里的土——
　　左一个颠簸,右一个颠簸,
　　拉车的走着他的踉跄步;
　　……

"我说拉车的,这道儿哪儿能这么的静?"
"可不是先生?这道儿真——真静!"
他拉——紧贴着一垛墙,长城似的长,
过一处河沿,转入了黑遥遥的旷野;——
　　天上不露一颗星,
　　道上没有一只灯:
　　那车灯的小火
　　晃着道儿上的土——
　　左一个颠簸,右一个颠簸,
　　拉车的走着他的踉跄步;
　　……

　　"我说拉车的,怎么这儿道上一个人都不见?"
　　"倒是有,先生,就是您不大瞧得见!"
我骨髓里一阵子的冷——
那边青缭缭的是鬼还是人?
仿佛听着呜咽与笑声——

啊，原来这遍地都是坟！
　　天上不亮一颗星，
　　道上没有一只灯：
　　那车灯的小火
　　缭着道儿上的土——
　　左一个颠簸，右一个颠簸，
　　拉车的跨着他的踉跄步；
　　……

"我说——我说拉车的喂！这道儿哪……哪儿有这么远？"
"可不是先生？这道儿真——真远！"
"可是……你拉我回家……你走错了道儿没有？"
"谁知道先生！谁知道走错了道儿没有！"
……

我在深夜里坐着车回家，
一堆不相识的褴褛他使着劲儿拉；
　　天上不明一颗星，
　　道上不见一只灯：
　　只那车灯的小火
　　袅着道儿上的土——
　　左一个颠簸，右一个颠簸。
　　拉车的跨着他的蹒跚步。

一家古怪的店铺

有一家古怪的店铺,
隐藏在那荒山的坡下;
我们那村里白发的公婆,
也不知他们何时起家。

相隔一条大河,船筏难渡;
有时青林里袅起髻螺,
在夏秋间明净的晨暮——
料是他家工作的烟雾。

有时在寂静的深夜,
狗吠隐约炉捶的声响,

我们忠厚的更夫常见
对河山脚下火光上飏。

是种田钩镰,是马蹄铁鞋,
是金银妙件,还是杀人凶械?
何以永恋此林山,荒野,
神秘的捶工呀,深隐难见?

这是家古怪的店铺,
隐藏在荒山的坡下;
我们村里白发的公婆,
也不知他们何时起家。

一九二三年七月七日

不再是我的乖乖

[一]
前天我是一个小孩,
这海滩最是我的爱;
早起的太阳赛如火炉,
趁暖和我来做我的工夫:
捡满一衣兜的贝壳,
在这海砂上起造宫阙:
哦,这浪头来得凶恶,
冲了我得意的建筑——
我喊了一声海,海!
你是我小孩儿的乖乖!

［二］

昨天我是一个"情种",

到这海滩上来发疯;

西天的晚霞慢慢的死,

血红变成姜黄,又变紫,

一颗星在半空里窥伺,

我匍伏在砂堆里画字,

一个字,一个字,又一个字,

谁说不是我心爱的游戏?

我喊一声海,海!

不许你有一点儿的更改!

［三］

今天!咳,为什么要有今天?

不比从前,没了我的疯癫,

再没有小孩时的新鲜,

这回再不来这大海的边沿!

头顶上不见天光的方便,

海上只暗沉沉的一片,

暗潮侵蚀了砂字的痕迹,

却冲不淡我悲惨的颜色——

我喊一声海,海!

你从此不再是我的乖乖!

一个祈祷

请听我悲哽的声音,祈求于我爱的神;
人间哪一个的身上,不带些儿创与伤!
哪有高洁的灵魂,不经地狱,便登天堂;
我是肉薄过刀山炮烙,闯度了奈何桥,
方有今日这颗赤裸裸的心,自由高傲!

这颗赤裸裸的心,请收了吧,我的爱神!
因为除了你更无人,给他温慰与生命,
否则,你就将他磨成齑粉,散入西天云,
但他精诚的颜色,却永远点染你春朝的
新思,秋夜的梦境;怜悯吧,我的爱神!

客中

今晚天上有半轮的下弦月；
　　我想携着她的手，
　　　往明月多处走——
一样是清光，我说，圆满或残缺。
园里有一树开剩的玉兰花；
　　她有的是爱花癖，
　　　我爱看她的怜惜——
一样是芬芳，她说，满花与残花。
浓荫里有一只过时的夜莺；
　　她受了秋凉，
　　　不如从前浏亮——
快死了，她说，但我不悔我的痴情！

但这莺,这一树花,这半轮月——
　　我独自沉吟,
　　对着我的身影——
她在那里,啊,为什么伤悲,凋谢,残缺?
　　　　　　　　　　　　一九二五年九月

决断

我的爱:
再不可迟疑:
误不得
这唯一的时机。

天平秤——
在你自己心里。
哪头重——
砝码都不用比!

你我的——
哪还用着我提?

下了种，
就得完功到底。

生，爱，死——
三连环的迷谜；
拉动一个，
两个就跟着挤。

老实说，
我不希罕这活，
这皮囊，——
哪处不是拘束。

要恋爱，
要自由；要解脱——
这小刀子，
许是你我的天国！

可是不死
就得跑，远远的跑；
谁耐烦
在这猪圈里捞骚？

险——
不用说，总得冒，
不拼命，
哪件事拿得着？

看那星,
多勇猛的光明!
看这夜,
多庄严,多澄清!

走吧,甜,
前途不是暗昧;
多谢天,
从此跑出了轮回!

最后的那一天

在春风不再回来的那一年,
在枯枝不再青条的那一天,
　　那时间天空再没有光照,
　　只黑蒙蒙的妖氛弥漫着:
太阳,月亮,星光死去了的空间;

在一切标准推翻的那一天,
在一切价值重估的那时间,
　　暴露在最后审判的威灵中。
　　一切的虚伪与虚荣与虚空:
赤裸裸的灵魂们匍匐在主的跟前;——

我爱,那时间你我再不必张皇,
更不须声诉,辨冤,再不必隐藏,——
　　你我的心,像一朵雪白的并蒂莲,
　　在爱的青梗上秀挺,欢欣,鲜妍,——
在主的跟前,爱是唯一的荣光。

起造一座墙

你我千万不可亵渎那一个字,
别忘了在上帝跟前起的誓。
我不仅要你最柔软的柔情,
蕉衣似的永远裹着我的心;
我要你的爱有纯钢似的强,
在这流动的生里起造一座墙;
任凭秋风吹尽满园的黄叶,
任凭白蚁蛀烂千年的画壁;
就使有一天霹雳震翻了宇宙,——
也震不翻你我"爱墙"内的自由!

一九二五年八月

在哀克刹脱教堂前

这是我自己的身影,今晚间倒映在异乡教宇的前庭,
　　一座冷峭峭森严的大殿,
　　一个峭阴阴孤耸的身影。

我对着寺前的雕像问:
　　"是谁负责这离奇的人生?"
老朽的雕像瞅着我愣,
　　仿佛怪嫌这离奇的疑问。

我又转问那冷郁郁的大星,
　　它正升起在这教堂的后背,
但它答我以嘲讽似的迷瞬,

在星光下相对，我与我的迷谜！

这时间我身旁的那棵老树，
他荫蔽着战迹碑下的无辜，
幽幽的叹一声长气，像是
凄凉的空院里凄凉的秋雨。

他至少有百余年的经验，
人间的变幻他什么都见过；
生命的顽皮他也曾计数：
　　春夏间汹汹，冬季里婆婆。

他认识这镇上最老的前辈，
　　看他们受洗，长黄毛的婴孩；
看他们配偶，也在这教门内，——
　　最后看他们的名字上墓碑！

这半悲惨的趣剧他早经看厌，
　　他自身臃肿的残余更不沾恋；
因此他与我同心，发一阵叹息——
　　啊！我身影边平添了斑斑的落叶！
　　　　　　　一九二五年七月在美国埃克塞特作

海韵

[一]

"女朗,单身的女郎,
你为什么留恋这黄昏的海边?——
女郎,回家吧,女郎!"
"啊不;回家我不回,
我爱这晚风吹。"——
　　在沙滩上,在暮霭里,
有一个散发的女郎——
徘徊,徘徊。

[二]

"女郎,散发的女郎,

你为什么彷徨在这冷清的海上?
女郎,回家吧,女郎!"
"啊不;你听我唱歌,
大海,我唱,你来和。"——
  在星光下,在凉风里,
轻荡着少女的清音——
高吟,低哦。

[三]
"女郎,胆大的女郎!
那天边扯起了黑幕。
这顷刻间有恶风波,——
女郎,回家吧,女郎!"
"啊不;你看我凌空舞,
学一个海鸥没海波。"——
  在夜色里,在沙滩上,
急旋着一个苗条的身影——
婆娑,婆娑。

[四]
"听呀,那大海的震怒,
女郎回家吧,女郎!
看呀,那猛兽似的海波,
女郎,回家吧,女郎!"
"啊不;海波他不来吞我,
我爱这大海的颠簸!"——
  在潮声里,在波光里,

啊,一个慌张的少女在海沫里。
蹉跎,蹉跎。

[五]
"女郎,在哪里,女郎?
在哪里,你嘹亮的歌声?
在哪里,你窈窕的身影?
在哪里,啊,勇敢的女郎?"
黑夜吞没了星辉,
　　这海边再没有光芒;
海潮吞了沙滩,
　　沙滩上再不见女郎,——
　　再不见女郎!

苏苏

苏苏是一痴心的女子,
　　像一朵野蔷薇,她的丰姿;
　　像一朵野蔷薇,她的丰姿——
来一阵暴风雨,摧残了她的身世。
这荒草地里有她的墓碑:
　　淹没在蔓草里,她的伤悲;
　　淹没在蔓草里,她的伤悲——
啊,这荒土里化生了血染的蔷薇!
那蔷薇是痴心女的灵魂,
　　在清早上受清露的滋润,
　　到黄昏里有晚风来温存,
更有那长夜的慰安,看星斗纵横。

你说这应分是她的平安?
　　　但运命又叫无情的手来攀,
　　攀,攀尽了青条上的灿烂,——
可怜呵,苏苏她又遭一度的摧残!

　　　　　　　　　　一九二五年五月

又一次试验

上帝捋着他的须,
说:"我又有了兴趣;
上次的试验有点糟,
这回的保管是高妙。"

脱下了他的枣红袍,
戴上了他的遮阳帽,
老头他抓起一把土,
快活又有了工作做。

"这回不叫再像我,"
他弯着手指使劲塑:

"鼻孔还是给你有，
可不把灵性往里透！"

"给了也还是白丢，
能有几个走回头：
灵性又不比鲜鱼子，
化生在水里就长翅！"

"我老头再也不上当，
眼看圣洁的变肮脏。——
就这儿情形多可气，
哪个安琪身上不带蛆！"

运命的逻辑

[一]

前天她在水晶宫似照亮的大厅里跳舞——

　　　多么亮她的袜!

　　　多么滑她的发!

她那牙齿上的笑痕叫全堂的男子们疯魔。

[二]

　　　昨天她短了资本,

　　　变卖了她的灵魂;

那戴喇叭帽的魔鬼在她的耳边传授了秘诀,

她起了皱纹的脸又搭上不少男子们的心血。

［三］
今天在城隍庙前阶沿上坐着的这个老丑,
她胸前挂着一串,不是珍珠,是男子们的骷髅;
　　神道见了她摇头,
　　魔鬼见了她哆嗦!

新催妆曲

[一]

新娘,你为什么紧锁你的眉尖,

  (听掌声如春雷吼,鼓乐暴雨似的流!)

在缤纷的花雨中步慵慵的向前:

  (向前,向前,到礼台边,见新郎面!)

莫非这嘉礼惊醒了你的忧愁:

 一针针的忧愁,

 你的芳心刺透,

 逼迫你热泪流,——

新娘,为什么你紧锁你的眉尖?

[二]

新娘，这礼堂不是杀人的屠场，
    （听掌声如震天雷，闹乐暴雨似的催！）
那台上站着的不是吃人的魔王：
他是新郎，
    他是新郎，
    你的新郎；
新娘，美满的幸福等在你的前面，
    你快向前，
    到礼台边，
    见新郎面——
新娘，这礼堂不是杀人的屠场！

[三]

新娘，有谁猜得你的心头怨？——
    （听掌声如劈山雷，鼓乐暴雨似的催！）
催花巍巍的新人快步的向前，
    （向前，向前，到礼台边，见新郎面。）
莫非你到今朝，这定运的一天，
    又想起那时候，
    他热烈的抱搂，
    那颤栗，那绸缪——
新娘，有谁猜得你的心头怨？

[四]

新娘，把钩消的墓门压在你的心上：
    （这礼堂是你的坟场，你的生命从此埋葬！）
让伤心的热血添浓你颊上的红光；

（你快向前,到礼台边,见新郎面!）
忘却了,永远忘却了人间有一个他:
　　　让时间的灭烬,
　　　掩埋了他的心。
　　　他的爱,他的影。——
新娘,谁不艳羡你的幸福,你的荣华!

两地相思

[一] 他——

今晚的月亮像她的眉毛,
　　这弯弯的够多俏!
今晚的天空像她的爱情,
　　这蓝蓝的够多深!
那样多是你的,我听她说,
　　你再也不用疑惑;
给你这一团火,她的香唇,
　　还有她更热的腰身!
谁说做人不该多吃点苦?——
　　吃到了底才有数。

这来可苦了她，盼死了我，
　　　半年不是容易过！
她这时候，我想，正靠着窗，
　　　手托着俊俏脸庞，
在想，一滴泪正挂在腮边，
　　　像露珠沾上草尖：
在半忧愁半欢喜的预计，
　　　计算着我的归期：
啊，一颗纯洁的爱我的心，
　　　那样的专！那样的真！
还不催快你胯下的牲口，
　　　趁月光清水似流，
趁月光请水似流，赶回家
　　　去亲你唯一的她！

[二] 她——

今晚的月色又使我想起我半年前的昏迷，
那晚我不该喝那三杯酒，
　　　添了我一世的愁；
我不该把自由随手给扔，——
　　　活该我今儿的闷！
他待我倒真是一片至诚，
　　　像竹园里的新笋，
不怕风吹，不怕雨打，一样他还是往上滋长；
他为我吃尽了苦，就为我
　　　他今天还在奔波；——

我又没有勇气对他明讲我改变了的心肠!
今晚月儿弓样,到月圆时我,我如何能躲避!
我怕,我爱,这来我真是难,
　　恨不能往地底钻;
可是你,爱,永远有我的心,
　　听凭我是浮是沉;
他来时要抱,我就让他抱,
　　(这葫芦不破的好,)
但每回我让他亲——我的唇,
　　爱,亲的是你的吻!

我等候你

我等候你。
我望着户外的昏黄
如同望着将来,
我的心震盲了我的听。
你怎还不来?希望
在每一秒钟上允许开花。
我守候着你的步履,
你的笑语,你的脸,
你的柔软的发丝,
守候着你的一切;
希望在每一秒钟上
枯死——你在哪里?

我要你，要得我心里生痛，

我要你的火焰似的笑，

要你灵活的腰身，

你的发上眼角的飞星；

我陷落在迷醉的氛围中，

像一座岛，

在蟒绿的海涛间，不自主的在浮沉……

喔，我迫切的想望

你的来临，想望

那一朵神奇的优昙

开上时间的顶尖！

你为什么不来，忍心的？

你明知道，我知道你知道，

你这不来于我是致命的一击，

打死我生命中午放的阳春，

教坚实如矿里的铁的黑暗，

压迫我的思想与呼吸；

打死可怜的希冀的嫩芽，

把我，囚犯似的，交付给

妒与愁苦，生的羞惭

与绝望的惨酷。

这也许是痴。竟许是痴。

我信我确然是痴；

但我不能转拨一支已然定向的舵，

万方的风息都不容许我犹豫——

我不能回头，运命驱策着我！

我也知道这多半是走向

毁灭的路；但
为了你，为了你
我什么也都甘愿；
这不仅我的热情，
我的仅有的理性亦如此说。
痴！想磔碎一个生命的纤微
为要感动一个女人的心！
想博得的，能博得的，至多是
她的一滴泪，
她的一阵心酸，
竟许一半声漠然的冷笑；
但我也甘愿，即使
我粉身的消息传到
她的心里如同传给
一块顽石，她把我看作
一只地穴里的鼠，一条虫，
我还是甘愿！
痴到了真，是无条件的，
上帝他也无法调回一个
痴定了的心，如同一个将军
有时调回已上死线的士兵。
枉然，一切都是枉然，
你的不来是不容否认的实在，
虽则我心里烧着泼旺的火，
饥渴着你的一切，
你的发，你的笑，你的手脚；
任何的痴想与祈祷

不能缩短一小寸
你我间的距离!
户外的昏黄已然
凝聚成夜的乌黑,
树枝上挂着冰雪,
鸟雀们典去了它们的啁啾,
沉默是这一致穿孝的宇宙。
钟上的针不断的比着
玄妙的手势,像是指点,
像是同情,像是嘲讽,
每一次到点的打动,我听来是
我自己的心的
活埋的丧钟。

春的投生

昨晚上，
再前一晚也是的，
在雷雨的猖狂中
春
　　投生入残冬的尸体。
不觉得脚下的松软，
耳鬓间的温驯吗？
树枝上浮着青，
潭里的水漾成无限的缠绵；
再有你我肢体上
胸膛间的异样的跳动；
桃花早已开上你的脸，

我在更敏锐的消受
你的媚,吞咽
你的连珠的笑;
你不觉得我的手臂
要迫切的要求你的腰身,
我的呼吸投射到你的身上
如同万千的飞萤头像火焰?

这些,还有别的许多说不尽的,
和着鸟雀们的热情的回荡,
都手携手的赞美着
春的投生。

二月二十八日

我有一个恋爱

我有一个恋爱;——
我爱天上的明星;
我爱它们的晶莹:
　　人间没有这异样的神明。

在冷峭的暮冬的黄昏,
在寂寞的灰色的清晨。
在海上,在风雨后的山顶——
　　永远有一颗,万颗的明星!

山涧边小草花的知心,
高楼上小孩童的欢欣,

旅行人的灯亮与南针：——
　　万万里外闪烁的精灵！

我有一个破碎的魂灵，
像一堆破碎的水晶，
散布在荒野的枯草里——
　　饱啜你一瞬瞬的殷勤。

人生的冰激与柔情，
我也曾尝味，我也曾容忍；
有时阶砌下蟋蟀的秋吟，
　　引起我心伤，逼迫我泪零。

我袒露我的坦白的胸襟，
献爱与一天的明星，
任凭人生是幻是真，
地球在或是消泯——
　　大空中永远有不昧的明星！

　　　　　（写作年份不详）二十六日，半夜

去罢

去罢,人间,去罢!
　　我独立在高山的峰上;
去罢,人间,去罢!
　　我面对着无极的穹苍。
去罢,青年,去罢!
　　与幽谷的香草同埋;
去罢,青年,去罢!
　　悲哀付与暮天的群鸦。
去罢,梦乡,去罢!
　　我把幻景的玉杯摔破;
去罢,梦乡,去罢!
　　我笑受山风与海涛之贺。

去罢，种种，去罢！
　　当前有插天的高峰；
去罢，一切，去罢！
　　当前有无穷的无穷！

　　　　　　　　　一九二四年五月二十日

为要寻一个明星

我骑着一匹拐腿的瞎马,
　　向着黑夜里加鞭;——
　　向着黑夜里加鞭,
我跨着一匹拐腿的瞎马。
我冲入这黑绵绵的昏夜,
　　为要寻一颗明星;——
　　为要寻一颗明星,
我冲入这黑茫茫的荒野。

累坏了,累坏了我胯下的牲口,
　　那明星还不出现;——
　　那明星还不出现,

累坏了,累坏了马鞍上的身手。

这回天上透出了水晶似的光明,
　　荒野里倒着一只牲口,
　　黑夜里躺着一具尸首。——
这回天上透出了水晶似的光明!

一九二四年十一月

毒药

今天不是我歌唱的日子,我口边涎着狞恶的微笑,不是我说笑的日子,我胸怀间插着发冷光的利刃;

相信我,我的思想是恶毒的因为这世界是恶毒的,我的灵魂是黑暗的因为太阳已经灭绝了光彩,我的声调是像坟堆里的夜鹗因为人间已经杀尽了一切的和谐,我的口音像是冤鬼责问他的仇人因为一切的恩已经让路给一切的怨;

但是相信我,真理是在我的话里虽则我的话像是毒药,真理是永远不含糊的虽则我的话里仿佛有两头蛇的舌,蝎子的尾尖,蜈蚣的触须;只因为我的心里充满着比毒药更强烈,比咒诅更狠毒,比火焰更猖狂,比死更深奥的不忍心与怜悯心与爱心,所以我说的话是毒性的,咒诅的,燎灼的,虚无的;

相信我,我们一切的准绳已经埋没在珊瑚土打紧的墓宫里,最劲冽的祭肴的香味也穿不透这严封的地层：一切的准则是死了的；

我们一切的信心像是顶烂在树枝上的风筝，我们手里擎着这迸断了的鹞线：一切的信心是烂了的；

相信我，猜疑的巨大的黑影，像一块乌云似的，已经笼盖着人间一切的关系：人子不再悲哭他新死的亲娘，兄弟不再来携着他姊妹的手，朋友变成了寇仇，看家的狗回头来咬他主人的腿：是的，猜疑淹没了一切；在路旁坐着啼哭的，在街心里站着的，在你窗前探望的，都是被奸污的处女：池潭里只见些烂破的鲜艳的荷花；

在人道恶浊的涧水里流着，浮荇似的，五具残缺的尸体，它们是仁义礼智信，向着时间无尽的海澜里流去；

这海是一个不安靖的海，波涛猖獗的翻着，在每个浪头的小白帽上分明的写着人欲与兽性；

到处是奸淫的现象：贪心搂抱着正义，猜忌逼迫着同情，懦怯狎亵着勇敢，肉欲侮弄着恋爱，暴力侵凌着人道，黑暗践踏着光明；

听呀，这一片淫猥的声响，听呀，这一片残暴的声响；

虎狼在热闹的市街里，强盗在你们妻子的床上，罪恶在你们深奥的灵魂里……

白旗

来，跟着我来，拿一面白旗在你们的手里——不是上面写着激动怨毒，鼓励残杀字样的白旗，也不是涂着不洁净血液的标记的白旗，也不是画着忏悔与咒语的白旗（把忏悔画在你们的心里）；

你们排列着，噤声的，严肃的，像送丧的行列，不容许脸上留存一丝的颜色，一毫的笑容，严肃的，噤声的，像一队决死的兵士；

现在时辰到了，一齐举起你们手里的白旗，像举起你们的心一样，仰看着你们头顶的青天，不转瞬的，恐惶的，像看着你们自己的灵魂一样；

现在时辰到了，你们让你们熬着，壅着，迸裂着，滚沸着的眼泪流，直流，狂流，自由的流，痛快的流，尽性的流，像山水出峡似的流,像暴雨倾盆似的流……

现在时辰到了,你们让你们咽着,压迫着,挣扎着,汹涌着的声音嚎,直嚎,狂嚎,放肆的嚎,凶狠的嚎,像飓风在大海波涛间的嚎,像你们丧失了最亲爱的骨肉时的嚎……

现在时辰到了,你们让你们回复了的天性忏悔,让眼泪的滚油煎净了的,让嚎恸的雷霆震醒了的天性忏悔,默默的忏悔,悠久的忏悔,沉彻的忏悔,像冷峭的星光照落在一个寂寞的山谷里,像一个黑衣的尼僧匍伏在一座金漆的神龛前;……

在眼泪的沸腾里,在嚎恸的酣彻里,在忏悔的沉寂里,你们望见了上帝永久的威严。

婴儿

  我们要盼望一个伟大的事实出现,我们要守候一个馨香的婴儿出世:——

  你看他那母亲在她生产的床上受罪!

  她那少妇的安详,柔和,端丽,现在在剧烈的阵痛里变形成不可信的丑恶:你看她那遍体的筋络都在她薄嫩的皮肤底里暴涨着,可怕的青色与紫色,像受惊的水青蛇在田沟里急泅似的,汗珠站在她的前额上像一颗弹的黄豆,她的四肢与身体猛烈的抽搐着,畸屈着,奋挺着,纠旋着,仿佛她垫着的席子是用针尖编成的,仿佛她的帐围是用火焰织成的;

  一个安详的,镇定的,端庄的,美丽的少妇,现在在绞痛的惨酷里变形成魔鬼似的可怖:她的眼,一时紧紧的阖着,一时巨大的睁着,她那眼,原来像冬夜池潭里反映着的明星,现在吐露着青黄色的凶焰，眼珠像是烧红的炭火，映射出她灵魂最后的奋斗，她的原来朱红色的口唇，现在像是炉底的冷灰，她的口颤着，撅着，扭着，死神的热烈的亲吻不容许她一息的平安，她的发是散披着，横在口边，漫在胸前，像揪乱的麻丝，她的手指间紧抓着几穗拧下来的乱发；

这母亲在她生产的床上受罪：——

但她还不曾绝望，她的生命挣扎着血与肉与骨与肢体的纤微，在危崖的边沿上，抵抗着，搏斗着，死神的逼迫；

她还不曾放手，因为她知道（她的灵魂知道！）；这苦痛不是无因的，因为她知道她的胎宫里孕育着一点比她自己更伟大的生命的种子，包涵着一个比一切更永久的婴儿；

因为她知道这苦痛是婴儿要求出世的征候，是种子在泥土里爆裂成美丽的生命的消息，是她完成她自己生命的使命的时机；

因为她知道这忍耐是有结果的，在她剧痛的昏瞀中，她仿佛听着上帝准许人间祈祷的声音，她仿佛听着天使们赞美未来的光明的声音；

因此她忍耐着，抵抗着，奋斗着……她抵拼绷断她统体的纤微，她要赎出在她那胎宫里动荡着的生命，在她一个完全，美丽的婴儿出世的盼望中，最锐利，最沉酣的痛感逼成了最锐利最沉酣的快感……

太平景象

"卖油条的,来六根——再来六根。"
"要香烟吗,老总们,大英牌,大前门?
多留几包也好,前边什么买卖都不成。"

"这枪好,德国来的,装弹时手顺;"
"我哥有信来,前天,说我妈有病;"
"哼,管得你妈,咱们去打仗要紧。"

"亏得在江南,离着家千里的路程,
要不然我的家里人……唉,管得他们
眼红眼青,咱们吃粮的眼不见为净!"

"说是，这世界！做鬼不幸，活着也不称心；
谁没有家人老小，谁愿意来当兵拼命？"
"可是你不听长官说，打伤了有恤金？"

"我就不稀罕那猫儿哭耗子的'恤金'！
脑袋就是一个，我就想不透为么要上阵，
砰。砰，打自个儿的弟兄，损己，又不利人。"

"你不见李二哥回来，烂了半个脸，全青？
他说前边稻田里的尸体，简直像牛粪，
全的，残的，死透的，半死的，烂臭，难闻。"

"我说这儿江南人倒懂事，他们死不当兵；
你看这路旁的皮棺，那田里玲巧的亭亭，
草也青，树也青，做鬼也落个清静。"

"比不得我们——可不是火车已经开行？——
天生是稻田里的牛粪——唉，稻田里的牛粪！"
"喂，卖油条的，赶上来，快，我还要六根。"

卡尔佛里

喂,看热闹去,朋友!在哪儿?
卡尔佛里。今天是杀人的日子;
两个是贼,还有一个——不知到底
是谁?有人说他是一个魔鬼;
有人说他是天父的亲儿子,
米赛亚……看,那就是,他来了!
咦,为什么有人替他抗着
他的十字架?你看那两个贼,
满头的乱发,眼睛里烧着火,
十字架压着他们的肩背!
他们跟着耶稣走着:唉,耶稣,
他到底是谁?他们都说他有

权威,你看他那样子顶和善,
顶谦卑——听着,他说话了!他说:
"父呀,饶恕他们罢,他们自己
都不知道他们犯的是什么罪。"
我说你觉不觉得他那话怪,
听了叫人毛管里直淌冷汗?
那黄头毛的贼,你看,好像是
梦醒了,他脸上全变了气色,
眼里直流着白豆粗的眼泪;
准是变善了!谁要能赦了他,
保管他比祭司不差什么高矮!……
再看那妇女们!小羊似的一群,
也跟着耶稣的后背,头也不包,
也不梳,直哭,直叫,直嚷,
倒像上十字架的是她们亲生
儿子;倒像明天太阳不透亮……
再看那群得意的犹太,法利赛
法利赛,穿着长袍,戴着高帽,
一脸的奸相;他们也跟在后背,
他们这才得意哪,瞧他们那笑!
我真受不了那假味儿,你呢?
听他们还嚷着哪:"快点儿走,
上'人头山'去,钉死他,活钉死他!"……
唉,躲在墙边高个儿的那个?
不错,我认得,黑黑的脸,矮矮的。
就是他该死,他就是犹大斯!
不错,他的门徒。门徒算什么?

耶稣就让他卖，卖现钱，你知道！
他们也不止一半天的交情哪：
他跟着耶稣吃苦就有好几年，
谁知他贪小，变了心，真是狗屎！
那还只前天，我听说，他们一起
吃晚饭，耶稣与他十二个门徒，
犹大斯就算一枚；耶稣早知道，
迟早他的命，他的血，得让他卖；
可不是他的血？吃晚饭时他说，
他把自己的肉喂他们的饿，
也把他自己的血止他们的渴，
意思要他们逢着患难时多少
帮着一点：他还亲手舀着水
替他们洗脚，犹大斯都有分，
还拿自己的腰布替他们擦干！
谁知那大个儿的黑脸他，没等
擦干嘴，就拿他主人去换钱：——
听说那晚耶稣与他的门徒
在橄榄山上歇着，冷不防来了，
犹大斯带着路，天不亮就干，
树林里密密的火把像火蛇，
蜓着来了，真恶毒，比蛇还毒；
他一上来就亲他主人的嘴，
那是他的信号，耶稣就倒了霉，
赶明儿你看，他的鲜血就在
十字架上冻着！我信他是好人；
就算他坏，也不该让犹大斯

那样肮脏的卖,那样肮脏的卖!……
我看着惨,看他生生的让人
钉上十字架去,当贼受罪,我不干!
你没听着怕人的预言?我听说
公道一完事,天地都得昏黑——
我真信,天地都得昏黑——回家罢!

        十一月八日早一时半写完

在那山道旁

在那山道旁,一天雾蒙蒙的朝上,
初生的小蓝花在草丛里窥觑,
我送别她归去,与她在此分离,
在青草里飘拂,她的洁白的裙衣。

我不曾开言,她亦不曾告辞,
驻足在山道旁,我暗暗的寻思;
"吐露你的秘密,这不是最好时机?"——
露湛的小草花,仿佛恼我的迟疑。

为什么迟疑,这是最后的时机,
在这山道旁,在这雾茫的朝上?

收集了勇气,向着她我旋转身去:——
但是啊!为什么她这满眼凄惶?

我咽住了我的话,低下了我的头:
火灼与冰激在我的心胸间回荡,
啊,我认识了我的命运,她的忧愁,——
在这浓雾里,在这凄清的道旁!

在那天朝上,在雾茫茫的山道旁,
新生的小蓝花在草丛里睥睨。
我目送她远去,与她从此分离——
在青草间飘拂,她那洁白的裙衣!

五老峰

不可摇撼的神奇,
　　　不容注视的威严,
这耸峙,这横蟠,
　　　这不可攀援的峻险!
看!那巉岩缺处
　　　透露着天,窈远的苍天,
在无限广博的怀抱问,
　　　这磅礴的伟象显现!

是谁的意境,是谁的想象?
　　　是谁的工程与搏造的手痕?
在这亘古的空灵中

陵慢着天风，天体与天氛！
有时朵朵明媚的彩云，
　　轻颤的，妆缀着老人们的苍鬓，
像一树虬干的古梅在月下
　　吐露了艳色鲜葩的清芬！

山麓前伐木的村童，
　　在山涧的清流中洗濯，呼啸，
认识老人们的嗔颦，
　　迷雾海沫似的喷涌，铺罩，
淹没了谷内的青林，
　　隔绝了鄱阳的水色袅渺，
陡壁前闪亮着火电，听呀！
　　五老们在渺茫的雾海外狂笑！

朝霞照他们的前胸，
　　晚霞戏逗着他们赤秃的头颅；
黄昏时，听异鸟的欢呼，
　　在他们鸠盘的肩旁怯怯的透露
不昧的星光与月彩：
　　柔波里，缓泛着的小艇与轻舸；
听呀！在海会静穆的钟声里，
　　有朝山人在落叶林中过路！

更无有人事的虚荣，
　　更无有尘世的仓促与噩梦，
灵魂！记取这从容与伟大，

在五老峰前饱啜自由的山风!
这不是山峰,这是古圣人的祈祷,
　　凝聚成这"冻乐"似的建筑神工,
给人间一个不朽的凭证,——
　　一个"崛强的疑问"在无极的蓝空!

乡村里的音籁

小舟在垂柳荫间缓泛——
　　一阵阵初秋的凉风,
　　吹生了水面的漪绒,
吹来两岸乡村里的音籁。

我独自凭着船窗闲憩,
　　静看着一河的波幻,
　　静听着远近的音籁,——
又一度与童年的情景默契!

这是清脆的稚儿的呼唤,
　　田场上工作纷纭,

竹篱边犬吠鸡鸣：
但这无端的悲感与凄惋！

白云在蓝天里飞行，
　　　我欲把恼人的年岁，
　　　我欲把恼人的情爱，
托付与无涯的空灵——消泯！

回复我纯朴的，美丽的童心：
　　　像山谷里的冷泉一勺，
　　　像晓风里的白头乳鹊，
像池畔的草花，自然的鲜明。

默境

我友,记否那西山的黄昏,
钝氲里透出的紫霭红晕,
漠沉沉,黄沙弥望,恨不能
登山顶,饱餐西陲的菁英。
全仗你吊古殷勤,趁别院,
度边门,惊起了卧犬狰狞。
墓庭的光景,却别是一味
苍凉,别是一番苍凉境地:
我手剔生苔碑碣,看冢里
僧骸是何年何代,你轻踹
生苔庭砖,细数松针几枚;
不期间彼此缄默的相对,

僵立在寂静的墓庭墙外，
同化于自然的宁静，默辨
静里深蕴着普遍的义韵。
我注目在墙畔一穗枯草，
听邻庵经声，听风抱树梢，
听落叶，冻乌零落的音调。
心定如不波的湖，却又教
连珠似的潜思泛破，神凝
如千年僧骸的尘埃，却又
被静的底里的热焰熏点；

我友，感否这柔韧的静里，
蕴有钢似的迷力，满充着
悲哀的况味，阐悟的几微，
此中不分春秋，不辨古今，
生命即寂灭，寂灭即生命，
在这无终始的洪流之中，
难得素心人悄然共游泳。
纵使阐不透这凄伟的静，
我也怀抱了这静中涵濡，
温柔的心灵。我便化野鸟
飞去，翅羽上也永远染了
欢欣的光明，我便向深山
去隐，也难忘你游目云天，
游神象外的 Transfiguration。

我友！知否你妙目——漆黑的

圆睛——放射的神辉，照彻了
我灵府的奥隐，恍如昏夜
行旅，骤得了明灯，刹那间
周遭转换，涌现了无量数
理想的楼台，更不见墓园
风色，再不闻衰冬吁喟，但
见玫瑰丛中，青春的舞蹈
与欢容，只闻歌颂青春的
谐乐与欢惊；——
轻捷的步履。
你永向前领，欢乐的光明。
你永向前引：我是个崇拜
青春、欢乐与光明的灵魂。

希望的埋葬

希望，只如今……
如今只剩些遗骸；
可怜，我的心……
却教我如何埋掩？

希望，我抚摩着
你惨变的创伤；
在这冷默的冬夜——
谁与我商量埋葬？

埋你在秋林之中，
幽涧之边，你愿否，

朝餐泉乐的琤琮，
暮偎着松茵香柔？

我收拾一筐的红叶，
露凋秋伤的枫叶，
铺盖在你新坟之上——
长眠着美丽的希望！

我唱一支惨淡的歌，
与秋林的秋声相和；
滴滴凉露似的清泪，
洒遍了清冷的新墓！

我手抱你冷残的衣裳，
凄怀你生前的经过——
一个遭不幸的爱母，
回想一场抚养的辛苦。

我又舍不得将你埋葬，
希望，我的生命与光明！
像那个情疯了的公主，
紧搂住她爱人的冷尸！

梦境似惝恍迷离，
毕竟是谁存与谁亡？
是谁在悲唱，希望！
你，我，是谁替谁埋葬？

"美是人间不死的光芒",
不论是生命,或是希望;
便冷骸也发生命的神光,
何必问秋林红叶去埋葬?

　　　　　　一九二三年一月二十四日

冢中的岁月

白杨树上一阵鸦啼,
白杨树上叶落纷披,
白杨树下有荒土一堆;
亦无有青草,亦无有墓碑。

亦无有蛱蝶双飞,
亦无有过客依违,
有时点缀荒原的暮霭,
土堆邻近有青磷闪闪。

埋葬了也不得安逸,
髑髅在坟底叹息;

舍手了也不得静谧，
髑髅在坟底饮泣。

破碎的愿望梗塞我的呼吸，
伤禽似的震悸着他的羽翼；
白骨放射着赤色的火焰——
烧不尽生前的恋与怨。

白杨在西风里无语，摇曳，
孤魂在墓窟的凄凉里寻味：
"从不享，可怜，祭扫的温慰，
更有谁存念他生平的梗概！"

叫化活该

"行善的大姑,修好的爷,"
　　西北风尖刀似的猛刺着他的脸,
"赏给我一点你们吃剩的油水吧!"
　　一团模糊的黑影,挨紧在大门边。

"可怜我快饿死了,发财的爷,"
　　大门内有欢笑,有红炉,在玉杯;
"可怜我快冻死了,有福的爷,"
　　大门外西北风笑说:"叫化活该!"

我也是战栗的黑影一堆,
　　蠕伏在人道的前街;

我也只要一些同情的温暖,
　　遮掩我的剐残的余骸——

但这沉沉的紧闭的大门：谁来理睬；
街道上只冷风的嘲讽,"叫化活该!"

　　　　　　　　　　　　一九二三年冬

一星弱火

我独坐在半山的石上,
　　看前峰的白云蒸腾,
一只不知名的小雀。
　　嘲讽着我迷惘的神魂。

白云一饼饼的飞升,
　　化入了辽远的无垠;
但在我逼仄的心头,啊,
　　却凝敛着惨雾与愁云!

皎洁的晨光已经透露,
　　洗净了青屿似的前峰;

像墓墟间的磷光惨淡，
　　一星的微焰在我的胸中。

但这惨淡的弱火一星，
　　照射着残骸与余烬，
虽则是往迹的嘲讽，
　　却绵绵的长随时间进行！

她是睡着了

　　她是睡着了——
星光下一朵斜欹的白莲；
　　她入梦境了——
香炉里袅起一缕碧螺烟。

　　她是眠熟了——
涧泉幽抑了喧响的琴弦；
　　她在梦乡了——
粉蝶儿，翠蝶儿，翻飞的欢恋。

　　停匀的呼吸：
清芬，渗透了她的周遭的清氛；

有福的清氛，
怀抱着，抚摩着，她纤纤的身形！

　　奢侈的光阴！
静，沙沙的尽是闪亮的黄金，
　　平铺着无垠，
波鳞间轻漾着光艳的小艇。

　　醉心的光景：
给我披一件彩衣，啜一坛芳醴，
　　折一枝藤花，
舞，在葡萄丛中颠倒，昏迷。

　　看呀，美丽！
三春的颜色移上了她的香肌，
　　是玫瑰，是月季，
是朝阳里水仙，鲜妍，芳菲！

梦底的幽秘，
挑逗着她的心——纯洁的灵魂，
像一只蜂儿，
在花心，恣意的唐突——温存。

　　童真的梦境！
静默，休教惊断了梦神的殷勤；
　　抽一丝金络，
抽一丝银络，抽一丝晚霞的紫曛；

玉腕与金梭,
织缣似的精审,更番的穿度——
　　化生了彩霞,
神阙,安琪儿的歌,安琪儿的舞。

　　可爱的梨涡,
解释了处女的梦境的欢喜,
　　像一颗露珠,
颤动的,在荷盘中闪耀着晨曦。

十九日夜二时半

小诗

　　月，我含羞地说，
请你登记我冷热交感的情泪，
　　在你专登泪债的哀情录里；

　　月，我哽咽着说，
请你查一查我年来的滴滴清泪
　　是放新账还是清旧欠呢？
　　　　　　　　一九二二年七月二十一日

你是谁呀?

　　你是谁呀?
面熟得很,你我曾经会过的,
但在那里呢,竟是无从记起;
是谁引你到我密室里来的?
你满面忧怆的精神,你何以
默不出声,我觉得有些怕惧;
你的肤色好比干蜡,两眼里
泄露无限的饥渴;呀!他们在
迸泪,鲜红,枯干,凶狠的眼泪,
胶在睫帘边,多可怕,多凄惨!
——我明白了:我知晓你的伤感,
憔悴的根源;可怜!我也记起,

依稀,你我的关系像在这里。
  那里,云里雾里,哦,是的是的!
但是再休提起:你我的交谊,
从今起,另辟一番天地,是呀,
另辟一番天地;再不用问你
——我希冀——"你是谁呀?"

一九二二年,英国

青年杂咏

[一]
  青年！
你为什么沉湎于悲哀？
你为什么耽乐于悲哀？
你不幸为今世的青年，
你的天是沉碧奈何天；
你筑起了一座水晶宫殿，
在"眸冷骨累"（melancholy）的河水边；
河流流不尽骨累眸冷，
还夹着些些残枝断梗，
一声声失群雁的悲鸣，
水晶宫朝朝暮暮反映一

映出悲哀,飘零,眸子吟,
无聊,宇宙,灰色的人生,
你独生在宫中,青年呀,
霉朽了你冠上的黄金!

[二]
  青年!
你为什么迟徊于梦境?
你为什么迷恋于梦境?
你幸而为今世的青年,
你的心是自由梦魂心,
你抛弃你尘秽的头巾,
解脱你肮脏的外内衿,
露出赤条条的洁白身,
跃入缥缈的梦潮清冷。
浪势奔腾,侧眼波罅里,
看朝彩晚霞,满天的星,——
梦里的光景,模糊,绵延,
却又分明;梦魂,不愿醒,
为这大自在的无终始,
任凭长鲸吞噬,亦甘心。

[三]
  青年!
你为什么醉心于革命,
你为什么牺牲于革命?
黄河之水来自昆仑巅,

泛流华族支离之遗骸,
挟黄沙莽莽,沉郁音响,
苍凉,惨如鬼哭满中原!
华族之遗骸!浪花荡处,
尚可认伦常礼教,祖先,
神主之断片,——君不见
两岸遗孽,枉戴着忠冠,
孝瓣,抱缺守残,泪眼看
风云暗淡,"道丧"的人间!
运也!这狂澜,有谁能挽,
问谁能挽精神之狂澜?

威尼市

我站在桥上,
这甜熟的黄昏,
远处来的箫声和琴音——点儿,线儿,
圆形,方形,长形,
尽是灿烂的黄金,
倾泻在波涟里,
澄蓝而凝匀。
歌声,游艇,
灯烛的辉莹,
梦寐似生,
——絪缊——
幻景似消泯,

在流水的胸前——
鲜妍，绻缱——
流，流，
流入沉沉的黄昏。

我灵魂的弦琴，
感受了无形的冲动，
怔忡，惺松，
悄悄地吟弄，
一支红朵蜡的新曲，
出咽的香浓；
但这微妙的心琴哟，
有谁领略，
有谁能听！

梦游埃及

龙舟画桨
　　　地中海海乐悠扬；
浪涛的中心
　　　有丑怪奋斗汹张；

一轮漆黑的明月。
滚入了青面的太阳——
　　　青面白发的太阳；
太阳又奔赴涛心，将海怪
　　　浇成奇伟的偶像；

大海化成了大漠；

开佛伦王的石像
　　　危峙在天地中央；
张口把太阳吃了
　　　遍体发骇人的光亮；
巨万的黄人黑人白人
　　　蠕伏在浪涛汹涌的地面；
金刚般的勇士
　　　大倘步走上了人堆；

人堆里呹呹的怪响
　　　不知是悲切是欢畅；
勇士的金盔金甲
　　　闪闪发亮
　　　烨烨生火；

顷刻大火蟠蟠，火焰里有个
伟丈夫端坐：
　　像菩萨，
　　像葛德，
　　像柏拉图，
坐镇在勇士们头颅砌成的
莲台宝座；

一阵骇人的金电，——
这人宝塔又变形为
　　　大漠里清静静地
　　　一座三角金字塔：

一个个金字，都是
　　　放焰的龙珠；
塔像一只高背的骆驼，
　　驮着个不长不短的
　　人魔——他睁着怪眼大喊道：——
　　　"奴隶的人间，可曾看出
　　　此中的消息呀？"

山中大雾看景

这一瞬息的展露——
　　　是山雾，
　　　是台幕！
这一转瞬的沉闷，
　　　是云蒸，
　　　是人生？

　　那分明是山，水，田，庐；
　　又分明是悲，欢，喜，怒；
啊，这眼前刹那间开朗——
我仿佛感悟了造化的无常！

给母亲

母亲,那还只是前天,
我完全是你的,你唯一的儿;
你那时是我思想与关切的中心:
太阳在天上,你在我心里;
每回你病了,妈妈,如其医生们说病重,
我就忍不着背着你哭,
心想着世界的末日就快来了;
那时我再没有更快活的时刻,除了
和你一床睡着,我亲爱的妈妈,
枕着你的臂膀,贴近你的胸膛,
跟着你和平的呼吸放心的睡熟,
正像是一个初离奶的小孩。

但在那二十几年间虽则那样真挚的忠心的爱,
我自己却并不知道;"爱"那个不顺口的字,
那时不在我的口边,
就这先天的一点孝心完全浸没了我的天性与生命。
这来的变化多大呀!
这不是说,真的,我不再爱你,
妈!或是爱你不比早年,那不是实情;
只是我新近懂得了爱,
再不像原先那天真的童子的爱,
这来是成人的爱了;
我,妈的孩子,已经醒起,并且觉悟了
这古怪的生命要求;

生命,它那进口的大门是
一座不灭的烈焰!爱——
谁要领略着里面的奥妙,
谁要觉着这里面的搏动,
(在我们中间能有几个到死不留遗憾的!)
就得投身进这焰腾腾的门内去——

但是,妈,亲爱的,让我今天明白的招认
对父母的爱,孝,不是爱的全部;
那是不够的;迟早有一天,
这"爱人"化的儿子会得不自主的
移转他那思想与关切的中心,
从他骨肉的来源,
到那唯一的灵魂,

诗歌卷

他如今发现这是上帝的旨意
应得与他自己的融合成一体——

自今以后——
不必担心,亲爱的母亲,不必愁,
你唯一的儿子会得在情感上远着你们——
啊不,你应得欢喜,妈妈呀!
因为他,你的孩儿,从今起能爱,
是的,能用双倍的力量来爱你,
他的忠心只是比先前益发的集中了;
因为他,你的孩儿,已经寻着了快乐,
身体与灵魂,
并且初次觉着这世界还是值得一住的,
他从没有这样想过,
人生也不是过分的刻薄——
他这生来真的得着了他应有的名分,
因此他在感激与欢喜中竞想
赞美人生与宇宙了!

妈呀"我们俩"赤心的,联心的爱你,
真真的爱你,
像一对同胞的稚鸽在睡醒时
爱白天的清光。

一九二五年八月一日

悲思

悲思在庭前——
　　不；但看
　　新萝憨舞，
　　紫藤吐艳，
　　蜂恣蝶恋——
悲思不在庭前。

悲思在天上——
　　不；但看
　　青白长空，
　　气宇晴朗，
　　云雀回舞一

悲思不在天上。

悲思在我笔里——
　　　不；但看
　　白净长毫，
　　正待抒写，
　　浩坦心怀——
悲思不在我的笔里。

悲思在我纸上——
　　　不；但看
　　质净色清，
　　似在缅哈，
　　诗意春情——
悲思不在我的纸上。

悲思莫非在我……
　　　心里——
　　心如古墟，
　　野草不株，
　　心如冻泉，
　　冻结活源，
　　心如冬虫，
　　久蛰久噤——
不，悲思不在我的心里！

　　　　　　　　　五月十三日

白须的海老儿

那船平空在海中心抛锚,
也不顾我心头野火似的烧!
那白须的海老倒像有同情,
他声声问的是为甚不进行?

我伸手向黑暗的空间抱,
谁说这飘渺不是她的腰?
我又飞吻给银河边的星,
那是我爱最灵动的明睛。

但这来白须的海老又生恼,
(他忌妒少年情,别看他年老!)

他说你情急我偏给你不行,
你怎生跳度这碧波的无垠?

果然那老顽皮有他的蹊跷,
这心头火差一点变海水里泡!
但此时我忙着亲我爱的香唇。
谁耐烦再和白须的海老儿争?

再休怪我的脸沉

不要着恼，乖乖，不要怪嫌我的脸绷得直长，
　　我的脸绷得是长，
可不是对你，对恋爱生厌。

不要凭空往大坑里盲跳：
　　胡猜是一个大坑，
　　这里面坑得死人；
你听我讲，乖，用不着烦恼。

你，我的恋爱，早就不是你：
　　你我早变成一身，
　　呼吸，命运，灵魂——

再没有力量把你我分离。

你我比是桃花接上竹叶,
　　露水合着嘴唇吃,
　　经脉胶成同命丝,
单等春风到开一个满艳。

谁能怀疑他自创的恋爱?
　　天空有星光耿耿,
　　冰雪压不倒青春,
任凭海有时枯,石有时烂!

不是的,乖,不是对爱生厌!
　　你胡猜我也不怪,
　　我的样儿是太难,
反正我得对你深深道歉。

不错,我恼,恼的是我自己:
　　(山怨土堆不够高;河对水私下唠叨。)
恨我自己为甚这不争气。

我的心(我信)比似个浅洼:
　　跳动着几条泥鳅,
　　积不住三尺清流,
盼不到天光,映不着彩霞;

又比是个力乏的朝山客;

他望见白云燎绕，
　　　　拥护着山远山高，
但他只能在倦疲中沉默。

也不是不认识上天威力：
　　　　他何尝甘愿绝望，
　　　　空对着光阴怅惘——
你到深夜里来听他悲泣！

就说爱，我虽则有了你，爱，
　　　　不愁在生命道上
　　　　感受孤立的恐慌，
但天知道我还想住上攀！

恋爱，我要更光明的实现：
　　　　草堆里一个萤火
　　　　企慕着天顶星罗：
我要你我的爱高比得天！

我要那洗度灵魂的圣泉，
　　　　洗掉这皮囊腌臜，
　　　　解放内裹的囚犯，
化一缕轻烟，化一朵青莲。

这，你看，才叫是烦恼自找；
　　　　从清晨直到黄昏，
　　　　从天昏又到天明，

活动着我自剖的一把钢刀!

不是自杀,你得认个分明。
　　劈去生活的余渣,
　　为要生命的精华;
给我勇气,啊,唯一的亲亲!

给我勇气,我要的是力量,
　　快来救我这围城,
　　再休怪我的脸沉。
快来,乖乖,抱住我的思想!

四月二十二日

天神似的英雄

这石是一堆粗丑的顽石。
这百合是一丛明媚的秀色;
但当月光将花影描上了石隙,
这粗丑的顽石也化生了媚迹。

我是一团臃肿的凡庸,
她的是人间无比的仙容;
但当恋爱将她偎入我的怀中,
就我也变成了天神似的英雄!

再不见雷峰

再不见雷峰，雷峰坍成了一座大荒冢，
　　顶上有不少交抱的青葱；
　　顶上有不少交抱的青葱，
再不见雷峰，雷峰坍成了一座大荒冢。
为什么感慨，对着这光阴应分的摧残？
　　世上多的是不应分的变态，
　　世上多的是不应分的变态；
为什么感慨，对着这光阴应分的摧残？
为什么感慨：这塔是镇压，这坟是掩埋——
　　镇压还不如掩埋来得痛快！
　　镇压还不如掩埋来得痛快，
为什么感慨：这塔是镇压，这坟是掩埋。

再没有雷峰,雷峰从此掩埋在人的记忆中,
　　像曾经的幻梦,曾经的爱宠;
　　像曾经的幻梦,曾经的爱宠,
再没有雷峰,雷峰从此掩埋在人的记忆中。

九月,西湖。

这年头活着不易

昨天我冒着大雨到烟霞岭下访桂；
　　南高峰在烟霞中不见，
　　　在一家松茅铺的屋檐前
　　　我停步，问一个村姑今年
翁家山的桂花有没有去年开的媚。

那村姑先对着我身上细细的端详：
　　活像只羽毛浸瘪了的鸟，
　　　我心想，她定觉得蹊跷。
　　　在这大雨天单身走远道，
倒来没来头的问桂花今年香不香。

"客人，你运气不好，来得太迟又太早：
　　这里就是有名的满家弄，
　　往年这时候到处香得凶，
　　这几天连绵的雨，外加风，
弄得这稀糟，今年的早桂就算完了。"

果然这桂子林也不能给我点子欢喜：
　　枝上只见焦萎的细蕊，
　　看着凄凄，唉，无妄的灾！
　　为什么这到处是憔悴？
这年头活着不易！这年头活着不易！

一九二五年九月，西湖。

庐山石工歌

[一]

唉浩！唉浩！唉浩！
　　唉浩！唉浩！
我们起早，唉浩，
　　看东方晓，唉浩，东方晓！
唉浩！唉浩！
　　鄱阳湖低！唉浩！庐山高！
　　唉浩，庐山高；唉浩！庐山高；
　　唉浩，庐山高！
　　唉浩，唉浩！唉浩！
　　唉浩！唉浩！

[二]

浩唉！浩唉！浩唉！
　　浩唉！浩唉！
我们早起，浩唉！
看白云低，浩唉！白云飞！
　　浩唉！浩唉！
天气好，浩唉！上山去！
　　浩唉；上山去；浩唉，上山去；
　　浩唉，上山去！
浩唉！浩唉！……浩唉！
　　浩唉！浩唉！

[三]

浩唉！唉浩！浩唉！
唉浩！浩唉！唉浩！
浩唉！唉浩！浩唉！
唉浩！浩唉！唉浩！
　　太阳好，唉浩，太阳焦，
　　赛如火烧，唉浩！
大风起，浩唉，白云铺地；
　　当心脚底，浩唉；
　　浩唉，电闪飞，唉浩，大雨暴；·
天昏，唉浩，地黑，浩唉！
　　天雷到，浩唉，天雷到！
　　浩唉，鄱阳湖低；唉浩，五老峰高！
　　浩唉，上山去，唉浩，上山去！
浩唉，上山去！

唉浩，鄱阳湖低！浩唉，庐山高！
　　唉浩，上山去，浩唉，上山去！
　　唉浩，上山去！
浩唉！浩唉！浩唉！
　　浩唉！浩唉！浩唉！
　　　浩唉！浩唉！浩唉！
浩唉！浩唉！浩唉！

西伯利亚

西伯利亚：——我早年时想象你不是受上天恩情的地域：
荒凉，严肃，不可比况的冷酷。
在冻雾里，在无边的雪地里。
有局促的生灵们，半像鬼，枯瘦，
黑面目，佝偻，默无声的工作。
在他们，这地面是寒冰的地狱，
天空不留一丝霞彩的希冀，
更不问人事的恩情，人隋的旖旎；
这是为怨郁的人间淤藏怨郁，
茫茫的白雪里渲染人道的鲜血，
西伯利亚，你象征的是恐怖，荒虚。

但今天，我面对这异样的风光——
不是荒原，这春夏间的西伯利亚，
更不见严冬时的坚冰，枯枝，寒鸦；
在这乌拉尔东来的草田，茂旺，葱秀，
牛马的乐园，几千里无际的绿洲，
更有那重叠的森林，赤松与白杨，
灌属的小丛林，手挽手的滋长；
那赤皮松，像巨万赭衣的战士，
森森的，悄悄的，等待冲锋的号示，
那白杨，婀娜的多姿，最是那树皮，
白如霜，依稀林中仙女们的轻衣；
就这天——这天也不是寻常的开朗：
看，蓝空中往来的是轻快的仙航，——
那不是云彩，那是天神们的微笑，
琼花似的幻化在这圆穹的周遭……
　　　　　　一九二五年过西伯利亚倚车窗眺景随笔

渺小

我仰望群山的苍老，
　　他们不说一句话。
阳光描出我的渺小，
　　小草在我的脚下。

我一人停步在路隅，
　　倾听空谷的松籁；
青天里有白云盘踞——
　　转眼间忽又不在。

阔的海

阔的海空的天我不需要,
我也不想放一只巨大的纸鹞
上天去捉弄四面八方的风;
  我只要一分钟
  我只要一点光
  我只要一条缝,——
像一个小孩爬伏
在一间暗屋的窗前
望着西天边不死的一条
缝,一点
光,一分
钟。

车上

这一车上有各等的年岁,各色的人:
有出须的,有奶孩,有青年,有商,有兵;
也各有各的姿态:傍着的,躺着的,
张眼的,闭眼的,向窗外黑暗望着的。

车轮在铁轨上碾出重复的繁响,
天上没有星点,一路不见一些灯亮;
只有车灯的幽辉照出旅客们的脸,
他们老的少的,一致声诉旅程的疲倦。

这时候忽然从最幽暗的一角发出
歌声:像是山泉,像是晓鸟,蜜甜,清越,

又像是荒漠里点起了通天的明燎，
它那正直的金焰投射到遥远的山坳。

她是一个小孩，欢欣摇开了她的歌喉；
在这冥盲的旅程上，在这昏黄时候，
像是奔发的山泉，像是狂欢的晓鸟，
她唱，直唱得一车上满是音乐的幽妙。

旅客们一个又一个的表示着惊异，
渐渐每一个脸上来了有光辉的惊喜：
买卖的，军差的，老辈，少年，都是一样，
那吃奶的婴儿，也把他的小眼开张。

她唱，直唱得旅途上到处点上光亮，
层云里翻出玲珑的月和斗大的星，
花朵，灯彩似的，在枝头竞赛着新样，
那细弱的草根也在摇曳轻快的青萤！

一九三一年四月七日

车眺

[一]
我不能不赞美
这向晚的五月天：
怀抱着云和树
那些玲珑的水田。

[二]
白云穿掠着晴空，
像仙岛上的白燕！
晚霞正照着它们，
白羽镶上了金边。

［三］
背着轻快的晚凉,
牛,放了工,呆着做梦;
孩童们在一边蹲,
想上牛背,美,逗英雄!

［四］
在绵密的树荫下,
有流水,有白石的桥,
桥洞下早来了黑夜,
流水里有星在闪耀。

［五］
绿是豆畦,阴是桑树林,
幽郁是溪水傍的草丛,
静是这黄昏时的田景,
但你听,草虫们的飞动!

［六］
月亮在昏黄里上妆,
太阳心慌的向天边跑;
他怕见她,他怕她见,——
怕她见笑一脸的红糟!

再别康桥

轻轻的我走了,
　　正如我轻轻的来;
我轻轻的招手,
　　作别西天的云彩。

那河畔的金柳,
　　是夕阳中的新娘;
波光里的艳影,
　　在我的心头荡漾。

软泥上的青荇,
　　油油的在水底招摇;

在康河的柔波里。
　　我甘心做一条水草！

那榆荫下的一潭，
　　不是清泉，是天上虹.
揉碎在浮藻间，
　　沉淀着彩虹似的梦。

寻梦？撑一支长篙，
　　向青草更青处漫溯，
满载一船星辉，
　　在星辉斑斓里放歌。

但我不能放歌，
　　悄悄是别离的笙箫；
夏虫也为我沉默，
　　沉默是今晚的康桥！

悄悄的我走了，
　　正如我悄悄的来；
我挥一挥衣袖，
　　不带走一片云彩。

　　　　　　　　　　　十一月六日中国海上

两个月亮

我望见有两个月亮:
一般的样,不同的相。

一个这时正在天上,
披敞着雀毛的衣裳;
她不吝惜她的恩情,
满地全是她的金银。
她不忘故宫的琉璃,
三海间有她的清丽。
她跳出云头,跳上树,
又躲进新绿的藤萝。
她那样玲珑,那样美,

水底的鱼儿也得醉！
但她有一点子不好，
她老爱向瘦小里耗；
有时满天只见星点，
没了那迷人的圆脸，
虽则到时候照样回来，
但这份相思有些难挨！
还有那个你看不见，
虽则不提有多么艳！
她也有她醉涡的笑，
还有转动时的灵妙；
说慷慨她也从不让人，
可惜你望不到我的园林！
可贵是她无边的法力，
常把我灵波向高里提：
我最爱那银涛的汹涌，
浪花里有音乐的银钟；
就那些马尾似的白沫，
也比得珠宝经过雕琢。
一轮完美的明月，
又况是永不残缺！
只要我闭上这一双眼，
她就婷婷的升上了天！

四月二日月圆深夜

一块晦色的路碑

脚步轻些,过路人!
休惊动那最可爱的灵魂,
如今安眠在这地下,
有绛色的野草花掩护她的余烬。

你且站定,在这无名的土阜边,
任晚风吹弄你的衣襟,
倘如这片刻的静定感动了你的悲悯。
让你的泪珠圆圆的滴下——
为这长眠着的美丽的灵魂!

过路人,假若你也曾

在这人间不平的道上颠顿,
让你此时的感愤凝成最锋利的悲悯,
在你的激震着的心叶上,
刺出一滴,两滴的鲜血——
为这遭冤屈的最纯洁的灵魂!

枉然

你枉然用手锁着我的手,
女人,用口噙住我的口,
枉然用鲜血注入我的心,
火烫的泪珠见证你的真;

迟了!你再不能叫死的复活,
从灰土里唤起原来的神奇;
纵然上帝怜念你的过错,
他也不能拿爱再交给你!

一九二八年十一月一日

生活

阴沉,黑暗,毒蛇似的蜿蜒,
生活逼成了一条甬道:
一度陷入,你只可向前,
手扪索着冷壁的粘潮,

在妖魔的脏腑内挣扎,
头顶不见一线的天光,
这魂魄,在恐怖的压迫下,
除了消灭更有什么愿望?

五月二十九日

残春

昨天我瓶子里斜插着的桃花，
是朵朵媚笑在美人的腮边挂；
今儿它们全低了头，全变了相：——
红的白的尸体倒悬在青条上。

窗外的风雨报告残春的运命，
丧钟似的音响在黑夜里叮咛：
"你那生命的瓶子里的鲜花也
变了样：艳丽的尸体，谁给收殓？"

一九二七年四月二十日

残破

[一]
深深的在深夜里坐着：
当窗有一团不圆的光亮，
风挟着灰土，在大街上
　　小巷里奔跑：
我要在枯秃的笔尖上袅出
一种残破的残破的音调，
为要抒写我的残破的思潮。

[二]
深深的在深夜里坐着：
生尖角的夜凉在窗缝里

妒忌屋内残余的暖气,
也不饶恕我的肢体:
但我要用我半干的墨水描成
一些残破的残破的花样,
因为残破,残破是我的思想。

[三]
深深的在深夜里坐着,
左右是一些丑怪的鬼影:
焦枯的落魄的树木
  在冰沉沉的河沿叫喊,
  比着绝望的姿势,
正如我要在残破的意识里
重兴起一个残破的天地。

[四]
深深的在深夜里坐着,
闭上眼回望到过去的云烟;
啊,她还是一枝冷艳的白莲,
  斜靠着晓风,万种的玲珑;
但我不是阳光,也不是露水,
我有的只是些残破的呼吸,
  如同封锁在壁橡间的群鼠
追逐着,追求着黑暗与虚无!

一九三一年三月

活该

活该你早不来！
热情已变死灰。

提什么已往？——
骷髅的磷光！

将来？——各走各的道
长庚管不着"黄昏晓"。

爱是痴，恨也是傻，
谁点得清恒河的沙？

不论你梦有多么圆，
周围是黑暗没有边。

比是消散了的诗意，
趁早掩埋你的旧忆。

这苦脸也不用装，
到头儿总是个忘！

得！我就再亲你一口：
热热的！去，再不许停留。

七月三十一日侵晨

哈代

哈代,厌世的,不爱活的,
　　这回再不用怨言,
一个黑影蒙住他的眼?
　　去了,他再不露脸。

八十八年不是容易过,
　　老头活该他的受,
扛着一肩思想的重负,
　　早晚都不得放手。

为什么放着甜的不尝
　　暖和的座儿不坐,

偏挑那阴凄的调儿唱，
　　　辣味儿辣得口破。

他是天生那老骨头僵，
　　　一对眼拖着看人，
他看着了谁谁就遭殃，
　　　你不用跟他讲情！

他就爱把世界剖着瞧，
　　　是玫瑰也给拆坏；
他没有那画眉的纤巧，
　　　他有夜鹗的古怪！

古怪，他争的就只一点——
　　　一点"灵魂的自由"，
也不是成心跟谁翻脸，
　　　认真就得认个透。

他可不是没有他的爱——
　　　他爱真诚，爱慈悲：
人生就说是一场梦幻，
　　　也不能没有安慰。

这日子你怪得他惆怅，
　　　怪得他话里有刺：
他说乐观是"死尸脸上
　　　抹着粉，搽着胭脂！"

这不是完全放弃希冀,
　　宇宙还得往下延,
但如果前途还有生机,
　　思想先不能随便。

为维护这思想的尊严,
　　诗人他不敢怠惰,
高擎着理想,睁大着眼,
　　抉剔人生的错误。

现在他去了,再不说话。
　　(你听这四野的静,)
你爱忘了他就忘了他
　　(天吊明哲的凋零!)

　　　　　　　　　　旧历元旦

云游

那天你翩翩的在空际云游，
自在，轻盈，你本不想停留
在天的哪方或地的哪角，
你的愉快是无拦阻的逍遥。

你更不经意在卑微的地面
有一流涧水，虽则你的明艳
在过路时点染了他的空灵，
使他惊醒，将你的倩影抱紧。

他抱紧的是绵密的忧愁，
因为美不能在风光中静止；

他要,你已飞渡万重的山头,
去更阔大的湖海投射影子!

他在为你消瘦,那一流涧水,
在无能的盼望,盼望你飞回!

一九三一年七月

火车擒住轨

火车擒住轨,在黑夜里奔:
过山,过水,过陈死人的坟;
过桥,听钢骨牛喘似的叫,
过荒野,过门户破烂的庙;
过池塘,群蛙在黑水里打鼓,
过噤口的村庄,不见一粒火;
过冰清的小站,上下没有客,
月台袒露着肚子,像是罪恶。

这时车的呻吟凉醒了天上
三两个星,躲在云缝里张望:
那是干什么的,他们在疑问,

大凉夜不歇着，直闹又是哼，
长虫似的一条，呼吸是火焰，
一死儿往暗里闯，不顾危险，
就凭那精窄的两道，算是轨，
驮着这份重，梦一般的累坠。

累坠！那些奇异的善良的人，
放平了心安睡，把他们不论
俊的村的命全盘交给了它，
不论爬的是高山还是低洼，
不问深林里有怪鸟在诅咒，
天象的辉煌全对着毁灭走；
只图眼前过得，裂大嘴打呼，
明儿车一到，抢了皮包走路！

这态度也不错！愁没有个底；
你我在天空，那天也不休息，
睁大了眼，什么事都看分明，
但自己又何尝能支使运命？
说什么光明，智慧永恒的美，
彼此同是在一条线上受罪；
就差你我的寿数比他们强，
这玩艺反正是一片糊涂账。

一九三一年七月十九日

月下雷峰影片

我送你一个雷峰塔影,
　　满天稠密的黑云与白云;
我送你一个雷峰塔顶,
　　明月泻影在眠熟的波心。

深深的黑夜,依依的塔影,
　　团团的月彩,纤纤的波鳞——
假如你我荡一支无遮的小艇,
　　假如你我创一个完全的梦境!

　　　　　　　一九二三年九月二十六日

沪杭车中

匆匆匆！催催催！
一卷烟，一片山，几点云影，
一道水，一条桥，一支橹声，
一林松，一丛竹，红叶纷纷：

艳色的田野，艳色的秋景，
梦境似的分明，模糊，消隐，——
催催催！是车轮还是光阴？
催老了秋容，催老了人生！

一九二三年十月三十日

难得

难得,夜这般的清净,
　　难得,炉火这般的温,
更是难得,无的相对。
　　一双寂寞的灵魂!

也不必筹营,也不必详论,
　　更没有虚骄,猜忌与嫌憎,
只静静的坐对着一炉火。
　　只静静的默数远巷的更。

喝一口白水,朋友,
　　滋润你的干裂的口唇;

你添上几块煤，朋友，
　　一炉的红焰感念你的殷勤。

在冰冷的冬夜，朋友，
　　人们方始珍重难得的炉薪；
在这冰冷的世界，
　　方始凝结了少数同情的心！

古怪的世界

　　从松江的石湖塘
　　　上车来老妇一双,
颤巍巍的承住弓形的老人身,
　　多谢（我猜是）普渡山的盘龙藤;

　　　青布棉袄,黑布棉套,
　　　头毛半秃,齿牙半耗:
肩挨肩的坐落在阳光暖暖的窗前,
畏葸的,呢喃的,像一对寒天的老燕;

　　　震震的干枯的手背,
　　　震震的皱缩的下颏:

这二老！是妯娌，是姑嫂，是姊妹？——
紧挨着，老眼中有伤悲的眼泪！

  怜悯！贫苦不是卑贱，
   老衰中有无限庄严；——
老年人有什么悲哀，为什么凄伤？
为什么在这快乐的新年，抛却家乡？

  同车里杂沓的人声，
   轨道上疾转着车轮；
我独自的，独自的沉思这世界古怪——
是谁吹弄着那不调谐的人道的音籁？

朝雾里的小草花萤

这岂是偶然，小玲珑的野花！
　　你轻含着鲜露颗颗，
　　　怦动的像是慕光明的花蛾，
在黑暗里想念焰彩，晴霞；
我此时在这蔓草丛中过路，
　　无端的内感，惆怅与惊讶，
　　　在这迷雾里，在这岩壁下，
思忖着，泪怦怦的，人生与鲜露？

问谁

问谁？呵，这光阴的播弄问谁去声诉，
在这冻沉沉的深夜，凄风吹拂她的新墓？

"看守，你须用心的看守，
　　这活泼的流溪，
莫错过，在这清波里优游，
　　青脐与红鳍！"

那无声的私语在我的耳边
　　似曾幽幽的吹嘘，——
像秋雾里的远山，半化烟，
　　在晓风前卷舒。

因此我紧揽着我生命的绳网，
　　　像一个守夜的渔翁，
兢兢的，注视着那无尽流的时光——
　　　私冀有彩鳞掀涌。

但如今，如今只余这破烂的渔网——
　　　嘲讽我的希冀，
我喘息的怅望着不复返的时光：
　　　泪依依的憔悴！

又何况在这黑夜里徘徊：
　　　黑夜似的痛楚：
一个星芒下的黑影凄迷——
　　　留连着一个新墓！

问谁……我不敢怆呼，怕惊扰
　　　这墓底的清淳；
我俯身，我伸手向她搂抱——
　　　啊！这半潮润的新坟！

这惨人的旷野无有边沿，
　　　远处有村火星星。
丛林中有鸱鹗在悍辩——
　　　此地有伤心，只影！

这黑夜，深沉的，环包着大地：
　　　笼罩着你与我——

你,静凄凄的安眠在墓底;
　　我,在迷醉里摩挲!

正愿天光更不从东方
　　按时的泛滥:
我便永远依偎着这墓旁——
　　在沉寂里消幻——

但青曦已在那天边吐露,
　　苏醒的林鸟,
已在远近间相应的喧呼——
　　又是一度清晓。

不久,这严冬过去,东风又来催促青条:
便妆缀这冷落的墓宫,
　　亦不无花草飘摇。

但为你,我爱,如今永远封禁
　　在这无情的地下——
我更不盼天光,更无有春信:
　　我的是无边的黑夜!

为谁

这几天秋风来得格外的尖厉：
  我怕看我们的庭院，
  树叶伤鸟似的猛旋，
  中着了无形的利箭——
没了，全没了：生命，颜色，美丽！

就剩下西墙上的几道爬山虎，
  它那豹斑似的秋色，
  忍熬着风拳的打击，
  低低的喘一声乌邑——
  "我为你耐着！"它仿佛对我声诉。

它为我耐着，那艳色的秋箩，
　　但秋风不容情的追，
　　追，（摧残是它的恩惠！）
　　追尽了生命的余辉——
这回墙上不见了勇敢的秋箩！

今夜那青光的三星在天上
　　倾听着秋后的空院，
　　悄悄的，更不闻呜咽：
　　落叶在泥土里安眠——
只我在这深夜，为谁凄惘？

落叶小唱

一阵声响转上了阶沿,
（我正挨近着梦乡边；）
这回准是她的脚步了,我想——
　　在这深夜!

一声剥啄在我的窗上,
（我正紧靠着睡乡旁；）
这准是她来闹着玩——你看,
　　我偏不张皇!

一个声息贴近我的床,
我说（一半是睡梦,一半是迷惘）：——

"你总不能明白我,你又何苦多叫我心伤!"

一声喟息落在我的枕边,
(我已在梦乡里留恋;)
"我负了你!"你说——你的热泪烫着我的脸!

这音响恼着我的梦魂,
(落叶在庭前舞,一阵,又一阵;)
梦完了,呵,回复清醒;恼人的——
　　却只是秋声!

雪花的快乐

假若我是一朵雪花,
翩翩的在半空里潇洒,
　　我一定认清我的方向——
　　　飞飏,飞飏,飞飏,——
这地面上有我的方向。

不去那冷寞的幽谷,
不去那凄清的山麓,
　　也不上荒街去惆怅——
　　　飞飏,飞飏,飞飏,——
你看,我有我的方向!

在半空里娟娟的飞舞,
认明了那清幽的住处,
　　　等着她来花园里探望——
　　　飞飏,飞飏,飞飏,——
啊,她身上有朱砂梅的清香!

那时我凭借我的身轻,
盈盈的,沾住了她的衣襟,
　　　贴近她柔波似的心胸——
　　　消溶,消溶,消溶——
溶入了她柔波似的心胸!

　　　　　　　　　一九二四年十二月三十日

康桥再会罢

康桥,再会罢;
我心头盛满了别离的情绪,
你是我难得的知己,我当年
辞别家乡父母,登太平洋去,
(算来一秋二秋,已过了四度
春秋,浪迹在海外,美土欧洲)
扶桑风色,檀香山芭蕉况味,
平波大海,开拓我心胸神意,
如今都变了梦里的山河,
渺茫明灭,在我灵府的底里;
我母亲临别的泪痕,她弱手
向波轮远去送爱儿的巾色,

海风咸味，海鸟依恋的雅意，
尽是我记忆的珍藏，我每次
摩按，总不免心酸泪落，便想
理箧归家，重向母怀中匍伏，
回复我天伦挚爱的幸福；
我每想人生多少跋涉劳苦，
多少牺牲，都只是枉费无补，
我四载奔波，称名求学，毕竟
在知识道上，采得几茎花草，
在真理山中，爬上几个峰腰，
钧天妙乐，曾否闻得，彩虹色，
可仍记得？——但我如何能回答？
我但自喜楼高车快的文明，
不曾将我的心灵污抹，今日
我对此古风古色，桥影藻密，
依然能坦胸相见，惺惺惜别。

康桥，再会罢！
你我相知虽迟，然这一年中
我心灵革命的怒潮，尽冲泻
在你妩媚河身的两岸，此后
清风明月夜，当照见我情热
狂溢的旧痕，尚留草底桥边，
明年燕子归来，当记我幽叹
音节，歌吟声息，缦烂的云纹
霞彩，应反映我的思想情感，
此日撒向天空的恋意诗心，

翡冷翠的夜：徐志摩诗歌散文经典

赞颂穆静腾辉的晚景，清晨
富丽的温柔；听！那和缓的钟声
解释了新秋凉绪，旅人别意，
我精魂腾跃，满想化入音波，
震天彻地，弥盖我爱的康桥，
如慈母之于睡儿，缓抱软吻；
康桥！汝永为我精神依恋之乡！
此去身虽万里，梦魂必常绕
汝左右，任地中海疾风东指，
我亦必纡道西回，瞻望颜色；
归家后我母若问海外交好，
我必首数康桥，在温清冬夜
蜡梅前，再细辨此日相与况味；
设如我星明有福，素愿竟酬，
则来春花香时节，当复西航，
重来此地，再捡起诗针诗线，
绣我理想生命的鲜花，实现
年来梦境缠绵的销魂踪迹，
散香柔韵节，增媚河上风流；
故我别意虽深，我愿望亦密，
昨宵明月照林，我已向倾吐
心胸的蕴积，今晨雨色凄清，
小鸟无欢，难道也为是怅别
情深，累藤长草茂，涕泪交零！

康桥！山中有黄金，天上有明星，
人生至宝是情爱交感，即使

山中金尽，天上星散，同情还
永远是宇宙间不尽的黄金，
不昧的明星；赖你和悦宁静
的环境，和圣洁欢乐的光阴。
我心我智，方始经爬梳洗涤，
灵苗随春草怒生，沐日月光辉．
听自然音乐，哺啜古今不朽
——强半汝亲栽育——的文艺精英：
恍登万丈高峰，猛回头惊见
真善美浩瀚的光华，覆翼在
人道蠕动的下界，朗然照出
生命的经纬脉络，血赤金黄，
尽是爱主恋神的辛勤手绩；
康桥！你岂非是我生命的泉源？
你惠我珍品，数不胜数；最难忘
骞士德顿桥下的星磷坝乐，
弹舞殷勤，我常夜半凭阑干，
倾听牧地黑野中倦牛夜嚼，
水草间鱼跃虫嗤，轻挑静寞；
难忘春阳晚照，泼翻一海纯金，
淹没了寺塔钟楼，长垣短堞，
千百家屋顶烟突，白水青田，
难忘茂林中老树纵横；巨干上
黛薄茶青，却教斜刺的朝霞，
抹上些微胭脂春意，忸怩神色；
难忘七月的黄昏，远树凝寂，
像墨泼的山形，衬出轻柔暝色，

密稠稠，七分鹅黄，三分橘绿，
那妙意只可去秋梦边缘捕捉；
难忘榆荫中深宵清啭的诗禽，
一腔情热，教玫瑰噙泪点首，
满天星环舞幽吟，款住远近
浪漫的梦魂，深深迷恋香境；
难忘村里姑娘的腮红颈白；
难忘屏绣康河的垂柳婆娑，
娜娜的克莱亚，硕美的校友居；
——但我如何能尽数，总之此地
人天妙合，虽微如寸芥残垣，
亦不乏纯美精神，流贯其间，
而此精神，正如宛次宛土所谓
"通我血液，浃我心脏"，有"镇驯
矫饬之功"；我此去虽归乡土，
而临行怫怫，转若离家赴远；康桥！我故里闻此，能弗怨汝
僭爱，然我自有谎言代汝答付；
我今去了，记好明春新杨梅
上市时节，盼望我含笑归来，
再见罢，我爱的康桥！

一九二二年八月十日

望月

月：我隔着窗纱，在黑暗中
　　望她从巉岩的山肩挣起——
　　一轮惺忪的不整的光华：
　　像一个处女，怀抱着贞洁，
　　惊惶的，挣出强暴的爪牙；

这使我想起你，我爱，当初
　　也曾在恶运的利齿间捱！
　　但如今，正如蓝天里明月，
　　你已升起在幸福的前峰，
　　洒光辉照亮地面的坎坷！

俘虏颂

我说朋友，你见了没有，那俘虏：
　　拼了命也不知为谁，
　　提着杀人的凶器，
　　带着杀人的恶计，
　　趁天没有亮，堵着嘴，
望长江的浓雾里悄悄的飞渡；

趁太阳还在崇明岛外打盹，
　　满江心只是一片阴，
　　破着褴褛的江水，
　　不提防冤死的鬼，
　　爬在时间背上讨命，

挨着这一船船替死来的接吻；

他们摸着了岸就比到了天堂：
  顾不得险，顾不得潮，
  一耸身就落了地
  （梦里的青蛙惊起，）
  踹烂了六朝的青草，
燕子矶的嶙峋都变成了康庄！

干什么来了，这"大无畏"的精神？
  算是好男子不怕死？——
  为一个人的荒唐，
  为几元钱的奖赏，
  闯进了魔鬼的圈子，
供献了身体，在乌龙山下变粪？

看他们今儿个做俘虏的光荣！
  身上脸上全挂着彩，
  眉眼糊成了玫瑰，
  口鼻裂成了山水，
  脑袋顶着朵大牡丹，
在夫子庙前，在秦淮河边寻梦！

一九二七年九月四日

一九三〇年春

霹雳的一声笑，
从云空直透到地，
刮它的脸扎它的心，
说："醒罢，老睡着干么？"
……
……

三日，沪宁车上

马赛

马赛,你神态何以如此惨淡?
　空气中仿佛释透了铁色的矿质,
　　你拓臂环拥着的一湾海,也在迟重的阳光中,
　　　沉闷地呼吸;
一涌青波,一峰白沫,一声呜咽;

地中海呀!
　你满怀的牢骚,
　　恐只有蟠白的阿尔帕斯——永远
　　　自万呎高处冷眼下瞰——深浅知悉。

马赛,你面容何以如此惨淡?

这岂是情热猖獗的欧南?
看这一带山岭,筑成天然城堡,
雄闳沉着,
一床床的大灰岩,
一丛丛的暗绿林,
一堆堆的方形石灰屋——
光土毛石的尊严,
朴素自然的尊严,
淡净颜色的尊严——
无愧是水让(cézanne)神感的故乡,
廓大术灵魂的手笔!

但普鲁罔司情歌缠绵真挚的精神,
在黑暗中布植文艺复兴种子的精神,
难道也深隐在这些岩片杂草的中间,
惨雾淡抹的中间?

马赛,你惨淡的神情,
　倍增了我别离的幽感,别离欧土的怆心;
　我爱欧化,然我不恋欧洲;
　此地景物已非,不如归去;
　家乡有长梗莱饭,米酒肥羔,
　此地景物已非,不堪存想。
　我游都会繁庶,时有踯躅墟墓之感。
　在繁华声色场中,有梦亦多恐怖:
　我似见莱茵河边,难民麋伏,
　冷月照鸠面青肌,凉风吹褴楼衣结,

柴火几星,便鸡犬也噤无声音;

又似身在咖啡夜馆中,
烟雾里酒香袂影,笑语微闻,
场中有裸女作猥舞,
场背有黑面奴弄器出淫声;

百年来野心迷梦,已教大战血潮冲破;
如凄惶遍地,兽性横行:
不如归去,此地难寻干净人道,
此地难得真挚人情,不如归去!

一九二二年八月

春

　　康河右岸皆学院，左岸牧场之背，榆荫密覆，大道纡回，一望葱翠，春光浓郁。但闻虫声鸟语，校舍寺塔掩映林巅，真胜处也。迩来草长日丽，时有情耦隐卧草中，密话风流。我常往复其间，辄成左作。

河水在夕照里缓流，
幕霞胶抹树干树头；
蚱蜢飞，蚱蜢戏吻草尖尖，
我在春草里看看走走。

蚱蜢匍伏在钱花胸前，
钱花羞得不住的摇头，

草里忽伸出只藕嫩的手，
将孟浪的跳虫拦腰紧拶。

金花菜，银花菜，星星澜澜，
点缀着天然温暖的青毡，
青毡上青年的情耦，
情意胶胶，情话啾啾。

我点头微笑，南向前走，
观赏这青透春透的园囿，
树尽交柯，草也骈偶，
到处是缱绻，是绸缪。

雀儿在人前猥盼亵语，
人在草处心欢面赧，
我羡他们的双双对对，
有谁羡我孤独的徘徊？

孤独的徘徊！
我心何尝不热奋震颤，
答应这青春的呼唤，
燃点着希望灿灿，
春呀！你在我怀抱中也！

私语

秋雨在一流清冷的秋水池，
一棵憔悴的秋柳里，
一条怯懦的秋枝上，
一片将黄未黄的秋叶上，
听他亲亲切切喁喁唼唼，
私语三秋的情思情事，情语情节，
临了轻轻将他拂落在秋水秋波的秋晕里，
　　一涡半转，跟着秋流去。
这秋雨的私语，三秋的情思情事，情诗情节，
也掉落在秋水秋波的秋晕里，
　　一涡半转，跟着秋流去。

一九二二年七月二十一日

秋虫

秋虫,你为什么来?
人间早不是旧时候的清闲;
这青草,这白露,也是呆:
再也没有用,这些诗材!
黄金才是人们的新宠,
她占了白天,又霸住梦!
爱情:像白天里的星星,
她早就回避,早没了影。
天黑它们也不得回来,
半空里永远有乌云盖。
还有廉耻也告了长假,
他躲在沙漠地里住家;

花尽着开可结不成果,
思想被主义奸污得苦!
你别说这日子过得闷,
晦气脸的还在后面跟!
这一半也是灵魂的懒,
他爱躲在园子里种菜,
"不管,"他说:"听他往下丑——
变猪,变蛆,变蛤蟆,变狗……
过天太阳羞得遮了脸,
月亮残阙了再不肯圆,
到那天人道真灭了种,
我再来打——打革命的钟!"

一九二七年秋

西窗

[一]

这西窗

这不知趣的西窗放进

四月天时下午三点钟的阳光

一条条直的斜的羼躺在我的床上；

放进一团捣乱的风片

搂住了难免处女羞的花窗帘，

呵她痒，腰弯里，脖子上，

羞得她直飚在半空里，刮破了脸；

放进下面走道上洗被单

衬衣大小毛巾的胰子味，

厨房里饭焦鱼腥蒜苗是腐乳的沁芳南，

还有弄堂里的人声比狗叫更显得松脆。

[二]
当然不知趣也不止是这西窗，
但这西窗是够顽皮的，
它何尝不知道这是人们打中觉的好时光！
拿一件衣服，不，拿这条绣外国花的毛毯，
堵死了它，给闷死了它：
耶稣死了我们也好睡觉！
直着身子，不好，弯着来，
学一只卖弄风骚的大龙虾，
在清浅的水滩上引诱水波的荡意！
对呀，叫迷离的梦意像浪丝似的
爬上你的胡须，你的衣袖，你的呼吸……
你对着你脚上又新破了一个大窟窿的袜子发愣或是
忙着送玲巧的手指到神秘的胳肢窝搔痒——
可不是搔痒的时候
你的思想不见会得长上那拿把不住的大翅膀：
谢谢天，这是烟士披里纯来到的刹那间
因为有窟窿的破袜是绝对的理性，
胳肢窝里虱类的痒是不可怀疑的实在。

[三]
香炉里的烟，远山上的雾，人的贪嗔和心机：
经络里的风湿，话里的刺，笑脸上的毒，
谁说这宇宙这人生不够富丽的？
你看那市场上的盘算，比那蠢着大烟筒

走大洋海的船的肚子里的机轮更来得复杂，
血管里疙瘩着几两几钱，几钱几两，
脑子里也不知哪来这许多尖嘴的耗子爷？
还有那些比柱石更重实的大人们，他们也有他们的盘算；
他们手指间夹着的雪茄虽则也冒着一卷卷成云彩的烟，
但更曲折，更奥妙，更像长虫的翻戏，
是他们心里的算计，怎样到义大利喀辣辣矿山里去
搬运一个大石座来站他一个足够与灵龟比赛的年岁，
何况还有波斯兵的长枪，匈奴的暗箭……
再有从上帝的创造里单独创造出来曾向农商部呈请
创造专利的文学先生们，这是个奇迹的奇迹，
正如狐狸精对着月光吞吐她的命珠，
他们也是在月光勾引潮汐时学得他们的职业秘密。
青年的血，尤其是滚沸过的心血，是可口的：——
他们借用普罗列塔里亚的瓢匙在彼此请呀请的舀着喝。
他们将来铜像的地位一定望得见朱温张献忠的。
绣着大红花的俄罗斯毛毯方才拿来蒙住西窗的也不知怎的
滑溜了下来，不容做梦人继续他的冒险，
但这些滑腻的梦意钻软了我的心
像春雨的细脚踹软了道上的春泥。
西窗还是不挡着的好，
虽则弄堂里的人声有时比狗叫更显得松脆。
这是谁说的："拿手擦擦你的嘴，
这人间世在洪荒中不住的转，
像老妇人在空地里捡可以当柴烧的材料？"

怨得

怨得这相逢；
谁作的主？——风！

也就一半句话，
露水润了枯芽。

黑暗—放一箭光；
飞蛾：他受了伤。

偶然，真是的。
惆怅？喔何必！

伦敦旅次　九月

深夜

深夜里,街角上,
梦一般的灯芒。

烟雾迷裹着树!
怪得人错走了路?

　　"你害苦了我—冤家!"
她哭,他——不答话。

晓风轻摇着树尖:
掉了,早秋的红艳。

伦敦旅次　九月

杜鹃

杜鹃,多情的鸟,他终宵唱:
在夏荫深处,仰望着流云,
飞蛾似围绕亮月的明灯,
星光疏散如海滨的渔火,
甜美的夜在露湛里休憩,
他唱,他唱一声"割麦插禾"——
农夫们在天放晓时惊起。

多情的鹃鸟,他终宵声诉,
是怨,是慕,他心头满是爱,
满是苦,化成缠绵的新歌,
柔情在静夜的怀中颤动;

他唱,口滴着鲜血,斑斑的,
染红露盈盈的草尖,晨光
轻摇着园林的迷梦;他叫,
他叫,他叫一声:"我爱哥哥!"

一九二九年四月

黄鹂

一掠颜色飞上了树。
"看，一只黄鹂！"有人说。
翘着尾尖，它不作声，
艳异照亮了浓密——
像是春光，火焰，像是热情。

等候它唱，我们静着望，
怕惊了它。但它一展翅，
冲破浓密，化一朵彩云；
它飞了，不见了，没了——
像是春光，火焰，像是热情。

秋月

一样是月色，
今晚上的，因为我们都在抬头看——
看它，一轮腴满的妩媚，
从乌黑得如同暴徒一般的
云堆里升起——
看得格外的亮，分外的圆。
它展开在道路上，
它飘闪在水面上，
它沉浸在
水草盘结得如同忧愁般的水底；
它睥睨在古城的雉堞上，
万千的城砖在它的清亮中呼吸，

它抚摸着
错落在城厢外内的墓墟，
在宿鸟的断续的呼声里，
想见新旧的鬼，
也和我们似的相依偎的站着，
眼珠放着光，
咀嚼着彻骨的阴凉：
银色的缠绵的诗情
如同水面的星磷，
在露盈盈的空中飞舞。
听那四野的吟声——
永恒的卑微的谐和，
悲哀揉和着欢畅，
怨仇与恩爱，
晦冥交抱着火电，
在这复绝的秋夜与秋野的
苍茫中，
"解化"的伟大
在一切纤微的深处
展开了
婴儿的微笑！

一九三〇年十月

你去

你去，我也走，我们在此分手；
你上哪一条大路，你放心走，
你看那街灯一直亮到天边，
你只消跟从这光明的直线！
你先走，我站在此地望着你，
放轻些脚步，别教灰土扬起，
我要认清你的远去的身影，
直到距离使我认你不分明，
再不然我就叫响你的名字，
不断的提醒你有我在这里，
为消解荒街与深晚的荒凉，
目送你归去……

不,我自有主张,
你不必为我忧虑;你走大路,
我进这条小巷,你看那棵树,
高抵着天,我走到那边转弯,
再过去是一片荒野的凌乱:
有深潭,有浅洼,半亮着止水,
在夜芒中像是纷披的眼泪;
有石块,有钩刺胫踝的蔓草,
在期待过路人疏神时绊倒!
但你不必焦心,我有的是胆,
凶险的途程不能使我心寒。
等你走远了,我就大步向前,
这荒野有的是夜露的清鲜;
也不愁愁云深裹,但须风动,
云海里便波涌星斗的流汞;
更何况永远照彻我的心底,
有那颗不夜的明珠,我爱你!

一九三一年八月

在病中

我是在病中,这恹恹的倦卧,
看窗外云天,听木叶在风中……
是鸟语吗?院中有阳光暖和,
一地的衰草,墙上爬着藤萝,
有三五斑猩的,苍的,在颤动。
一半天也成泥……
　　　　城外,啊西山!
太辜负了,今年,翠微的秋容!
那山中的明月,有弯,也有环:
黄昏时谁在听白杨的哀怨?
谁在寒风里赏归鸟的群喧?
有谁上山去漫步,静悄悄的,

去落叶林中捡三两瓣菩提?
有谁去佛殿上披拂着尘封,
在夜色里辨认金碧的神容?

这病中心情:一瞬瞬的回忆,
如同天空,在碧水潭中过路,
透映在水纹间斑驳的云翳;
又如阴影闪过虚白的墙隅,
瞥见时似有,转眼又复消散;
又如缕缕炊烟,才袅袅,又断……
又如暮天里不成字的寒雁,
飞远,更远;化入远山,化作烟!
又如在暑夜看飞星,一道光
碧银银的抹过,更不许端详。
又如兰蕊的清苍偶尔飘过,
谁能留住这没影踪的婀娜?
又如远寺的钟声,随风吹送,
在春宵,轻摇你半残的春梦!

　　　　　　一九三一年五月续成七年前残稿

雁儿们

雁儿们在云空里飞,
　　看她们的翅膀,
　　看她们的翅膀,
有时候纡回,
　　有时候匆忙。

雁儿们在云空里飞,
　　晚霞在她们身上,
　　晚霞在她们身上,
有时候银辉,
　　有时候金芒。

雁儿们在云空里飞,
　　　听她们的歌唱!
　　　听她们的歌唱!
有时候伤悲,
　　　有时候欢畅。

雁儿们在云空里飞,
　　　为什么翱翔?
　　　为什么翱翔?
她们少不少旅伴?
她们有没有家乡?

雁儿们在云空里彷徨,
　　　天地就快昏黑!
　　　天地就快昏黑!
前途再没有天光。
孩子们往哪儿飞?

天地在昏黑里安睡,
　　　昏黑迷住了山林,
　　　昏黑催眠了海水;
这时候有谁在倾听
昏黑里泛起的伤悲。

散文卷

San Wen Juan

白郎宁夫人的情诗

一

"伟大的灵魂们是永远孤单的。"不是他们甘愿孤单,他们是不能不孤单。他们的要求与需要不是寻常人的要求与需要;他们评价的标准也不是寻常的标准。他们到人间来一样的要爱、要安慰,要认识、要了解。但不幸他们的组织有时是太复杂太深奥太曲折了,这浅薄的人生不能担保他们的满足。只有生物性生活的人们,比方说,只要有饭吃,有衣穿,有相当的异性配对,他们就可以平安的过去,再不来抱怨什么,惆怅什么。

一个诗人,一个艺术家,却往往不能这样容易对付。天才是不容易伺候的。在别的事情方面还可以迁就,配偶这件事最是问

翡冷翠的夜：徐志摩诗歌散文经典

题。想象你做一个大诗人或大画家的太太（或是丈夫，在男女享受平等权利的时候！），你做到一个贤字，他不定见你情，你做到一个良字，他不定说你对。他们不定要生活上的满足，那他们有时尽可随便，他们却想象一种超生活的满足，因为他们的生活不是生根在这现象的世界上。你忙着替他补袜子，端整点心，他说你这是白忙，他破的不是袜子，他饿的不是肚子！这样的男人（或是女人）真是够别扭的，叫你摸不着他（或她）的脾胃。

他快活的时候简直是发疯，也许当着人前就搂住了你亲，也不知是为些什么。他发愁的时候一只脸绷得老长，成天可以不开口，整晚可以不睡，像是跟谁不共天日的过不去，也不知是又为些什么。一百个女人里有九十九喜欢她们的丈夫是明白晓畅一流，说什么是什么，顾实家，体惜太太，到晚上睡着了就开着嘴甜甜地打呼。谁受得了一个诗人，他——

"…Wants to know

What one has felt from earliest days,

Why one thought not in other ways.

And one's loves of long ago."

因此室家这件事在有天才的人们十九是没有幸福的。"我不能想象一个有太太的思想家"，尼采说。怎怪得很多的大艺术家，比如达文謇与密仡郎其罗，终身不曾想到过成家？他们是为艺术活着的，再没有余力来敷衍一个家。就是在成家的中间，在全部思想文艺史上，你举得出几个人在结婚这件事上说得到圆满的。拜伦的离婚，他一生颠沛的张本，就为得他那太太只顾得替他补袜子端整点心。歌德一生只是浮沈在无定的恋爱的浪花间，但他的结婚是没有多大光彩的。庐骚先生检到了一个客寓里扫地的下女就算完事一宗。哈哀内的玛蒂尔代又是一个不认字的姑娘,虽则她的颜色足够我们诗人的倾倒。史文庞孤独了一生,济慈为了一个娶不着的女人呕血。喀莱尔蒙着了一个又俊又慧的洁痕韦尔许,但他的怪僻只酿成了一个历史上有名不快活的家庭。这一麓的人真难得知道幸福的。

二

本来恋爱是一件事,夫妻又是一件事。拿破仑说结婚是恋爱的埋葬。这话的意思是说这两件事儿是不相容的。这不是说夫妻间就没有爱。世上仅有十分相爱的夫妻。但"浪漫的爱",它那热度不是不寻常温度表所能测量的,却是另一回事。比如罗米欧与朱丽叶那故事。它那动人,它那美,它那力量,就在一个惨死。死是有恩惠的,它成全了真有情人热情的永恒,朱丽叶要是做了罗米欧太太,过天发了福,走道都显累赘,再带着一大群的儿女,那还有什么意味?剧烈的东西是不能久长的:这是物理。由恋爱而结婚的人当然多的是,但谁能维持那初恋时一股子又泼辣又猖獗像是狂风像是暴雨的热情?结婚是成家。家本身就包涵有长久,即使不是永久的意义。有家就免不了家务,家累,尤其免不了小安琪儿们的降生。所以全看你怎样看法。如其现代多的是新发明的种种人生观,恋爱观的种类也不得单简。最发挥狭义的恋爱观的要算是哥谛霭的马斑小姐,她只准她的情人一整宵透明的浓艳的快乐,算是彼此尽情的还愿,不到天晓她就偷偷的告别,一辈子再不许他会面,她的唯一的理由就是要保全那"浪漫的热恋"的晶莹的印象。一往下拖就毁!但是话说回来,这类的见解,虽则美,当然是窄,有时竟有害,为人类繁衍的大目标计,是不应得听凭蔓延的。爱是不能没有的,但不能太热了。情感不能不受理性的相当节制与调剂。浪漫的爱虽则是纯粹的吕律格，但结婚的爱也不一定是宽弛的散文。靠着在月光中泛滥的白石阑杆，散披着一头金黄的发丝，在夜莺的歌声中吸呼情致的缠绵，固然是好玩，但带上老棉帽披着睡衣看尊夫人忙着招呼小儿女的鞋袜同时得照料你的早餐的冷热，也未始没有一种可寻味的幽默。露水甜，雨水也不定是酸。

假如更进一步说，一对夫妻的结合不但是渊源于纯粹的相爱，不是肤浅的颠倒，而是意识的心性的相知，而且能使这部纯粹的感情建筑成一个永久的共同生活的基础，在一个结婚的事实里阐发了不止一宗美的与高尚的德性，那一对夫妻怕还不是人类社会一个永久的榜样与灵感？

三

但不幸这类完全的夫妻在人类社会上实在是难得，虽则恋爱与结婚同是普遍而且普通的一回事。好夫妻，贤孟梁，才子佳人，福寿双全子孙满堂的老伉俪，当然是有，多的是，但要一对完全创造性的配偶，在人类进化史上画高一道水平线，同时给厌世主义者一个积极的答复，那里有？男子间常有伟大的友谊，例如歌德与席勒的，他们那彼此相互的启发与共同擎举的事业是一个永远不可磨灭的灵感。夫妻呢？

在女子在教育上不曾得到完全的解放，在社会不得到与男子平等的地位，我们不能得到一个正确的夫妇的观念。在一个时候女性是战利品。在又一个时候女性是玩物。在一个时候女性是装饰，是奢侈品。在又一个时候女性是家奴。在所有的时候女性是"母畜"，它的唯一的使命与用处是为人类传种。因此人类的历史是男性的光荣，它的机会是男性的专利。直到最近的百年前，跟着一般思想的解放,女性身上的压迫方始有松放的希冀,又跟着女权的运动,婚姻的观念方始得到了根本的修正,原先的谬误渐次在事实的显著中消失。

这是一件大事,因为女性的解放不仅给我们文化努力一宗新添的力量,它是我们理想中合理生活的实现的一个必要条件。

夫妻是两个个性自由的化合;这是最密切的伙伴,最富创造性的一宗冒险。

四

诗人白郎宁与衣里查白·裴雷德的结合是人类一个永久的纪念;如其他们结婚以前的经过是一叶薰香的恋迹;他们结婚以后的生活一样是值得我们的赞美。如其他们彼此感情的交流是不涉丝毫强勉,他们各自的忍耐与节制同样是一宗理性的胜利。如其这婚姻使他们二个完全实现这地面上可能的幸福,他们同时为蹒跚的人类立下了一个健全的榜样。他们使我们艳羡,也使我们崇仰,他们不是那猥琐的局促的一流。如其白郎宁在这段情史中所表见的品格是男性的高尚与华贵,白夫人的则是女性的坚贞与优美与灵感。他们完全实现了配偶的理想,他们是一对理想的夫妻。

白郎宁是一个比较晚成的诗人,在他同时期的谭宜孙诗名眩耀全国的时候认识他的天才只有少数的几个人,例如穆勒约翰与诗人画家罗刹蒂,他在大英博物院中亲手抄缮白郎宁的第一首长诗。但他的诗,虽则不曾入时,已经有幸运得着了衣里查白·裴雷德在深闺中的认识与同情。同时白郎宁也看到了裴雷德的诗,发见她引用他自己的诗句,这给了他莫大的愉快。这是第一步。经由一个父执的介绍,裴雷德是他的表妹,白郎宁开始与她未来的夫人通信。裴雷德早年是极活泼的一个女孩，但不幸为骑马闪损了脊骨，终年困守在她楼上的静室里，在一只沙发上过生活，莎士比亚与古希腊的诗人是她唯一的慰藉。她有一个严厉的经商的父亲，但她的姊妹是与她同情并且随后给她帮助的。她有一个忠心的女仆叫威尔逊，一只更忠心的狗叫佛露喜。她比白郎宁大至六岁，与他开始通信的那年已是三十九岁。

你们见过她的画像不能忘记她那凝注的悲怆的一双眼，与那蓬松的厚重的两鬓垂鬈。她的本来是无欢的生活。一个废人，一个病人，空怀着一腔火热的情感与希有的天才，她的日子是在生死的边界上黯然的消散着。在这些黯惨的中间造化又给她一下无情的打击，她的一个爱弟，无端做了水鬼，这惨酷的意外几于把她震成一种失心的狂痫，正如近时曼殊斐儿也有同样的悲伤。她是一个可怜人，哀愁与绝望是人生给她的礼物。

但这哀愁与绝望是运定不久长的。当代她最崇拜的一个诗人开始对她谦卑的表示敬意，她不能不为他的至诚所感动。在病榻上每日展读矫健敦笃的来书，从病榻上每日邮送郑重绰约的去缄。彼此贡献早晚的灵感，彼此许诺忠实的批评。由文学到人生，由兴会到性情，彼此发见彼此开始在是一致的同心。在不曾会面以先，他俩已经听熟了彼此的声音——不可错误的性灵的声音。

这初期五个月密接的通信，在她感到一种新来的光明驱散了她生活上的闇塞，在他却是更深一层的认识。这还不是她理想中的伴侣？没有她人生是一个伟大的虚无，有了她人生是一个实现的奇迹，他再不能怀疑，这是造化恩赐给他的唯一的机缘。她准许他去见她，在她的病房中，他见着了她，可怜的瘦小的病模样，蜷伏在她的沙发上，贵客来都不能欠身让坐！他知道这是不治的病，但他只感到无限的悲怜。他爱她，他不能不爱她。在第一次会见以后，伟大的白郎宁再不能克制他的热情。他要她。他的尽情倾吐的一封信给了温斐尔街五十号的病人一次不预期的心震，一宵不眠的踌躇。到早上她写回信，警告他再要如此她就不再见他。伟大的白郎宁这次当真红了脸，顾不得说谎，立即写信谢罪，解释前信只是感激话说过了分，请求退还原函（他生平就这一次不说真话）。信果然退了回来，他又带着脸红立即给毁了去（他们的通信单缺了这一封；这使白夫人事后颇感到懊怅的）。这风险过去，他们重复回到原先平稳的文字的因缘。裴雷德准许他的朋友过时去看她，同时邮梭的投织更显得殷勤，他讲他的意大利忻快的游踪，但她酬答他的只有她的悲惨的余生——这不使他感到单调吗？他们每周会面的一天是他俩最光亮的日子。他那时住在伦敦的近郊。这正是花香的季候，乡间的清芬，黄的玫瑰，紫的铃兰，相继在函缄内侵入温斐尔街五十号的楼房。裴雷德的感情也随着初秋的阳光渐渐的成熟。她不能不把她心里的郁积——她的悲哀，她的烦闷——缓缓地流向她唯一朋友的心里。他的感激又是一度的过分，但他还记得他三月前的冒昧，既然已经忍何妨忍耐到底。他现在早已认定，无上的幸福是他的了。她不能一天不接他的信，她不能定心，她求他"一行的慈善"，她的心已经为他跳着了。但她还不能完全放开她的踌躇。她能承受他的爱吗？这是公平吗？他，一个完全的丈夫。她，一个颓废的病人。他能不白费他的黄金吗？这砂留得住这清泉吗？她是一个对生命完全放弃的人，幸福，又是这样的幸福，这念头使她忖着时都觉得眩晕。但这些不是阻难。在他只求每天在她的身旁坐一小时，承受她的灵感，写他的诗，由此救全他的灵魂，他还有什么可求的？不，她即使是永远残废都不成问题，他要的只是性灵的化合。她再不能固执，再不能坚持，她只求他不要为她过分迁就，她如其有命，这命完全是他一手救活的，对他她只有无穷的感恩。她准许他用她的乳名称呼！

五

现在唯一的困难就只裴雷德的家庭，她的父亲。他不能想象他女儿除了对上帝和他自己的忠贞还能有别的什么感情的活动。他是一个无可通融的。他唯一的德性是他每天非得到下午六点不得回家，这一点他的女儿们都是知感的。裴雷德想到南方去，地中海的边沿，阳光暖和处去养息身体，因为她现在的生命是贵重的了。从死的黑影里劫出来，幸福已经不是不可能的梦想了。但她的父亲如何能容她有这种思想。她只要一开口这狮子就会叫吼得一屋子发震。她空怀着希望，却完全没有主意。她的朋友是永远主张抵御恶的势力的，他贡献他的勇敢，他建议积极的动作。裴雷德不能不信任他那雄健的膀臂与更雄健的意志。同时他俩的感情也已经到了无可再容忍的程度。至少在文字上他们再不能防御真情的泛滥。纯粹的爱在了解的深处流溢着。他们这时期的通信不再是书束，不再是文字，是——"一对搏动的心"。从黑暗转到光明，从死转到爱，从残废的绝望转到健康的欢欣，爱的力量是一个奇迹。等到第二个春天回来的时候裴雷德已经恢复她步履的愉快，走出病室的囚困，重享呼吸的清新。在阳光下，在草青与花香间，在禽鸟的歌声中，她不能不讶异生活的神秘，不能不膜拜造化的慈恩。他给她的庄严的爱在她的心中像是一盘发异香的仙花，她是在这香息中迷醉了。正如他的玫瑰，他的铃兰曾经从乡间输入她的深闺，她这时也在和风中为他亲手采撷浓蕊的蝴蝶花。在这些甜蜜的时光的流转中，她的家庭的困难一天严重似一天，她的父亲的颠顸是无法可想的，这使情人们不得不立即商量一条甘脆的出路，他们决意走。到意大利去，他俩的精神的故乡。他们先结了婚,在一个隐僻的教堂里,在上帝的跟前永远合成了一体;再过了几天他俩悄悄的离别了岛国,携着忠心的威尔逊与更忠心的佛露喜,投向自由的大陆,攀度了阿尔帕斯,在阿诺河入海处玲珑的皮萨城中小住,随后又迁去翡冷翠,在那有名的 Casa Guidi 中过他们无上的幸福的生活。

六

这无上的幸福有十五年的生命,在这十五年中他俩不知道一天的分离。他们是爱游历的,在罗马与巴黎与伦敦间他们流转着他们按季候的踪迹。白夫人,本来一个沙发上的废人,如今是一个健游者,巴黎是她的"软弱",意大利是她的"热情",她也能登山,也能涉水。她的创作的成绩也不弱于她的"劳勃脱",虽则她是常病,有时还得收拾她的"盆"儿的嘴脸与袜鞋。

他俩的幸福正是英国文学的幸福。劳勃脱在他的"巴"的天才的跟前,只是低头,他自己即使有什么成就,那都是她的灵感。

"盆"儿是他们最大的欢欣,忠心的佛露喜也给他们不少的快乐。在交友上他们也是十分幸运的。白郎宁的刚健与博大,他夫人的率真与温驯,使得凡是接近他们的没有不感到深彻的愉快。出名坏脾气的喀莱尔,"狂窜的火焰"似的老诗人兰道(savage Landor),长厚的谭尼孙,伟大的罗斯金,美秀的罗刹蒂弟兄,都一致倾倒这一双无双的佳耦(偶)。罗刹蒂最说得妙,他说他就奇怪"那两个小小的人儿(指白氏夫妇)何以会得包容真实世界的那么多的一部分,他们在舟车上占不到多大的位置,在客寓里用不到一只双人床?"他们所知道的唯一的悲伤与遗憾就只白郎宁的母亲的死和白夫人父亲的倔强,他们的幸福始终得不到他的宽恕。白夫人对意大利的自由奋斗有最热烈的同情，也正当意大利得到完全解放的那一年——一八六一——白夫人和她的劳勃脱永诀。如其她在生时实现了人生的美满，她的死更是一个美满的纪录。她并没有什么病痛，只是觉得倦，临终的那一晚她正和白郎宁商量消夏的计划。"她和他说着话，说着笑话，用最温存的话表示她的爱情；在半夜的时候，她觉得倦，她就偎倚在白郎宁的手臂上假寐着。在几分钟内，她的头垂了下来。他以为她是暂时的昏晕，但她是去了，再不回来。"那临终时一些温存的话是白郎宁终身的神圣的纪念。她最后的一句话，回答白郎宁问她觉到怎么样，是一单个无价的字——"Beautiful"！"微笑的，快活的，容貌似少女一般"，她在她情人的怀抱中瞑目。

七

美！苦闷的人生难得有这样完全的美满！这不仅是文艺史的一段佳话，这是人类史上一次光明的纪录。这是不可磨灭的。这是值得永久流传的。但这段恋史本身固然是可贵，更可贵的是白夫人留给我们那四十四首十四行诗（The Sonnets from the Portuguese）。在这四十四首情诗里白夫人的天才凝成了最透明的纯晶。这在文学史上是第一次一个女子澈透的供承她对一个男子的爱情，她的情绪是热烈而抟聚的，她的声音是在感激与快乐中颤震着，她的精神是一团无私的光明。我们读她的情诗，正如我们读她的情书，我们不觉得是窥探一种不应得探窥（护）的秘密，在这里正如在别的地方，真诚是解释一切，辩护一切，洁化一切的。她的是一种纯粹的热情，它的来源是一切人道与美德的来源，她的是不灭的神圣的火焰。只有白夫人才能感受这些伟大的情绪，也只有她才能不辜负这些伟大的情绪。

这样伟大的内心的表现是稀有的。

关于那四十四首诗也还有一小段的佳话。白夫人发心写这一束情诗大约是在她秘密结婚以前，也许大半还是在她那楼房里写的。她不让白郎宁知道她的工作，她只在一次通信上隐隐的提过，"将来到了皮萨"，她说，"我再让你看我现在不给你看的东西"。他们夫妇俩写诗的工作是划清疆界的。在一首诗完成以前，谁都不能要求看谁的。在皮萨那时候，白夫人的书房是在楼上，照例每天在楼下吃过早饭，她就上楼去作工，让他在楼下做他的。有一天早上白夫人已经上楼去，白郎宁正站在窗前看街，他忽然觉得屋子里有人偷偷的走着，他正要回头，他的身子已经叫他夫人给推住了，叫他不许动，一面拿一卷纸塞在他的口袋里。她要他看一遍，要是不喜欢就把它撕了，话说完就逃上了楼去。这卷纸就是她那一束的情诗。白郎宁看过了就直跳了起来，说：她不但是给了他一份无价的礼物，她是给人类创造了一种独一的至宝。因此他坚持她有公开这些诗的必要。最早的单印本是一八四七年在李亭地方印的送本，书面上写着——Sonnets by E. B. B，一八五〇年的印本才改称"Sonnetsts from the Portuguess"，那是白郎宁的主意，他特别挑葡萄牙因为她有过一首诗"Cotatarina to Camoens"是讲葡萄牙的一段故事，他又常把夫人叫作"我的小葡萄牙人"。

这四十四首情诗现在已经闻一多先生用语体文译出。这是一件可纪念的工作。因为"商籁体"（一多译）那诗格是抒情诗体例中最美最庄严、最严密亦最有弹性的一格，在英国文学史上从汤麦斯槐哀德爵士（sir Thomas Wyatt）到阿塞沙孟士（Authur Symons）这四百年间经过不少名手的应用还不曾穷尽它变化的可能。这本是意大利的诗体，彼屈阿克（Petrarch）的情诗多是商籁体，在英国槐哀德与石垒伯爵（Earl of Sarrey）最初试用时是完全仿效彼屈阿克的体裁与音韵的组织，这就叫作彼屈阿克商籁体。后来莎士比亚也用商籁体写他的情诗，但他又另创一格，韵的排列与意大利式不同，虽则规模还是相仿的，这叫做莎士比亚商籁体。写商籁体最有名的，除了莎士比亚自己与史本塞，近代有华茨华士与罗刹蒂，与阿丽思梅纳儿夫人，最近有沙孟士。白夫人当然是最显著的一个。她的地位是在莎士比亚与罗刹蒂的中间。初学诗的很多起首就试写商籁体，正如我们学做诗先学律诗，但很少人写得出色，即在最大的诗人中，有的，例如雪莱与白郎宁自己，简直是不会使用的（如同我们的李白不会写律诗）。商籁体是西洋诗式中格律最谨严的，最适宜于表现深沉的盘旋的情绪，像是山风、像是海潮，它的是圆浑的有回响的音声。在能手中它是一只完全的弦琴，它有最激昂的高音，也有最呜咽的幽声。一多这次试验也不是轻率的，他那耐心先就不易，至少有好几首是朗然可诵的。当初槐哀德与石垒伯爵既然能把这原种从意大利移植到英国，后来果然开结成异样的花果，我们现在，在解放与建设我们文学的大运动中，为什么就没有希望再把它从英国移植到我们这边来？开端都是至微细的，什么事都得人们一半凭纯粹的耐心去做。为要一来宣传白夫人的情诗，二来引起我们文学界对于新诗体的注意，我自告奋勇在一多已经锻炼的译作的后面加上这一篇多少不免蛇足的散文。

第一首

我们已经知道在白郎宁远不曾发见她的时候，白夫人是怎样一个在绝望中沈沦着的病人，她简直是一个残废。年纪将近四十，在病房中不见天日，白夫人自分与幸福的人生是永远断绝分了的。但她不是寻常女子，她的天赋是丰厚的，她的感情是热烈的。像她这样人偏叫命运给"活埋"在病废中，够多么惨！白郎宁对她的知遇之感从初起就不是平常的，但在白夫人，这不仅使她惊奇，并且使她苦痛。这个心理是自然的，就比是一个瞎眼的忽然开眼，阳光的激刺是十分难受的。

　　在这第一首诗里她说她自己万不料想的叫"爱"给找到时的情形，她说的那位希腊诗人是梯奥克立德斯（Theocritus）。他是古希文化最迟开的一朵鲜花。他是雪腊古市人，但他的生活多半是西西利岛上过的。他是一个真纯乐观的诗人。在他的诗里永远映照着和暖的阳光，回响着健康的笑声。所以白夫人在这诗里说她最初想起那位乐观诗人，在他光阴不是一个警告因为他随时随地都可以发见轻松的快活的人生。春风是永远骀荡的，果子永远在秋阳中结实，少也好，老也好，人生何处不是快乐。但她一转念想着了她自己。既然按那位诗人说光阴是有恩有惠的，她自己的年头又是怎样过的呢。她先想起她的幼年，那时她是多活泼的一个孩子，那些年头在回忆中还是甜的，但自从她因骑马闪成病废以来她的时光不再是可爱，她的一个爱弟又叫无情的水波给吞了去，在这打击下她的日子益发显得黯惨，到现在在想象中她只见她自己的生命道上重重的盖着那些怆心的年份的黑影，她不由的悲不自制了。但正在这悲伤的时候她忽然觉到在她的身后晃动着一个神秘的形象，它过来一把拧住了她的头发直往后拉。在挣扎中她听着一个有权威的声音——"你猜猜，这是谁揪住你？"是"死吧"，她说，因为她只能想到死。但是那"银钟似"的声音的答话更使她奇特了，那声音说——"不是死，是爱。"

第二首

　　这一声银钟似的震荡顿时使她从悲惋的迷醉中惊醒。她不信吗？不，她不能不信，这声音的充实与响亮不能使她怀疑。那末她信吗？这又使她踌躇。正如一个瞎眼的重见天日，她轻易还不能信任她的感觉。她的理性立时告诉她："这即使是真，也还是枉然的。你想你能有这样的造化吗？运命，一向待你苛刻的运命，能骤然的改变吗？""枉然的"，她想不错，虽则爱乔装了死侵入了她的深闺，他还是不能留的。爱不能留，因为运命不许——造物不许，所以在这首诗里她说在爱开口的时候只有三个人听见，说话的你，听话的我，再就是无所不在的上帝。在她还不曾从初起的惊疑中苏醒，她似乎听到在她与他中间的上帝已经为他们下了案语。他说："你配吗？"她顿时觉得这句刺心的话黑暗似的障住了她的眼，这使她连睁眼对爱一看的机会都给夺去了。她巴望她自己还是死了的好，死倒也罢了：这活着受罪，已然见到光明还得回向黑暗的可怖，是太难受了。但上帝的是无上的权威，他喝一声"不行"，比别的什么阻难更没有办法。人间的阻隔是分不了我们的，海洋的阔大不能使我们变异，风雨的暴戾也不能使我们软弱。任凭地面上的山岭有多么高，我们还得到天空里去携手。即使无际的天空也来妨碍我们的结合，我们也还得超出天空到更辽远的星海中去实现我们的情爱。

第三首

　　所以不是阻碍，那不是情人们所怕的，但我还得凭理性来忖忖这句话"你配吗"？我配吗？我现在已然见到了你，我不能不把事实的真相认一个清切。你爱我，不错，但是；我的贵人，我俩实在不是一路上的人！我们的生活，我们的归宿，都不是一致的，即使我们曾经彼此相会，呵护你的与我的两个安琪儿们彼此是不相认的，在他们的翅膀相与交错时，他俩都显着诧异，因为我们本来是走不到一起的。你想，你自己是何等样人，我如何能攀附得着你的高贵？你是王后们的上宾，在她们的盛大的筵会上，你是一个崇仰与爱慕的目标，几百双的妙眼都望着你（它们要比我的泪眼更显得光亮），要求你施展你的吟咏的天才。这样的你与我又有什么相关，我是一个穷苦的、疲倦的、流浪的唱唱儿，偎倚着一棵苍劲的翠柏，在黑暗中歌唱着凄凉的音调，你站在那灯光明艳的窗子里边望着我，你是什么意思，能有什么意思？在你前额上涂着的是祝福的圣油，——在我就有冰凉的露水。那样的你，这样的我，还有什么说的？在生前是无望的了，除非到了死，那平等一切的死，我们才有会合的希望。

第四首

你是一个大诗人，一个高雅的歌者，只有华丽的宫院才配款留你的踪迹。你是人中的凤，为要看着你从腴满的口唇吐露异样的清商，舞女们不由的翘企着她们的脚踵。这些才是你的去处，你为什么偏要到我的门外来徘徊？我的是卑陋的门庭，怎当得起大驾的枉顾？你难道当真舍得漫不经心的让你的妙乐掉落在我的门前，浪费你黄金比价的诗才？你不信时抬头来看这是一个什么的所在。屋子是破烂的，窗户是都叫风雨侵蚀坏了的，小心这屋椽间飞袭出怪状的蝙蝠与鸮鹠，因为它们是在这里做家的。你有你的琵琶，我这里，可怜，只有慰情长夜的秋虫。请你再不要弹唱了，因为响应你的就只一些荒凉的回音，你唱你的去罢，我的心灵深处有一个声音在悲泣着，孤独的，寂寞的。

第五首

到上首为止诗的音调是沈郁与凄怆。一份眩耀的至礼已经献

翡冷翠的夜：徐志摩诗歌散文经典

致在她的跟前，但她能接受吗？她的半墓穴似的病室能霎时间容受这多的光辉与温暖吗？她已经忍着心痛低喊了一声"挡驾"，但那位拜门的贵人还是耐心的等候着。他这份礼是送定了的。他的坚决，他的忍耐，尤其是他的诚意，不能不使她踌躇。

　　从这首诗起我们可以看出她的情绪，像一弯玲珑的新月，渐渐的在灰色的背幕里透露出来。但她还得逼紧一步。这回她声音放大了，她仿佛说，"你再不躲开，将来要有什么懊悔，你可赖不了我！我的话是说完了的。"最初她是万想不到爱会得找着她，她想到的只有死，她第一个念头以为这只是运命的一种嘲讽，她如何再能接近爱。但爱的迫切再不能使她疑惑，那么是真的，她非但不曾走入死道，在她跟前站着的的确是爱。她非但听清了它的声音，她也认清了它的面目。她又一转念这还是白费，她如何能收受它，她与他什么都是悬殊的。但爱只当没有听见她的话，一双手还是对她伸着。她有点儿动了。但她还得把话说明白了。爱如果一定要她，她也未始不知道感激，她可不能让他误会，她不是不回他的爱，她是怕害他，所以在这首诗里她说：——我严肃的捧起我的心来，如同古代的绮雷克拉捧着她那尸灰坛，我一见你眼内的神情，不由的失手倒翻了我的心坛，把所有的灰一起泼在你的跟前。这回我再不能隐瞒了，我的心已经一起倒了出来。你看看这是些什么？这是些死灰，中间隐隐还夹着些血红的火星在灰堆里透着光亮。你这一看出我的寒伧，要是你鄙蔑的一脚踹灭了这些余烬，给它们一个永远的黑暗，那倒也完事一宗，再没有麻烦了。但如其你站着不动，回头风一吹动重新把这堆死灰吹活了过来，那可危险了，亲爱的，这火要是在风前一旺，就难保不会烧着你的发肤，纵然你头上戴着桂冠，怕也不能保护你吧。因此我警告你还是站远些的好，你去你的吧。

散文卷

第六首

　　在这五六两首的中间，评衡家高士（Edmund Gosse）很有见地的指出白夫人另有一首绝美的短诗叫作《问与答》的应得放在一起读。那首诗与商籁体第五首（即上一首）表现同一种情调，但这是宛转的清丽的，不同上一诗的激昂嘹亮。意思是说你心目中所要的爱当然是热烈蓬勃一流，你怎么来找着我？你错了罢？你有见过在雪地里发芽开花的玫瑰没有？它不但不能长，就有也叫雪给冻死了。我的身世只是一片的冬景，满地的雪，那有什么鲜艳的生命？你一定是走错了，到这雪地里来寻花！你看你脚上不是已经踏着了雪，快洒脱吧，回头让你也给冻了。（第一段）我又好比是一处残破的古迹，几叠乱石子，长着些个冷落的青藤，你到这边来又是为什么了？你倒是要寻葡萄苹果呢，还是就为了这些可怜的绿叶？如果你是为了绿叶来的，那么好吧，既然承你情，你就不妨顺手摘三两张带回去做一个纪念也好！

　　但这时候白夫人心里的雪早就化了。叫白郎宁火热的爱给烫化了！所以在第六首里，她虽则开口还是"躲着我去吧"，接着就是她的"软化"的招承。

　　趁早躲开我吧。但我从今后再不是原先的我，我此后永远在你的阴影下站着。我再不能在我单独的身世的门前呼吸我的思想，也不能在阳光里静定的举起我的手掌，而不感觉到你给我的深邃的影响。我的掌心永远存记着你的抚摩。你的心已经交互在我的心里，我的脉搏里跳荡着你的脉搏。我的思想里有你，行动里有你，梦里也有你。正如在葡萄酒里尝出葡萄的滋味，我的新来的生命里也处处按得出你造成它的原素。每回我为我自己对上帝祈求，他在我的声音里听出你的名字，在我的眼睛里他看出两个人的眼泪。

第七首

　　自从我听得你灵魂的脚步近我的身畔,仿佛这整个的世界都为我改变了面目。我本来只是在死的边沿上逗留着,自己早晚都在往下掉,谁想到爱来救了我,抱住了我,教给我生命的整体,在一种新的节奏里波动着。有了你近在我的身边,我的悲苦的已往都取得了意味,多甜的意味,那是上帝为我特定下的灵魂的浸礼。有了你这地面这天都变了样,我还能怨吗？就说我现在弹着的琴,唱着的歌,它们的可爱也就为有你的名字在歌声与琴韵里回响着。

第八首

　　这一弯眉月似的情绪已经渐渐的开展。在每一个字里跳跃着欢喜与感激,在每一个字里预映着圆满的光明。但她还得踌躇。一层浅色的游云暂时又掩住了亮月的清光。初起"我配吗"那一个动机又浮现了上来。她说：——

　　　你待我当然是再好没有的了,我的慷慨大量的恩人。你送我这份礼是最重也没有了。你带了你的无价的纯洁的心来,放在我的破屋子的墙外,听凭我收受或是鄙弃,可是我要是收了你这份厚礼,我又有什么东西来回敬你呢？不受太负了你,受了我又实在说不过去,人家能不骂我冷心肠说我无情义吗？但不是的,我不是冷,也不是很,说实话,我是穷。上帝知道,不信你问他。日常的涕泪冲淡了我生命的颜色，剩下的就只这奄奄的惨白的躯体。我怎么能不自惭形秽，这是不配用作你的枕头的，实在是不配。你还是去你的吧！我这样的身世是只配供人践踏的。

第九首

但是话说回来，我也并不是完全没有东西给你，最使我迟疑的就在这"事情的对不对"。我能给你些什么？什么也没有，除了眼泪，除了悲伤，因为我一辈子是这样过来的。我虽则有时也会笑，但这些笑都是不能长驻的。你劝我，你开导我，也是枉然。我实在的担忧，这是不对的！我不能让你为我这么受罪。你我不是同等人，如何能说到相爱。你待我那么厚，我待你这么寒伧，这如何能说得过去？去吧，可叹，我不能让我的灰土沾污你的袍服，我不能让我的悲苦连累你的爽恺的心胸，我也不能给你什么爱——这事情是不公平的呀！我爱，我就只爱你！再没有什么说的了。

第十首

在这首诗那一道云又扯了过去，更显得亮月的光明。她说：

我不说我是穷得什么东西都不能给你除了我的涕泪与悲伤吗？但是我爱你是真的。我初起只是放心不下这该不该：像我这样人该不该爱你？我总觉得有些不公平，拿我这寒伧的来交换你那高贵的。但我转念一想这事情也不能执著一边看，也许在上帝的眼里，凭我的血诚，我这份回敬的礼物不至于完全没有它的价直。爱，只要是爱，不沾染什么的纯粹的爱，就不丑，就美，这份礼是值得收受的。你没有看见火吗？不论烧着的是圣庙或是贱麻，火总是明亮的。不论烧着的是松柏或是芜草，光焰是一般的。爱就是火。即如我现在，感着内心的驱使再不能隐匿我灵魂的秘密，朗声的对你供承"我爱你"——听呀，我爱你——我就觉得我是在爱的光焰里站着，形貌都变化了，神明的异彩从我的颜面对向着你的放射。说到爱高卑的分别是没有的；最渺小的生灵们也献爱给上帝，上帝还不一样接受它们的爱并且还爱它们。相信我，爱的灵感是神奇的，我又何尝不明白我自己的本真，但盘旋在我心里的那一团圣火照亮了我的思想，也照亮了我的眉目。这不是爱的伟大的力量可以"升华"造物的工程的一个凭证吗？

我过的端阳节

我方才从南口回来。天是真热,朝南的屋子里都到了九十度以上,两小时的火车竟如在火窖中受刑,坐起一样的难受。我们今天一早在野鸟开唱以前就起身,不到六时就骑骡出发,除了在永陵休息半小时以外,一直到下午一时余,只是在高度的日光下赶路。我一到家,只觉得四肢的筋肉里像用细麻绳扎紧似的难受,头里的血,像沸水似的急流,神经受了烈性的压迫,仿佛无数烧红的铁条蛇盘似的绞紧在一起……

一进阴凉的屋子,只觉得一阵眩晕从头顶直至踵底,不仅眼前望不清楚,连身子也有些支援不住。我就向着最近的藤椅上瘫了下去,两手按住急颤的前胸,紧闭着眼,纵容内心的浑沌,一片黯黄,一片茶青,一片墨绿,影片似的在倦绝的眼膜上扯过……

直到洗过了澡，神志方才回复清醒，身子也觉得异常的爽快，我就想了……

人啊，你不自己惭愧吗？

野兽，自然的，强悍的，活泼的，美丽的；我只是羡慕你。

什么是文明人：只是腐败了的野兽！你若然拿住一个文明惯了的人类，剥了他的衣服装饰，夺了他作伪的工具——语言文字，把他赤裸裸的放在荒野里看看——多么"寒伧"的一个畜生呀！恐怕连长耳朵的小骡儿，都瞧他不起哪！

白天，狼虎放平在丛林里睡觉，他躲在树荫底下发痧；晚上清风在树林中演奏轻微的妙乐，鸟雀儿在巢里做好梦，他倒在一块石上发烧咳嗽——着了凉了！

也不等狼虎去商量他有限的皮肉，也不必小雀儿去嘲笑他的懦弱；单是他平常歌颂的艳阳与凉风，甘霖与朝露，已够他的受用：在几小时之内可使他脑子里消灭了金钱、名誉、经济、主义等等的虚景，在一半天之内，可使他心窝里消灭了人生的情感悲乐种种的幻象，在三两天之内——如其那时还不曾受淘汰——可使他整个的超出了文明人的丑态，那时就叫他放下两只手来替脚平分走路的负担，他也不以为离奇，抵拼撕破皮肉爬上树去采果子吃，也不会感觉到体面的观念……

平常见了活泼可爱的野兽，就想起红烧野味之美。现在你失去了文明的保障，但求彼此平等待遇两不相犯，已是万分的侥幸……

文明只是个荒谬的状况；文明人只是个凄惨的现象，——

我骑在骡上嚷累叫热，跟着哑巴的骡夫，比手势告诉我他整天的跑路，天还不算顶热，他一路很快活的不时采一朵野花，拆一茎麦穗，笑他古怪的笑，唱他哑巴的歌；我们到了客寓喝冰汽水喘息，他路过一条小涧时，扑下去喝一个贴面饱，同行的有一位说:"真的,他们这样的胡喝,就不会害病,真贱!"

回头上了头等车坐在皮椅上嚷累叫热,又是一瓶两瓶的冰水,还怪嫌车里不安电扇;同时前面火车头里司机的加煤的,在一百四五十度的高温里笑他们的笑,谈他们的谈……

田里刈麦的农夫拱着棕黑色的裸背在作工,从清早起已经做了八九时的工,热烈的阳光在他们的皮上像在打出火星来似的,但他们却不曾嚷腰酸叫头痛……

我们不敢否认人是万物之灵;我们却能断定人是万物之淫;

什么是现代的文明;只是一个淫的现象。

淫的代价是活力之腐败与人道之丑化。

前面是什么,没有别的,只是一张黑沈沈的大口,在我们运定的道上张开等着,时候到了把我们整个的吞了下去完事!

六月二十日

落叶

前天你们查先生来电话要我讲演，我说但是我没有什么话讲，并且我又是最不耐烦讲演的。他说：你来罢，随你讲，随你自由的讲，你爱说什么就说什么。我们这里你知道这次开学情形很困难，我们学生的生活很枯燥很闷，我们要你来给我们一点活命的水。这话打动了我。枯燥、闷，这我懂得。虽则我与你们诸君是不相熟的，但这一件事实，你们感觉生活枯闷的事实，却立即在我与诸君无形的关系间，发生了一种真的深切的同情。我知道烦闷是怎么样一个不成形不讲情理的怪物，他来的时候，我们的全身仿佛被一个大蜘蛛网盖住了，好容易挣出了这条手臂，那条又叫黏住了。那是一个可怕的网子。

我也认识生活枯燥，他那可厌的面目，我想你们也都很认识他。他是无所不在的，他附在个个人的身上，他现在个个人的脸上。你望望你的朋友去，他们的脸上有他，你自己照镜子去，你的脸上，我想，也有他，可怕的枯燥，好比是一种毒剂，他一进了我们的血液，我们的性情，我们的皮肤就变了颜色，而且我怕是离着生命远，离着坟墓近的颜色。

　　我是一个信仰感情的人，也许我自己天生就是一个感情性的人。比如前几天西风到了，那天早上我醒的时候是冻着才醒过来的，我看着纸窗上的颜色比往常的淡了，我被窝里的肢体像是浸在冷水里似的，我也听见窗外的风声，吹着一颗（棵）枣树上的枯叶，一阵一阵的掉下来，在地上卷着，沙沙的发响，有的飞出了外院去，有的留在墙角边转着，那声响真像是叹气。我因此就想起这西风，冷醒了我的梦，吹散了树上的叶子，他那成绩在一般饥荒贫苦的社会里一定格外的可惨。那天我出门的时候，果然见街上的情景比往常不同了；穷苦的老头、小孩全躲在街角上发抖；他们迟早免不了树上枯叶子的命运。那一天我就觉得特别的闷，差不多发愁了。

　　因此我听着查先生说你们生活怎样的烦闷，怎样的干枯，我就很懂得，我就愿意来对你们说一番话。我的思想——如其我有思想——永远不是成系统的。我没有那样的天才。我的心灵的活动是冲动性的，简直可以说痉挛性的。思想不来的时候，我不能要他来，他来的时候，就比如穿上一件湿衣，难受极了，只能想法子把他脱下。我有一个比喻，我方才说起秋风里的枯叶；我可以把我的思想比作树上的叶子，时期没有到，他们是不很会掉下来的；但是到时期了，再要有风的力量，他们就只能一片一片的往下落；大多数也许是已经没有生命了的，枯了的，焦了的，但其中也许有几张还留着一点秋天的颜色，比如枫叶就是红的，海棠叶就是五彩的。这叶子实用是绝对没有的；但有人，比如我自己，就有爱落叶的癖好。他们初下来时颜色有很鲜艳的，但时候久了,颜色也变,除非你保存得好。所以我的话,那就是我的思想,也是与落叶一样的无用,至多有时有几痕生命的颜色就是了。你们不爱的尽可以随意的踩过,绝对不必理会;但也许有少数人有缘分的,不责备他们的无用,竟许会把他们捡起来揣在怀里,夹在书里,想延留他们幽澹的颜色。感情,真的感情,是难得的,是名贵的,是应当共有的;我们不应得拒绝感情,或是压迫感情,那是犯罪的行为,与压住泉眼不让上冲,或是掐住小孩不让喘气一样的犯罪。人在社会里本来是不相连续的个体。感情,先天的与后天的,是一种线索,一种经纬,把原来分散的个体织成有文章的整体。但有时线索也有破烂与涣散的时候。所以一个社会里必须有新的线索继续的产出,有破烂的地方去补,有涣散的地方去拉紧,才可以维持这组织大体的匀整,有时生产力特别加增时,我们就有机会或是推广,或是加添我们现有的面积,或是加密,像网球板穿双线似的,我们现成的组织,因为我们知道创造的势力与破坏的势力,建设与溃败的势力,上帝与撒旦的势力,是同时存在的。这两种势力是在一架天平上比着;他们很少平衡的时候,不是这头沉,就是那头沉,是的,人类的命运是在一架大天平上比着,一个巨大的黑影,那是我们集合的化身,在那里看着,他的手里满拿着分两的法码,一会往这头送,一会又往那头送,地球尽转着,太阳、月亮、星,轮流的照着,我们的运命永远是在天平上称着。

我方才说网球拍,不错,球拍是一个好比喻。你们打球的知道网拍上那里几根线是最吃重最要紧,那几根线要是特别有劲的时候,不仅你对敌时拉球、抽球、拍球格外来的有力,出色,并且你的拍子也就格外的经用,少数特强的分子保持了全体的匀整。这一条原则应用到人道上,就是说,假如我们有力量加密,加强我们最普通的同情线,那线如其穿连得到所有跳动的人心时,那时我们的大网子就坚实耐用,天津人说的,就有根。不问天时怎样的坏,管他雨也罢,云也罢,霜也罢,风也罢,管他水流怎样的急,我们假如有这样一个强有力的大网子,那怕不能在时间无尽的洪流里——早晚网起无价的珍品,那怕不能在我们运命的天平上重重的加下创造的生命的分量?

所以我说真的感情,真的人情,是难能可贵的,那是社会组织的基本成分。初起也许只是一个人心灵里偶然的震动,但这震动,不论怎样的微弱,就产生了及远的波纹;这波纹要是唤得起同情的反应时,原来细的便并成了粗的,原来弱的便合成了强的,原来脆性的便结成了韧性的,像一缕缕的苎麻打成了粗绳似的;原来只是微波,现在掀成了大浪,原来只是山罅里的一股细水,现在流成了滚滚的大河,向着无边的海洋里流着。

比如耶稣在山头上的训道(sormon on the mount)还不是有限的几句话,但这一篇短短的演说,却制定了人类想望的止境,建设了绝对的价值的标准,创造了一个纯粹的完全的宗教。那是一件大事实,人类历史上一件最伟大的事实。再比如释迦牟尼感悟了生老、病死的究竟,发大慈悲心,发大勇猛心,发大无畏心,抛弃了他人间的地位,富与贵,家庭与妻子,直到深山里去修道,结果他也替苦闷的人间打开了一条解放的大道,为东方民族的天才下一个最光华的定义。那又是人类历史上的一件奇迹。但这样大事的起原还不止是一个人的心灵里偶然的震动,可不仅仅是一滴最透明的真挚的感情滴落在黑沉沉的宇宙间?

感情是力量,不是知识。人的心是力量的府库,不是他的逻辑。有真感情的表现,不论是诗是文是音乐是雕刻或是画,好比是一块石子掷在平面的湖心里,你站着就看得见他引起的变化。没有生命的理论,不论他论的是什么理,只是拿石块扔在沙漠里,无非在干枯的地面上添一颗干枯的分子,也许掷下去时便听得出一些干枯的声响，但此外只是一大片死一般的沉寂了。所以感情才是成江成河的水泉，感情才是织成大网的线索。

　　但是我们自己的网子又是怎么样呢？现在时候到了，我们应当张大了我们的眼睛，认明白我们周围事实的真相。我们已经含糊了好久，现在再不容含糊的了。让我们来大声的宣布我们的网子是坏了的，破了的，烂了的；让我们痛快的宣告我们民族的破产，道德、政治、社会、宗教、文艺，一切都是破产了的。我们的心窝变成了蠹虫的家，我们的灵魂里住着一个可怕的大谎！那天平上沉着的一头是破坏的重量，不是创造的重量；是溃败的势力，不是建设的势力；是撒旦的魔力，不是上帝的神灵。霎时间这边路上长满了荆棘，那边道上涌起了洪水，我们头顶有骇人的声响，是雷霆还是炮火呢？我们周围有一哭声与笑声，哭是我们的灵魂受污辱的悲声，笑是活着的人们疯魔了的狞笑，那比鬼哭更听的可怕，更凄惨。我们张开眼来看时，差不多更没有一块干净的土地，那一处不是叫鲜血与眼泪冲毁了的；更没有平安的所在，因为你即使忘却了外面的世界，你还是躲不了你自身的烦闷与苦痛。不要以为这样混沌的现象是原因于经济的不平等，或是政治的不安定，或是少数人的放肆的野心。这种种都是空虚的，欺人自欺的理论，说着容易，听着中听，因为我们只盼望脱卸我们自身的责任，只要不是我的分，我就有权利骂人。但这是，我着重的说，懦怯的行为；这正是我说的我们各个人灵魂里躲着的大谎！你说少数的政客，少数的军人，或是少数的富翁，是现在变乱的原因吗？我现在对你说：先生，你错了，你很大的错了，你太恭维了那少数人，你太瞧不起你自己。让我们一致的来承认，在太阳普遍的光亮底下承认，我们各个人的罪恶，各个人的不洁净，各个人的苟且与懦怯与卑鄙！我们是与最肮脏的一样的肮脏，与最丑陋的一般的丑陋，我们自身就是我们运命的原因。

除非我们能起拔了我们灵魂里的大谎，我们就没有救度；我们要把祈祷的火焰把那鬼烧净了去，我们要把忏悔的眼泪把那鬼冲洗了去，我们要有勇敢来承当罪恶；有了勇敢来承当罪恶，方有胆量来决斗罪恶。再没有第二条路走。如其你们可以容恕我的厚颜，我想念我自己近作的一首诗给你们听，因为那首诗，正是我今天讲的话的更集中的表现：

毒　药

　　今天不是我唱歌的日子，我口边涎着狞恶的微笑，不是我说笑的日子，我胸怀间插着发冷光的利刃；

　　相信我，我的思想是恶毒的，因为这世界是恶毒的。我的灵魂是黑暗的因为太阳已经灭绝了光彩，我的声调是像坟堆里的夜鸮，因为人间已经杀尽了一切的和谐，我的口音像是冤鬼责问他的仇人，因为一切的恩已经让路给一切的怨：

　　但是相信我。真理是在我的话里虽则我的话像是毒药。真理是永远不含糊的虽则我的话里仿佛有两头蛇的舌，蝎子的尾尖，蜈蚣的触须；只因为我的心里充满着比毒药更强烈，比咒诅更狠毒，比火焰更猖狂，比死更深奥的不忍心与怜悯心与爱心，所以我说的话是毒性的，咒诅的，燎灼的，虚无的；

　　相信我，我们一切的准绳已经埋没在珊瑚土打紧的墓宫里，你们最劲冽的祭奠的香味也穿不透这严封的地层：一切的准则是死了的；我们一切的信心像是顶烂在树枝上的风筝，我们手里擎着这迸断了的鹞线：一切的信心是烂了的；

相信我，猜疑的巨大的黑影，像一块乌云似的，已经笼盖着人间一切的关系：人子不再悲哭他新死的亲娘，兄弟不再来携着他姊妹的手。朋友变成了寇仇，看家的狗回头来咬他主人的腿：是的，猜疑淹没了一切；在路旁坐着啼哭的，在街心里站着的，在你窗前探望的，都是被奸污的处女：池潭里只见些烂破的鲜艳的荷花；

在人道恶浊的涧水里流着，浮荇似的，五具残缺的尸体，它们是仁义礼智信，向着时间无尽的海澜里流去；

这海是一个不安靖的海，波涛昌厥的翻着，在每个浪头的小白帽上分明的写着人欲与兽性；

到处是奸淫的现象：贪心搂抱着正义，猜忌逼迫着同情，懦怯狎亵着勇敢，肉欲侮弄着恋爱，暴力侵陵着人道，黑暗践踏着光明；

听呀，这一片淫猥的声响，听呀，这一片残暴的声响；

虎狼在热闹的市街里，强盗在你们妻子的床上，罪恶在你们深奥的灵魂里……

白　旗

来，跟着我来，拿一面白旗在你们的手里——不是上面写着激动怨毒，鼓励残杀字样的白旗，也不是涂着不洁净血液的标记的白旗，也不是画着忏悔与咒语的白旗（把忏悔画在你们的心里）：

你们排列着，喋声的，严肃的，像送丧的行列，不

容许脸上留存一丝的颜色,一毫的笑容,严肃的,喋声的,像一队决死的兵士;

现在时辰到了,一齐举起你们手里的白旗,像举起你们的心一样,仰看着你们头顶的青天,不转瞬的,惶恐的,像看着你们自己的灵魂一样;

现在时辰到了,你们让你们熬着、壅着,迸裂着,滚沸着的眼泪流,直流,狂流,自由的流,痛快的流,尽性的流,像山水出峡似的流,像暴雨倾盆似的流……

现在时辰到了,你们让你们咽着,压迫着,挣扎着,汹涌着的声音嚷,直嚷,狂嚷,放肆的嚷,凶狠的嚷,像飓风在大海波涛间的嚷,像你们丧失了最亲爱的骨肉时的嚷……

现在时辰到了,你们让你们回复了的天性忏悔,让眼泪的滚油煎净了的,让悲恸的雷霆震醒了的天性忏悔,默默的忏悔,悠久的忏悔,沉澈的忏悔,像冷峭的星光照落在一个寂寞的山谷,像一个黑衣的尼僧匍伏在一座金漆的神龛前;……

在眼泪的沸腾里,在嚷激的酣流激里,在忏悔的沈寂里,你们望见了上帝永久的威严。

婴 儿

我们要盼望一个伟大的事实出现,我们要守候一个馨香的婴儿出世:——

你看他那母亲在她生产的床上受罪!

她那少妇的安详,柔和,端丽,现在在剧烈的阵痛里变形成不可信的丑恶:你看她那遍体的筋络都在她薄嫩的皮肤底里暴涨着，可怕的青色与紫色，像受惊的水青蛇在田沟里急洇似的，汗珠贴在她的前额上像一颗颗的黄豆，她的四肢与身体猛烈的抽搐着，畸屈着，奋挺着，纠旋着，仿佛她垫着的席子是用针尖编成的，仿佛她的帐围是用火焰织成的；

一个安详的，镇定的，端庄的，美丽的少妇，现在在绞痛的惨酷里变形成魔鬼似的可怖：她的眼，一时紧紧的阖着，一时巨大的睁着，她那眼，原来像冬夜池潭里反映着的明星，现在吐露着青黄色的凶焰，眼珠像是烧红的炭火，映射出她灵魂最后的奋斗，她的唇原来是朱红色的，现在像是炉底的冷灰，她的口颤着，橛着，扭着，死神的热烈的亲吻不容许她一息的平安，她的发是散披着，横在口边，漫在胸前，像揪乱的麻丝，她的手指间紧抓着几穗拧下来的乱发；

这母亲在她生产的床上受罪：——

但是她还不曾绝望，她的生命挣扎着血与肉与骨与肢体的纤微，在危崖的边沿上，抵抗着，搏斗着，死神的逼迫；

她还不曾放手，因为她知道（她的灵魂知道！）这苦痛不是无因的，因为她知道她的胎宫里孕育着一点比她自己更伟大的生命的种子，包涵着一个比一切更永久的婴儿；

因为她知道这苦痛是婴儿要求出世的征候，是种子在泥土里爆裂成美丽的生命的消息，是她完成她自己生命的使命的机会；

因为她知道这忍耐是有结果的，在她剧痛的昏瞀中她仿佛听着上帝准许人间祈祷的声音，她仿佛听着天使们赞美未来的光明的声音；

因此她忍耐着，抵抗着，奋斗着……她抵拼绷断她统体的纤微，她要赎出在她那胎宫里动荡着的生命，在她一个完全，美丽的婴儿出世的盼望中，最锐利最沈酣的痛感逼成了最锐利最沈酣的快感……

这也许是无聊的希冀，但是谁不愿意活命，就使到了绝望最后的边沿，我们也还要妄想希望的手臂从黑暗里伸出来挽着我们。我们不能不想望这苦痛的现在，只是准备着一个更光荣的将来，我们要盼望一个洁白的肥胖的活泼的婴儿出世！

新近有两件事实，使我得到很深的感触。让我来说给你们听听。

前几时有一天俄国公使馆挂旗，我也去看了。加拉罕站在台上，微微的笑着，他的脸上发出一种严肃的青光，他侧仰着他的头看旗上升时，我觉着了他的人格的尊严，他至少是一个有胆有略的男子，他有为主义牺牲的决心，他的脸上至少没有苟且的痕迹，同时屋顶那根旗杆上，冉冉的升上了一片的红光，背着窈远没有一斑云彩的青天。那面簇新的红旗在风前料峭的袅荡个不定。这异样的彩色与声响引起了我异样的感想。是腼腆，是骄傲，还是鄙夷，如今这红旗初次面对着我们偌大的民族？在场人也有拍掌的，但只是断续的拍掌，这就算是我想我们初次见红旗的敬意；但这又是鄙夷，骄傲，还是惭愧呢？那红色是一个伟大的象征，代表人类史里最伟大的一个时期；不仅标示俄国民族流血的成绩，却也为人类立下了一个勇敢尝试的榜样。在那旗子抖动的声响里我不仅仿佛听出了这近十年来那斯拉夫民族失败与胜利的呼声，我也想象到百数千年前法国革命时的狂热，一七八九年七月四日那天巴黎市民攻破巴士梯亚牢狱时的疯癫。自由，平等，友爱！友爱，平等，自由！你们听呀，在这呼声里人类理想的火焰一直从地面上直冲破天顶，历史上再没有更重要更强烈的转变的时期。卡莱尔（Carlyle）在他的法国革命史里形容这件大事有三句名句，他说，"To describe this seene transends the talent of mortals. After four hours of world bed, am it surrenders。The Bastille is down!"他说："要形容这一景超过了凡人的力量。过了四小时的疯狂他（那大牢）投降了。巴士梯亚是下了！"打破一个政治犯的牢狱不算是了不得的大事，但这事实里有一个象征。巴士梯亚是代表阻碍自由的势力，巴黎士民的攻击是代表全人类争自由的势力，巴士梯亚的"下"是人类理想胜利的凭证。自由，平等，友爱！

　　友爱，平等，自由！法国人在百几十年前猖狂的叫着。这叫声还在人类的性灵里荡着。我们不好像听见吗，虽则隔着百几十年光阴的旷野。如今凶恶的巴士梯亚又在我们的面前堵着；我们如其再不发疯，他那牢门上的铁钉，一个个都快刺透我们的心胸了！

　　这是一件事。还有一件是我六月间伴着泰戈尔到日本时的感想。早七年我过太平洋时曾经到东京去玩过几个钟头，我记得到上野公园去，上一座小山去下望东京的市场，只见连绵的高楼大厦，一派富盛繁华的景象。这回我又到上野去了，我又登山去望东京城了，那分别可太大了！房子，不错，原是有的；但从前是几层楼的高房，还有不少有名的建筑，比如帝国剧场、帝国大学等等，这次看见的，说也可怜，只是薄皮松板暂时支着应用的鱼鳞似的屋子，白松松的像一个烂发的花头，再没有从前那样富盛与繁华的气象。十九的城子都是叫那大地震吞了去烧了去的。我们站着的地面平常看是再坚实不过的，但是等到他起兴时小小的翻一个身，或是微微的张一张口，我们脆弱的文明与脆弱的生命就够受。我们在中国的差不多是不能想着世界上，在醒着的不是梦里的世界上，竟可以有那样的大灾难。

  我们中国人是在灾难里讨生活的，水、旱、刀兵、盗劫，那一样没有，但是我敢说我们所有的灾难合起来，也抵不上我们邻居一年前遭受的大难。那事情的可怕，我敢说是超过了人类忍受力的止境。我们国内居然有人以日本人这次大灾为可喜的，说他们活该，我真要请协和医院大夫用 X 光检查一下他们那几位，究竟他们是有没有心肝的。因为在可怕的运命的面前，我们人类的全体只是一群在山里逢着雷霆风雨时的绵羊，那里还能容什么种族、政治等等的偏见与意气？我来说一点情形给你们听听，因为虽则你们在报上看过极详细的记载，不曾亲自察看过的总不免有多少距离的隔膜。我自己未到日本前与看过日本后，见解就完全的不同。你们试想假定我们今天在这里集会，我讲的，你们听的，假如日本那把戏轮着我们头上来时，要不了的搭的搭的搭的三秒钟我与你们与讲台与屋子就永远诀别了地面，像变戏法似的，影踪都没了。那是事实，横滨有好几所五六层高的大楼，全是在三四秒时间内整个儿与地面拉一个平，全没了。你们知道圣书里面形容天降大难的时候，不要说本来脆弱的人类完全放弃了一切的虚荣，就是最猛鸷的野兽与飞禽也会在刹时间变化了性质，老虎会像小猫似的挨着你躲着，利喙的鹰鹞会得躲入鸡棚里去窝着，比鸡还要驯服。在那样非常的变动时，他们也好似觉悟了这彼此同是生物的亲属关系，在天怒的跟前同是剥夺了抵抗力的小虫子，这里面就发生了同命运的同情。你们试想就东京一地说，二三百万的人口，几十百年辛勤的成绩，突然的面对着最后审判的实在，就在今天我们回想起当时他们全城子像一个滚沸的油锅时的情景，原来热闹的市场变成了光焰万丈的火盆，在这里面人类最集中的心力与体力的成绩全变了燃料，在这里面艺术、

翡冷翠的夜：徐志摩诗歌散文经典

教育、政治、社会人的骨与肉与血都化成了灰烬，还有百十万男女老小的哭嚷声，这哭声本体就可以摇动天地，——我们不要说亲身经历，就是坐在椅子上想象这样不可信的情景时，也不免觉得害怕不是？

那可不是顽儿的事情。单只描写那样的大变，恐怕至少就须要荷马或是莎士比亚的天才。你们试想在那时候，假如你们亲身经历时，你的心理该是怎么样？你还恨你的仇人吗？你还不饶恕你的朋友吗？你还沾恋你个人的私利吗？你还有欺哄人的机会吗？你还有什么希望吗？你还不搂住你身旁的生物，管他是你的妻子，你的老子，你的听差，你的妈，你的冤家，你的老妈子，你的猫，你的狗，把你灵魂里还剩下的光明一齐放射出来，和着你同难的同胞在这普遍的黑暗里来一个最后的结合吗？

但运命的手段还不是那样的简单。他要是把你的一切都扫灭了，那倒也是一个痛快的结束；他可不然。他还让你活着，他还有更苛刻的试验给你。大难过了，你还喘着气；你的家，你的财产，都变了你脚下的灰，你的爱亲与妻与儿女的骨肉还有烧不烂的在火堆里燃着，你没有了一切；但是太阳又在你的头上光亮的照着，你还是好好的在平定的地面上站着，你疑心这一定是梦，可又不是梦，因为不久你就发现与你同难的人们，他们也一样的疑心他们身受的是梦。可真不是梦；是真的。你还活着，你还喘着气，你得重新来过，根本的完全的重新来过。除非是你自愿放手，你的灵魂里再没有勇敢的分子。

那才是你的真试验的时候。这考卷可不容易交了，要到那时候你才知道你自己究竟有多大能耐，值多少，有多少价值。

我们邻居日本人在灾后的实际就是这样。全完了，要来就得完全来过，尽你及身的力量不够，加上你儿子的，你孙子的，你孙子的儿子的儿子的孙子的努力，也许可以重新撑起这份家私，但在这努力的经程中,谁也保不定天与地不再捣乱;你的几十年只要他的几秒钟。问题所以是你干不干?就只干脆的一句话,你干不干,是或否?同时也许无情的运命,扭着他那丑陋可怕的脸子在你的身旁冷笑,等着你最后的回话。你干不干,他仿佛也涎着他的怪脸问着你!

我们勇敢的邻居们已经交了他们的考卷;他们回答了一个干脆的干字,我们不能不佩服。我们不能不尊敬他们精神的人格。不等那大震灾的火焰缓和下去,我们邻居们第二次的奋斗已经庄严的开始了。不等运命的残酷的手臂松放,他们已经宣言他们积极的态度对运命宣战。这是精神的胜利,这是伟大,这是证明他们有不可摇的信心,不可动的自信力;证明他们是有道德的与精神的准备的,有最坚强的毅力与忍耐力的,有内心潜在着的精力的,有充分的后备军的,好比说,虽则前敌一起在炮火里毁了,这只是给他们一个出马的机会。他们不但不悲观,不但不消极,不但不绝望,不但不矮着嗓子乞怜,不但不倒在地下等救,在他们看来这大灾难,只是一个伟大的戟刺,伟大的鼓励,伟大的灵感,一个应有的试验,因此他们新来的态度只是双倍的积极,双倍的勇猛,双倍的兴奋,双倍的有希望;他们仿佛是经过大战的大将,战阵愈急迫愈危险,战鼓愈打得响亮,他的胆量愈大,往前冲的步子愈紧,必胜的决心愈强。这,我说,真是精神的胜利,一种道德的强制力,伟大的,难能的,可尊敬的,可佩服的。泰戈尔说的,国家的灾难,个人的灾难,都是一种试验:除是灾难的结果压倒了你的意志与勇敢,那才是真的灾难,因为你更没有翻身的希望。

这也并不是说他们不感觉灾难的实际的难受,他们也是人,他们虽勇,心究竟不是铁打的。但他们表现他们痛苦的状态是可注意的;他们不来零碎的呼叫,他们采用一种雄伟的庄严的仪式。此次震灾的周年纪念时；他们选定一个时间，举行他们全国的悲哀；在不知是几秒或几分钟的期间内，他们全国的国民一致的静默了，全国民的心灵在那短时间内融合在一阵忏悔的，祈祷的，普遍的肃静里；（那是何等的凄伟！）然后，一个信号打破了全国的静默，那千百万人民又一致的高声悲号，悲悼他们曾经遭受的惨运；在这一声弥漫的哀号里，他们国民，不仅发泄了蓄积着的悲哀，这一声长号，也表明他们一致重新来过的伟大的决心。（这又是何等的凄伟！）

这是救训，我们最切题的救训。我个人从这两件事情——俄国革命与日本地震——感到极深刻的感想；一件是告诉我们什么是有意义有价值的牺牲，那表面紊乱的背后坚定的站着某种主义或是某种理想，激动人类潜伏着一种普遍的想望，为要达到那想望的境界，他们就不顾冒怎样剧烈的险与难，拉倒已成的建设，踏平现有的基础，抛却生活的习惯，尝试最不可测量的路子。这是一种疯癫，但是有目的的疯癫；单独的看，局部的看，我们尽可以下种种非难与责备的批评，但全部的看，历史的看时，那原来纷乱的就有了条理，原来散漫的就成了片段，甚至于在经程中一切反理性的分明残暴的事实都有了他们相当的应有的位置，在这部大悲剧完成时，在这无形的理想"物化"成事实时，在人类历史清理节账时，所得便超过所出，赢余至少是盖得过损失的。我们现在自己的悲惨就在问题不集中，不清楚，不一贯；我们缺少，用一个现成的比喻——那一面半空里升起来的彩色旗，（我不是主张红旗我不过比喻罢了！）使我们有眼睛能看的人都不由的不仰着头望；缺少那青天里的一个霹雳，使我们有耳朵能听的不由的惊心。正因为缺乏这样一个一贯的理想与标准（能够表现我们潜在意识所想望的），我们有的那一部疯癫性——历史上所有的大运动都脱不了疯癫性的成分——就没有机会充分的外现，我们物质生活的累赘与沾恋，便有力量压迫住我们精神性的奋斗；不是我们天生不肯牺牲，也不是天生懦怯，我们在这时期内的确不曾寻着值得或是强迫我们牺牲的那件理想的大事，结果是精力的散漫，志气的怠惰，苟且心理的普遍，悲观主义的盛行，一切道德标准与一切价值的毁灭与埋葬。

人原来是行为的动物，尤其是富有集合行为力的，他有向上的能力，但他也是最容易堕落的，在他眼前没有正当的方向时，比如猛兽监禁在铁笼子里。在他的行为力没有发展的机会时，他就会随地躺了下来，管他是水潭是泥潭，过他不黑不白的猪奴的生活。这是最可惨的现象，最可悲的趋向。如其我们容忍这种状态继续存在时，那时每一对父母每次生下一个洁净的小孩，只是为这卑劣的社会多添一个堕落的分子，那是莫大的亵渎的罪业；所有的教育与训练也就根本的失去了意义，我们还不如盼望一个大雷霆下来毁尽了这三江或四江流域的人类的痕迹！

再看日本人天灾后的勇猛与毅力，我们就不由的不惭愧我们的穷，我们的乏，我们的寒伧。这精神的穷乏才是真可耻的，不是物质的穷乏。我们所受的苦难都还不是我们应有的试验的本身，那还差得远着哪；但是我们的丑态已经恰好与人家的从容成一个对照。我们的精神生活没有充分的涵养，所以临着稀小的纷扰便没有了主意，像一个耗子似的，他的天才只是害怕，他的伎俩只是小偷；又因为我们的生活没有深刻的精神的要求，所以我们合群生活的大网子就缺少最吃分量最经用的那几条普遍的同情线，再加之原来的经纬已经到了完全破烂的状态，这网子根本就没有了联结，不受外物侵损时已有溃散的可能，那里还能在时代的急流里，捞起什么有价值的东西？说也奇怪，这几千年历史的传统精神非但不曾供给我们社会一个巩固的基础，我们现在到了再不容隐讳的时候，谁知道发现我们的桩子，只是在黄河里造桥,打在流沙里的!

难怪悲观主义变成了流行的时髦!但我们年轻人,我们的身体里还有生命跳动,脉管里多少还有鲜血的年轻人,却不应当沾染这最致命的时髦,不应当学那随地躺得下去的猪,不应当学那苟且专家的耗子,现在时候逼迫了,再不容我们霎那的含糊。我们要负我们应负的责任,我们要来补织我们已经破烂的大网子,我们要在我们各个人的生活里抽出人道的同情的纤维来合成强有力的绳索,我们应当发现那适当的象征,像半空里那面大旗似的,引起普遍的注意;我们要修养我们精神的与道德的人格,预备忍受将来最难堪的试验。简单的一句话,我们应当在今天——过了今天就再没有那一天了——宣传我们对于生活基本的态度。是是还是否;是积极还是消极;是生道还是死道;是向上还是堕落?在我们年轻人一个字的答案上就挂着我们全社会的运命的决定。我盼望我至少可以代表大多数青年,在这篇讲演的末尾,高叫一声——用两个有力量的外国字——"Everlasting yea!"

自剖

　　我是个好动的人；每回我身体行动的时候，我的思想也仿佛就跟着跳荡。我做的诗，不论它们是怎样的"无聊"，有不少是在行旅期中想起的。我爱动，爱看动的事物，爱活泼的人，爱水，爱空中的飞鸟，爱车窗外掣过的田野山水。星光的闪动，草叶上露珠的颤动，花须在微风中的摇动，雷雨时云空的变动，大海中波涛的汹涌，都是在在触动我感兴情景。是动，不论是什么性质，就是我的兴趣，我的灵感。是动就会催快我的呼吸，加添我的生命。

　　近来却大大的变样了。第一我自身的肢体，已不如原先灵活；我的心也同样的感受了不知是年岁还是什么的拘挛。动的现象再不能给我欢喜，给我启示。先前我看着在阳光中闪烁的金波，就仿佛看见了神仙宫阙——什么荒诞美丽的幻觉，不在我的脑中一闪闪的掠过；现在不同了，阳光只是阳光，流波只是流波，任凭景色怎样的灿烂，再也照不化我的呆木的心灵。我的思想，如其偶尔有，也只似岩石上的藤萝，贴着枯干的粗糙的石面，极困难的蜒着；颜色是苍黑的，姿态是倔强的。

　　我自己也不懂得何以这变迁来得这样的兀突，这样的深彻。原先我在人前自觉竟是一注的流泉，在在有飞沫，在在有闪光；现在这泉眼，如其还在，仿佛是叫一块石板不留余隙的给镇住了。我再没有先前那样蓬勃的情趣，每回我想说话的时候，就觉着那石块的重压，怎么也掀不动，怎么也推不开，结果只能自安沉默！"你再不用想什么了，你再没有什么可想的了"；"你再不用开口了，你再没有什么话可说的了"，我常觉得我沉闷的心府里有这样半嘲讽半吊唁的谆嘱。

　　说来我思想上或经验上也并不会经受什么过分剧烈的戟刺。我处境是向来顺的，现在，如其有不同，只是更顺了的。那么为什么这变迁？远的不说，就比如我年前到欧洲去时的心境：阿！我那时还不是一只初长毛角的野鹿？什么颜色不激动我的视觉，什么香味不奋兴我的嗅觉？我记得我在意大利写游记的时候，情绪是何等的活泼，兴趣何等的醇厚，一路来眼见耳听心感的种种，那一样不活栩栩的丛集在我的笔端，争求充分的表现！如今呢？我这次到南方去，来回也有一个多月的光景，这期内眼见耳听心感的事物也该有不少。我未动身前，又何尝不自喜此去又可以有机会饱餐西湖的风色，邓尉的梅香——单提一两件最合我脾胃的事。有好多朋友也曾期望我在这闲暇的假期中采集一点江南风趣，归来时，至少也该带回一两篇爽口的诗文，给在北京泥土的空气中活命的朋友们一些清醒的消遣。但在事实上不但在南中时我白瞪着大眼，看天亮换天昏，又闭上了眼，拼天昏换天亮，一枝秃笔跟着我涉海去，又跟着我涉海回来，正如岩洞里的一根石笋，压根儿就没一点摇动的消息；就在我回京后这十来天，任凭朋友们怎样的催促，自己良心怎样的责备，我的笔尖上还是滴不出一点墨沈来。我也会勉强想想，勉强想写，但到底还是白费！可怕是这心灵骤然的呆顿。完全死了不成？我自己在疑惑。

说来是时局也许有关系。我到京几天就逢着空前的血案。五卅事件发生时我正在意大利山中，采茉莉花编花篮儿玩，翡冷翠山中只见明星与流萤的交唤，花香与山色的温存，俗氛是吹不到的。直到七月间到了伦敦，我才理会国内风光的惨淡，等得我赶回来时，设想中的激昂，又早变成了明日黄花，看得见的痕迹只有满城黄墙上黑彩斑斓的"泣告"！

这回却不同。屠杀的事实不仅是在我住的城子里发见，我有时竟觉得是我自己的灵府里的一个惨象。杀死的不仅是青年们的生命，我自己的思想也仿佛遭着了致命的打击，好比是国务院前的断胫残肢，再也不能回复生动与连贯。但这深刻的难受在我是无名的，是不能完全解释的。这回事变的奇惨性引起愤慨与悲切是一件事，但同时我们也知道在这根本起变态作用的社会里，什么怪诞的情形都是可能的。屠杀无辜，还不是年来最平常的现象。自从内战纠结以来，在受战祸的区域内，那一处村落不曾分到过遭奸污的女性，屠残的骨肉，供牺牲的生命财产？这无非是给冤氛团结的地面上多添一团更集中更鲜艳的怨毒。再说那一个民族的解放史能不浓浓的染着 Martyrs 的腔血？俄国革命的开幕就是二十年前冬宫的血景。只要我们有识力认定，有胆量实行，我们理想中的革命，这回羔羊的血就不会是白涂的。所以我个人的沉闷决不完全是这回惨案引起的感情作用。

爱和平是我的生性。在怨毒、猜忌、残杀的空气中，我的神经每每感受一种不可名状的压迫。记得前年奉直战争时我过的那日子简直是一团黑漆，每晚更深时，独自抱着脑壳伏在书桌上受罪，仿佛整个时代的沉闷盖在我的头顶——直到写下了"毒药"那几首不成形的咒诅诗以后，我心头的紧张才渐渐的缓和下去。这回又有同样的情形；只觉着烦，只觉着闷，感想来时只是破碎，笔头只是笨滞。结果身体也不舒畅，像是蜡油涂抹住了全身毛窍似的难过，一天过去了又是一天，我这里又在重演更深独坐箍紧脑壳的姿势，窗外皎洁的月光，分明是在嘲讽我内心的枯窘！

不，我还得往更深处挖。我不能叫这时局来替我思想骤然的呆顿负责，我得往我自己生活的底里找去。

平常有几种原因可以影响我们的心灵活动。实际生活的牵制可以劫去我们心灵所需要的闲暇，积成一种压迫。在某种热烈的想望不曾得满足时，我们感觉精神上的烦闷与焦躁，失望更是颠覆内心平衡的一个大原因；较剧烈的种类可以麻痹我们的灵智，淹没我们的理性。但这些都合不上我的病源；因为我在实际生活里已经得到十分的幸运，我的潜在意识里，我敢说不该有什么压着的欲望在作怪。

但是在实际上反过来看，另有一种情形可以阻塞或是减少你心灵的活动。我们知道舒服，健康，幸福，是人生的目标，我们因此推想我们痛苦的起点是在望见那些目标而得不到的时候。我们常听人说"假如我像某人那样生活无忧我一定可以好好的做事，不比现在整天的精神全化在琐碎的烦恼上"。我们又听说"我不能做事就为身体太坏，若是精神来得，那就……"我们又常常设想幸福的境界，我们想："只要有一个意中人在跟前那我一定奋发，什么事做不到？"但是不，在事实上，舒服，健康，幸福，不但不一定是帮助或奖励心灵生活的条件，它们有时正得相反的效果。我们看不起有钱人，在社会上得意人，肌肉过分发展的运动家，也正在此；至于年少人幻想中的美满幸福，我敢说等得当真有了红袖添香,你的书也就读不出所以然来,且不说什么在学问上或艺术上更认真的工作。

那末生活的满足是我的病源吗?

"在先前的日子,"一个真知我的朋友就说,"正为是你生活不得平衡,正为你有欲望不得满足,你的压在内里的 Libido 就形成一种升华的现象,结果你就借文学来发泄你生理上的郁结(你不常说你从事文学是一件不预期的事吗?);这情形又容易在你的意识里形成一种虚幻的希望,因为你的写作得到一部分赞许,你就自以为确有相当创作的天赋以及独立思想的能力。但你只是自冤自,实在你并没有什么超人一等的天赋,你的设想多半是虚荣,你的以前的成绩只是升华的结果。所以现在等得你生活换了样,感情上有了安顿,你就发见你向来写作的来源顿呈萎缩甚至枯竭的现象;而你又不愿意承认这情形的实在,妄想到你身子以外去找你思想枯窘的原因,所以你就不由的感到深刻的烦闷。你只是对你自己生气,不甘心承认你自己的本相。不,你原来并没有三头六臂的!

"你对文艺并没有真兴趣,对学问并没有真热心。你本来没有什么更高的志愿,除了相当合理的生活,你只配安分做一个平常人,享你命里铸定的'幸福';在事业界,在文艺创作界,在学问界内,全没有你的位置,你真的没有那能耐。不信你只要自问在你心里的心里有没有那无形的'推力',整天整夜的恼着你,逼着你,督着你,放开实际生活的全部,单望着不可捉摸的创作境界里去冒险?是的,顶明显的关键就是那无形的推力或是冲动(The Impulse),没有它人类就没有科学,没有文学,没有艺术,没有一切超越功利实用性质的创作。你知道在国外(国内当然也有,许没那样多)有多少人被这无形的推力驱使着,在实际生活上变成一种离魂病性质的变态动物,不但人们所有的虚荣永远沾不上他们的思想，就连维持生命的睡眠饮食，在他们都失了重要，他们全部的心力只是在他们那无形的推力所指示的特殊方向上集中应用。怪不得有人说天才是疯癫；我们在巴黎伦敦不就到处碰得着这类怪人？如其他是一个美术家，恼着他的就只怎样可以完全表现他那理想中的形体；一个线条的准确，某种色彩的调谐，在他会得比他生身父母的生死与国家的存亡更重要，更迫切，更要求注意。我们知道专门学者有终身掘坟墓的，研究蚊虫生理的，观察亿万万里外一个星的动定的。并且他们决不问社会对于他们的劳力有否任何的认识，那就是虚荣的进路；他们是被一点无形的推力的魔鬼蛊定了的。

"这是关于文艺创作的话。你自问有没有这种情形。你也许经验过什么'灵感'，那也许有，但你却不要把刹那误认作永久的，虚幻认作真实。至于说思想与真实学问的话，那也得背后有一种推力，方向许不同，性质还是不变。做学问你得有原动的好奇心，得有天然热情的态度去做求知识的工夫。真思想家的准备，除了特强的理智，还得有一种原动的信仰；信仰或寻求信仰，是一切思想的出发点；极端的怀疑派思想也只是期望重新位置信仰的一种努力。从古来没有一个思想家不是宗教性的。在他们，各按各的倾向，一切人生的和理智的问题是实在有的；神的有无，善与恶，本体问题，认识问题，意志自由问题，在他们看来都是含逼迫性的现象，要求合理的解答——比山岭的崇高，水的流动，爱的甜蜜更真，更实在，更耸动。他们的一点心灵，就永远在他们设想的一种或多种问题的周围飞舞，旋绕，正如灯蛾之于火焰：牺牲自身来贯彻火焰中心的秘密，是他们共有的决心。

"这种惨烈的情形，你怕也没有吧？我不说你的心幕上就没有思想的影子；但它们怕只是虚影，像水面上的云影，云过影子就跟着消散，不是石上的雷痕越日久越深刻。

"这样说下来，你倒可以安心了！因为个人最大的悲剧是设想一个虚无的境界来谎骗你自己；骗不到底的时候你就得忍受'幻灭'的莫大的苦痛。与其那样，还不如及早认清自己的深浅，不要把不必要的负担，放上支撑不住的肩背，压坏你自己，还难免旁人的笑话！朋友，不要迷了，定下心来享你现成的福分吧；思想不是你的分，文艺创作不是你的分，独立的事业更不是你的分！天生扛了重担来的那也没法想（那一个天才不是活受罪！），你是原来轻松的，这是多可羡慕，多可贺喜的一个发现！算了吧，朋友！"

三月二十五至四月一日

再剖

你们知道喝醉了想吐吐不出或是吐不爽快的难受不是?这就是我现在的苦恼;肠胃里一阵阵的作恶,腥腻从食道里往上泛,但这喉关偏跟你别扭,它捏住你,逼住你,逗着你——不,它且不给你痛快哪!前天那篇《自剖》,就比是哇出来的几口苦水,过后只是更难受,更觉着往上冒。我告你我想要怎么样。我要孤寂:要一个静极了的地方——森林的中心,山洞里,牢狱的暗室里——再没有外界的影响来逼迫或引诱你的分心,再不须计较旁人的意见,喝彩或是嘲笑;当前唯一的对象是你自己:你的思想,你的感情,你的本性。那时它们再不会躲避,不会隐遁,不会装作:赤裸裸的听凭你察看,检验,审问。你可以放胆解去你最后的一缕遮盖,袒露你最自怜的创伤,最掩讳的私亵。那才是你痛快一吐的机会。

但我现在的生活情形不容我有那样一个时机。白天太忙（在人前一个人的灵性永远是蜷缩在壳内的蜗牛），到夜间，比如此刻，静是静了，人可又倦了，惦着明天的事情又不得不早些休息。阿，我真羡慕我台上放着那块唐砖上的佛像，他在他的莲台上瞑目坐着，什么都摇不动他那入定的圆澄。我们只是在烦恼网里过日子的众生，怎敢企望那光明无碍的境界！有鞭子下来，我们躲；见好吃的，我们垂涎；听声响，我们着忙；逢着痛痒，我们着恼。我们是鼠，是狗，是刺猬，是天上星星与地上泥土间爬着的虫。那里有工夫，即使你有心想亲近你自己？那里有机会，即使你想痛快的一吐？

前几天也不知无形中经过几度挣扎，才呕出那几口苦水，这在我虽则难受还是照旧，但多少总算是发泄。事后我私下觉得愧悔，因为我不该拿我一己苦闷的骨鲠，强读者们陪着我吞咽。是苦水就不免薰蒸的恶味。我承认这完全是我自私的行为，不敢望恕。我唯一的解嘲是这几口苦水的确是从我自己的肠胃里呕出——不是去脏水桶里舀来的。我不曾期望同情，我只要朋友们认识我的深浅——（我的浅？）我最怕朋友们的容宠容易形成一种虚拟的期望；我这操刀自剖的一个目的，就在及早解卸我本不该扛上的担负。

是的，我还得往底里挖，往更深处剖。

最初我来编辑副刊，我有一个愿心。我想把我自己整个儿交给能容纳我的读者们，我心目中的读者们，说实话，就只这时代的青年。我觉着只有青年们的心窝里有容我的空隙，我要偎着他们的热血，听他们的脉搏。我要在我自己的情感里发见他们的情感，在我自己的思想里反映他们的思想。假如编辑的意义只是选稿、配版，付印，拉稿，那还不如去做银行的伙计——有出息得多。我接受编辑晨副的机会，就为这不单是机械性的一种任务。

翡冷翠的夜：徐志摩诗歌散文经典

（感谢晨报主人的信任与容忍，）晨报变了我的喇叭，从这管口里我有自由吹弄我古怪的不调谐的音调，它是我的镜子，在这平面上描画出我古怪的不调谐的形状。我也决不掩讳我的原形：我就是我。记得我第一次与读者们相见，就是一篇供状。我的经过，我的深浅，我的偏见，我的希望，我都曾经再三的声明，怕是你们早听厌了。但初起我有一种期望是真的——期望我自己。也不知那时间为什么原因我竟有那活棱棱的一副勇气。我宣言我自己跳进了这现实的世界，存心想来对准人生的面目认他一个仔细。我信我自己的热心（不是知识）多少可以给我一些对敌力量的。我想拼这一天，把我的血肉与灵魂，放进这现实世界的磨盘里去捱，锯齿下去拉，——我就要尝那味儿！只有这样，我想，才可以期望我主办的刊物多少是一个有生命气息的东西；才可以期望在作者与读者间发生一种活的关系；才可以期望读者们觉着这一长条报纸与黑的字印的背后，的确至少有一个活着的人与一个动着的心，他的把握是在你的腕上，他的呼吸吹在你的脸上，他的欢喜，他的惆怅，他的迷惑，他的伤悲，就比是你自己的，的确是从一个可认识的主体上发出来的变化——是站在台上人的姿态，——不是投射在白幕上的虚影。

　　并且我当初也并不是没有我的信念与理想。有我崇拜的德性，有我信仰的原则，有我爱护的事物，也有我痛疾的事物。往理性的方向走，往爱心与同情的方向走，往光明的方向走，往真的方向走，往健康快乐的方向走，往生命，更多更大更高的生命方向走——这是我那时的一点"赤子之心"。我恨的是这时代的病象，什么都是病象：猜忌，诡诈，小巧，倾轧，挑拨，残杀，互杀，自杀，忧愁，作伪，肮脏。我不是医生，不会治病；我就有一双手，趁它们活灵的时候，我想，或许可以替这时代打开几扇窗，多少让空气流通些，浊的毒性的出去，清醒的洁净的进来。

但紧接着我的狂妄的招摇,我最敬畏的一个前辈(看了我的吊刘叔和文)就给我当头一棒:

> ……既立意来办报而且郑重宣言"决意改变我对人的态度",那么自己的思想就得先磨冶一番,不能单凭主觉,随便说了就算完事。迎上前去,不要又退了回来!一时的兴奋,是无用的,说话越觉得响亮起劲,跳踯有力,其实即是内心的虚弱,何况说出衰颓懊丧的语气,教一般青年看了,更给他们以可怕的影响,似乎不是志摩这番挺身出马的本意!……

迎上前去,不要又退了回来!这一喝这几个月来就没有一天不在我"虚弱的内心"里回响。实际上自从我喊出"迎上前去"以后,即使不曾撑开了往后退,至少我自己觉不得我的脚步曾经向前挪动。今天我再不能容我自己这梦梦的下去。算清亏欠,在还算得清的时候,总比窝着浑着强。我不能不自剖。冒着"说出衰颓懊丧的语气"的危险,我不能不利用这反省的锋刃,劈去纠着我心身的累赘,淤积,或许这来倒有自我真得解放的希望!

想来这做人真是奥妙。我信我们的生活至少是复性的。看得见,觉得着的生活是我们的显明的生活,但同时另有一种生活,跟着知识的开豁逐渐胚胎,成形,活动,最后支配前一种的生活,比是我们投在地上的身影,跟着光亮的增加渐渐由模糊化成清晰,形体是不可捉的,但它自有它的奥妙的存在,你动它跟着动,你不动它跟着不动。在实际生活的匆遽中,我们不易辨认另一种无形的生活的并存,正如我们在阴地里不见我们的影子;但到了某时候某境地忽的发见了它,不容否认的踵接着你的脚跟,比如你晚间步月时发现你自己的身影。它是你的性灵的或精神的生活。你觉到你有超实际生活的性灵生活的俄顷,是你一生的一个大关键!你许到极迟才觉悟(有人一辈子不得机会),但你实际生活中的经历、动作、思想,没有一丝一屑不同时在你那跟着长成的性灵生活中留着"对号的存根",正如你的影子不放过你的一举一动,虽则你不注意到或看不见。

　　我这时候就比是一个人初次发现他有影子的情形。惊骇,讶异,迷惑,耸悚,猜疑,恍惚同时并起,在这辨认你自身另有一个存在的时候。我这辈子只是在生活的道上盲目的前冲,一时踹入一个泥潭,一时踏折一枝草花,只是这无目的的奔驰;从那里来,向那里去,现在在那里,该怎么走,这些根本的问题却从不曾到我的心上。但这时候突然的,恍然的我惊觉了。仿佛是一向跟着我形体奔波的影子忽然阻住了我的前路,责问我这匆匆的究竟是为什么!

　　一种新意识的诞生。这来我再不能盲冲,我至少得认明来踪与去迹,该怎样走法如其有目的地,该怎样准备如其前程还在遥远?

　　阿,我何尝愿意吞这果子,早知有这多的麻烦!现在我第一要考查明白的是这"我"究竟是怎么一回事;然后再决定掉落在这生活道上的"我"的赶路方法。以前种种动作是没有这新意识作主宰的;此后,什么都是由它。

四月五日

鹞鹰与芙蓉雀

(By W. H. Hudson)

（我有一次问泰戈尔在近代作者里他最喜欢谁，他说他就喜欢赫孙。）

有一天早上，跟着一群衣服整洁的人们走道，无意中跑进了一处大教堂，我在那里很愉快的耽了一个时辰，倾听一位大牧师讲道的口才。他讲天才，这题目并不是约书上来的，并且与他的讲演别的部分也没有多大的关连；这只是一段插话，在我听来是十分有趣的。他开头讲我们生活上多少感受到的拘束，讲我们内在的想望。那是命定没有实现的一天，只叫生命的短促嘲弄，正当讲到这一点的时候——竟许他想着了他自己的身世——他的话转入了天才的题目；他说一个人有了天然的异禀往往发现他的身世比平常人格外的难堪；原因就在他的想望比别人的更高，因此他所发现的现实与他的理想间的距离也就相当的加远了。这是极明显的，谁都知道；但他说明这层道理所用的比喻却真的是从诗的想象力里来的。平常人的生活他比作关在笼子里的芙蓉雀的生活。讲到这里，他忽然放平了他那威严的训道的神情，并且从他那深厚、响亮的嗓音——假如我可以杜撰一个字——"小成了"一种脆薄的荻管似的尖调，竟像是小雀子的轻啭，连着活泼的语言，出口的快捷，适应的轻灵的姿态与比势，他充分的形容了在金漆笼子里的那位柠檬色的小管家。喔，他叫着，她的生活是多么漂亮，多么匆忙，她管得着的事情又多么多！看她多么灵便的从这横条跳上那横条，从横条跳到笼板上，又从笼板跳回横条上去！看她多么欣欣的不时来了啄一嘴细食，要不然高兴一摇头又把嘴里的细食散成了一阵骤雨！看她那好奇的神情，转着她那亮亮的眼珠看看这边，又看看那边，一点新来稀小的声响，她都得凝神的倾听，眼前什么看得见的东西，她都是出神的细看！她不能有一息安定，不叫就唱，不纵就跳，不吃就喝，扭过头去就修饰她的羽毛，至少每分钟得做十多样不同的勾当；这来忙住了，她再也没工夫去回想她的世界是宽是窄——她再也不想想这笼丝圈住了她，隔绝了她与她所从来的伟大的世界，风动的树林，晴蓝的天空，自由轻快的生涯，再不是她的了。

这番话听着很俏皮，实际上也对，当场听的人全都有了笑容。

但说到这里，他那快捷的姿态与比势停住了，他缄默了一晌。他那苍老的威严的面容上罩上了一层云；他站直了，把身子向左右摇摆了一下，理整了他的黑袍，举起他的臂膀，正像一只大鸟举起她那长羽翻的臂膀，又放了下去，这样来了三两遍，他说话了，他的声音是深沉的，合节度的，好像表示愤怒与绝望，"但是你们有没有见过一只关在笼子里的大鹰？"

这来对比的意致是真妙,他又摇摆了一下,举起重复放下的臂膀,这时候他学的是那异样的大鹫的垂头;在我们跟前就站着我们平常在万牲园里见惯的"雷神的大禽";他那深陷的凄情的眼睛直穿透着我们看来;掀动着暗色的羽毛,举起他那厚重的翅膀仿佛要插天飞去似的;但转瞬间又放了下去,嘴里发出那种长引的惨刻的叫声,正像是对着一个蛮横的命运发泄他的悲愤。他接着形容给我们听这鸷禽在绝望的囚禁中的生活;他那严肃的威严的面目,沉潜的膛音,意致郁重的多音字,没一样不是恰巧适合他的题材,他的叙述给了我们一个沉郁庄严永远忘不了的一幅图画——至少(像我这样)一个禽鸟学者是不会忘的。

不消说他这一段话着实使在场大部分人感动,他们这时候转眼内观他们本性的深处仿佛见着一星星,也许远不止一星星,他方才讲起的那神灵的异禀,但不幸没有得到世人的认识;因此他一时间竟像是对着一大群囚禁着的大鹰说话,他们在想象中都在掸动着他们的羽毛,豁插着他们的翅膀,长曳着悲愤的叫声,抗议他们遭受的厄运。

我自己高兴这比喻为的却是另一个理由:就为我是一个研究禽鸟生活的,他那两种截然不同对比的引喻,同是失却自由,意致却完全异样,我听来是十分的确切,他那有声色有力量的叙述更是不易。因为这是不容疑问的事实,别的动物受人们任意虐待所受的苦恼比罪犯们在牢狱中所受的苦恼更大;芙蓉雀与鹞鹰虽则同是大空中的生灵,同是天赋有无穷的活力,但他们各自失却了自然生活所感受的结果却是大大的不同。就它原来自然的生活着,小鸟在笼子里的生活比大鸟在笼子里的生活比较的不感受拘束。它那小,便于栖止的结构,它那纵跳无定的习惯,都使它适宜于继续的活动,因此它在笼丝内投掷活泼的生涯,除了不能高飞远扬外,还是与它在笼外的状态相差不远。还有它那灵动,好奇，易受感动的天性实际上在笼圈内讨生活倒是有利益的；它周遭的动静，不论是小声响，或是看得见的事物，都是，好比说，使它分心的机会。还有它那丰富的音乐的语言也是它牢笼生活的一个利益；在发音器官发展的禽鸟们，时常练习着歌唱的天资，于它们的体格上当然有关系，可以使它们忘却囚禁的拘束，保持它们的健康与欢欣。

但是鹰的情形却就不同，就为它那特殊的结构与巨大的身量。它一进牢宠时真成了囚犯，从此辜负它们天赋的奇才与强性的冲动，不能不在抑郁中消沉。你尽可以用大块的肉食去塞满它的肠胃要它叫一声"够了"；但它其余的器官与能耐又如何能得到满足？它那每一根骨髓，每一条筋肉，每一根纤维，每一枝羽毛，每一节体肢，都是贯彻着一种精力，那在你禁它在笼子里时永远不能得到满足，正像是一个永久的饿慌。你缚住它的脚，或是放它在一个五十尺宽的大笼子里——它的苦恼是一样的，就只那无际的蓝天与稀淡的冷气，才可以供给它那无限量的精力与能耐自由发展的机会，它的快乐是在追赶磅礴的风云。这不仅满足它那健羽的天才，它那特异的力也同样要求一个辽阔的天空，才可以施展它那隔远距离明察事物的神异。同时它们当然也与人们一样自能相当的适应改变了的环境，否则它们决不能在囚禁中度活，吞得到的只是粗糙的冷肉，入口无味，肠胃也不受用。一个人可以过活并且竟许还是不无相当乐趣的，即使他的肢体与听觉失去了效用；在我看这就可以比称笼内的鸷禽，它有拘禁使它再不能高扬再不能远眺，再不能忍纵劫掠的本能。

青年运动

我这几天是一个活现的 Don Quixote,虽则前胸不曾装起护心镜,头顶不曾插上雉鸡毛,我的一顶阔边的"面盆帽",与一根漆黑铄亮的手棍,乡下人看了已经觉得新奇可笑;我也有我的 sancho Panza,他是一个角色,会憨笑,会说疯话,会赌咒,会爬树,会爬绝壁,会背《大学》,会骑牛,每回一到了乡下或山上,他就卖弄他的可惊的学问,他什么树都认识,什么草都有名儿。种稻种豆,养蚕栽桑,更不用说,他全知道,一讲着就乐,一乐就开讲,一开讲就像他们田里的瓜蔓,又细又长又曲折又绵延(他姓陆名字叫炳生或是丙申,但是人家都叫他鲁滨孙);这几天我到四乡去冒险,前面是我,后面就是他,我折了花枝,采了红叶,或是检了石块(我们山上有浮石,掷在水里会浮的石块,你说奇不奇!)就让他抗着,问路是他的份儿,他叫一声大叔,乡下人谁都愿意与他答话；轰狗也是他的份儿，到乡下去最怕是狗，他们全是不躲懒的保卫团，一见穿大褂子的他们就起疑心，迎着你嗥还算是文明的盘问，顶英雄的满不开口望着你的身上直攻，那才麻烦，但是他有办法，他会念降狗咒，据他说一念狗子就丧胆，事实上并不见得灵验，或许狗子有秘密的破法也说不定，所以每回见了劲敌，他也免不了慌忙，他的长处就在与狗子对嗥，或是对骂，居然有的是王郎种，有时他骂上了劲，狗子到软化了。但是我总不成，望见了狗影子就心虚，我是淝水战后的苻坚，稻草塍儿、竹篱笆，就够我的恐慌，有时我也学 Don Quixote 那劲儿，舞起我手里的梨花棒，喝一声孽畜好大胆，看棒！果然有几处大难让我顶潇洒的蒙过了。

我相信我们平常的脸子都是太像骡子——拉得太长；忧愁、想望、计算、猜忌、怨恨、懊怅、怕惧，都像魇魔似的压在我们原来活泼自然的心灵上，我们在人丛中的笑脸大半是装的，笑响大半是空的，这真是何苦来。所以每回我们脱离了烦恼打底的生活，接近了自然，对着那宽阔的天空，活动的流水，我们就觉得轻松得多，舒服得多。每回我见路旁的息凉亭中，挑重担的乡下人，放下他的担子，坐在石凳上，从腰包里掏出火刀、火石来，打出几簇火星，点旺一杆老烟，绿田里豆苗香的风一阵阵的吹过来，吹散他的烟氛，也吹燥了他眉额间的汗渍；我就感想到大自然调剂人生的影响；我自己就不知道曾经有多少自杀类的思想，消灭在青天里，白云间，或是像挑担人的热汗，都让凉风吹散了。这是大家都承认的，但实际没有这样容易。即使你有机会在息凉亭子里抽一杆潮烟，你抽完了烟，重担子还是要挑的，前面谁也不知道还有多少路，谁也不知道还有没有现成的息凉亭子，也许走不到第二个凉亭，你的精力已经到了止境，同时担子的重量是刻刻加增的，你那时再懊悔你当初不应该尝试这样压得死人的一个负担,也就太迟了!

我这一时在乡下,时常揣摩农民的生活,他们表面看来虽则是继续的劳瘁,但内里却有一种涵蓄的乐趣,生活是原始的,朴素的,但这原始性就是他们的健康,朴素是他们幸福的保障,现代所谓文明人的文明与他们隔着一个不相传达的气圈,我们的争竞、烦恼、问题、消耗,等等,他们梦里也不曾做着过,我们的坠落、隐疾、罪恶、危险,等等,他们听了也是不了解的,像是听一个外国人的谈话。上帝保佑世上再没有懵懂的呆子想去改良,救渡,教育他们,那是间接的揣残他们的平安,扰乱他们的平衡,抑塞他们的生机!

需要改良与教育与救渡的是我们过分文明的文明人,不是他们。需要急救,也需要根本调理的是我们的文明,二十世纪的文明,不是洪荒太古的风俗,人生从没有受过现代这样普遍的咒诅,从不曾经历过现代这样荒凉的恐怖,从不曾尝味过现代这样恶毒的痛苦,从不曾发现过现代这样的厌世与怀疑。这是一个重候,医生说的。

人生真是变了一个压得死人的负担,习惯与良心冲突,责任与个性冲突,教育与本能冲突,肉体与灵魂冲突,现实与理想冲突,此外社会、政治、宗教、道德、买卖、外交,都只是混沌,更不必说。这分明不是一块青天,一阵凉风,一流清水,或是几片白云的影响所能治疗与调剂的;更不是宗教式的训道,教育式的讲演,政治式的宣传所能补救与济渡的。我们在这促狭的芜秽的狴犴中,也许有时望得见一两丝的阳光,或是像拜轮在 chilion 那首诗里描写的,听着清新的鸟歌,但这是嘲讽,不是慰安,是丹得拉士(Tantalus)的苦痛,不是上帝的恩宠;人生不一定是苦恼的地狱。我们的是例外的例外。在葡萄丛中高歌欢舞的一种提昂尼辛的颠狂(Dionysian madness),已经在时间的灰烬里埋着,真生命活泼的血

翡冷翠的夜：徐志摩诗歌散文经典

液的循环，已经被文明的毒质瘀住，我们仿佛是孤儿在黑夜的森林里呼号生身的爹娘，光明与安慰都没有丝毫的踪迹，所以我们要求的——如其我们还有胆气来要求——决不是部分的，片面的补苴。决不是消极的慰藉，决不是恇夫的改革，决不是傀儡的把戏……我们要求的是，"澈底的来过"；我们要为我们新的洁净的灵魂造一个新的洁净的躯体，要为我们新的洁净的躯体造一个新的洁净的灵魂；我们也要为这新的洁净的灵魂与肉体造一个新的洁净的生活——我们要求一个"完全的再生"。

  我们不承认已成的一切，不承认一切的现实；不承认现有的社会，政治、法律、家庭、宗教、娱乐、教育；不承认一切的主权与势力。我们要一切都重新来过：不是在书桌上整理国故，或是在空桴的理论上重估价值，我们是要在生活上实行重新来过，我们是要回到自然的胎宫里去重新吸收一番资养，但我们说不承认已成的一切是不受一切的束缚的意思，并不是与现实宣战，那是最不经济也太琐碎的办法；我们相信无限的青天与广大的山林尽有我们青年男女翱翔自在的地域；我们不是要求篡取已成的世界，那是我们认为不可医治的。我们也不是想来试验新村或新社会，预备感化或是替旧社会做改良标本，那是十九世纪的迂儒的梦乡，我们也不打算进去空费时间的；并且那是训练童子军的性质，牺牲了多数人供一个人的幻想的试验的。我们的如其是一个运动，这决不是为青年的运动，而是青年自动的运动，青年自己的运动，只是一个自寻救渡的运动。

  你说什么，朋友，这就是怪诞的幻想，荒谬的梦不是？不错，这也许是现代青年反抗物质文明的理想，而且我敢说多数的青年在理论上多表同情的；但是不忙，朋友，现有一个实例，我要乘便说给你听听，——如其你有耐心。

  十一年前一个冬天在德国汉奴佛（Hanover）相近一个地方，

叫做 cassel，有二千多人开了一个大会，讨论他们运动的宗旨与对社会、政治、宗教问题的态度，自从那次大会以后这运动的势力逐渐张大，现在已经有一百多万的青年男女加入——这就叫做 Jugendbewegung "青年运动"，虽则德国以外很少人明白他们的性质，我想这不仅是德国人，也许是全欧洲的一个新生机。我们应得特别的注意。"西方文明的坠落只有一法可以挽救，就在继起的时代产生新的精神的与生命的势力。"这是福士德博士说的话，他是这青年运动里的一个领袖，他著一本书叫做《Jugendseele》，专论这运动的。

现在德国乡间常有一大群的少年男子与女子，排着队伍，弹着六弦琵琶唱歌，他们从这一镇游行到那一镇，晚上就唱歌跳舞来交换他们的住宿，他们就是青年运动的游行队，外国人见了只当是童子军性质的组织，或是一种新式的吉婆西（Gipsy），但这是仅见外表的话。

德国的青年运动是健康的年轻男女反抗现代的坠落与物质主义的革命运动，初起只是反抗家庭与学校的专权，但以后取得更哲理的涵义，更扩大反叛的范围，简直决破了一切人为的限制，要赤裸裸的造成一种新生活。最初发起的是加尔菲喧（Karl Fischer of Steglitz），但不久便野火似的烧了开去，现在单是杂志已有十多种，最初出的叫作 Wanderwogel。

这运动最主要的意义，是要青年人在生命里寻得一个精神的中心（the spiritual center of life），一九一三年大会的铭语是"救渡在于自己教育"（Salvation Lies in Self–Education）。"让我们重新做人，让我们脱离狭窄的腐败的政治组织。让我们抛弃近代科学家们的物质主义的小径，让我们抛弃无灵魂的知识钻研。让我们重新做活着的男子与女子。"他们并没有改良什么的方案，他们禁止一切有具体目的的运动；他们代表一种新发现的思路，他们旨意在于规复人生原有的精神的价值。"我们的大旨是在离却坠落的文明,回向自然的单纯,离却一切的外骛,回向内心的自由,离却空虚的娱乐,回向真纯的欢欣,离却自私主义,回向友爱的精神,离却一切懈弛的行为,回向郑重的自我的实现。我们寻求我们灵魂的安顿,要不愧于上帝,不愧于己,不愧于人,不愧于自然。"我们即使存心救世,我们也得自己重新做人。"

这运动最显著亦最可惊的结果是确实的产生了真的新青年,在人群中很容易指出,他们显示一种生存的欢欣,自然的热心,爱自然与朴素,爱田野生活。他们不饮酒(德国人原来差不多没有不饮酒的),不吸烟,不沾城市的恶习。他们的娱乐是弹着琵琶或是拉着梵和玲唱歌,踏步游行跳舞或集会讨论宗教与哲理问题。跳舞最是他们的特色。往往有大群的游行队,徒步游历全省,到处歌舞,有时也邀本地人参加同乐——他们复活了可赞美的提昂尼辛的精神!

这样伟大的运动不能不说是这黑魆魆的世界里的一泻清辉,不能不说是对现代苟且的厌世的生活(你们不曾到过柏林与维也纳的不易想象)一个庄严的警告,不能不说是旧式社会已经蛀烂的根上重新爆出来的新生机,新萌芽;不能不说是全人类理想的青年的一个安慰,一个兴奋,为他们开辟了一条新鲜的愉快的路径;不能不说是一个新的洁净的人生观的产生。我们要知道在德国有几十万的青年男女,原来似乎命定做机械性的社会的终身奴隶,现在却做了大自然的宠儿,在宽广的天地间感觉新鲜的生命的跳动,原来只是屈伏在蠢拙的家庭与教育的桎梏下,现在却从自然与生活本体接受直接的灵感,像小鹿似的活泼,野马似的欢欣,自然的教训是洁净与朴素与率真,这正是近代文明最缺乏的原素,他们不仅开发了各个人的个性,他们也规复了德意志民族的古风,在他们的歌曲、舞蹈、游戏、故事与礼貌中,在青年们的性灵中，古德意志的优美，自然的精神又取得了真纯的解释与标准。所以城市生活的堕落，淫纵、耗费、奢侈、饰伪，以及危险与恐怖，不论他们传染性怎样的剧烈，再也沾不着洁净的青年，道德家与宗教家的教训只是消极的强勉的，他们的觉悟是自动的，自然的，根本的；这运动也产生了一种真纯的友爱的情谊，在年轻的男子与女子间，一种新来的大同的情感，不是原因于主义的激刺或党规的强迫，而是健康的生活里自然流露的乳酪，洁净是他们的生活的纤维，愉快是营养。

  我这一点感想写完了，从我自己的野游蔓延到德国的青年运动，我想我再没有加案语的必要，我只要重复一句滥语——民族的希望就在自觉的青年。

正月二十四日

再谈管孩子

你做小孩时候快活不？我，不快活。至少我在回忆中想不起来。你满意你现在的情况不？你觉不觉得有地方习惯成了自然，明知是做自己习惯的奴隶却又没法摆脱这束缚，没法回复原来的自由？不但是实际生活上，思想、意志、性情也一样有受习惯拘挚的可能。习惯都是养成的；我们很少想到我们这时候觉著的浑身的镣铐，大半是小时候就套上的——记著一岁到六岁是品格与习惯的养成的最重要时期。我小时候的受业师袁花查桐荪先生，因为他出世时父母怕孩子遭凉没有给洗澡，他就带了这不洗澡习惯到棺材里去——从生到死五十几年一次都没有洗过身体！他也不刷牙，不洗头，很少擦脸。脏得叫人听了都腻心不是？我们却很少想到我们品格上，性情上，乃至思想上的不洁多半是原因于小时候做父母的姑息与颟顸。中国人口头上常讲率真，实际上我们是假到自己都不觉得。讲信义，你一天在社会上不说一两句谎话能过日子吗？讲廉讲洁，有比我们更贪更龌龊的民族没有？讲气节——这更不容说了！

　　这是实际情形，不容掩讳的。我们用不著归咎这样，归咎那样，说来很简单，只是一个教育问题；可不是上学以后，而是上学以前的教育问题。品格教育，不是知识教育。我们不敢说合理的养育就可以消灭所有的败类；但我们确信（借近代科学研究的光）环境与有意识的训练在十次里至少有八九次可以变化气质，养成品格。什么事只要基础打好就有办法：屋漏了容易修，墙坏了可以补，基础不坚实时可麻烦。管好你的孩子，帮他开好方向，以后他就会自己寻路走。

　　但是你说谁家父母不想管好他们的孩子？原是的。但我们要问问仔细，一般父母心目中的"好孩子"究竟是不是好孩子。究竟他们的管法是不是，我在上篇里说过。（一）替孩子本身的利益；（二）替全社会著想。我的观察是老派父母养育的观念整个儿是不对的。他们的意思是爱，他们的实效是害。我敢断定现代大多数的父母是对他们的子女负罪的。养花是多单简的一件事，但有的花不能多晒，有的不能多浇水，还有土性的关系，一不小心，花就种死，或是开得寒伧，辜负了它的种性。管孩子至少比养花更难些。很多的孩子是晒太多浇太勤给闹坏的。这几乎完全是一个科学问题，感情的地位，如其有，很是有限，单靠爱是不够的。单凭成法也是不够的。养花得识花性，什么花怎么养法；管孩子得明白孩子性质，什么孩子怎么管法——每朝每晚都得用心看著，差不得一点。打起了底子，以后就好办。

　　这话听得太平常了，谁不知道不是？让我们来看看实际情形。我们不讲无知识阶级的父母，实际乡下人的管孩子倒是合理得多，他们比较的"接近自然"。最可痛的是所谓有知识阶级乃至于"知识阶级"的育儿情形。别笑话做母亲的在人前拖出奶来喂孩子,这是应得奖励的。有钱人家有了孩子就交给奶妈,谁耐烦抱孩子,高兴的时候要过来逗逗亲亲叫几声乖,恼了就喊奶妈抱了去,多心烦!结果我们中上等人家的孩子运定是老妈乃至丫头们的玩物!有好多孩子身上闻着老妈的臭味,脸上看出老妈的傻相!

单看我们孩子的衣著先就可笑。浑身全给裹得紧紧,胳膊、腿,也不叫露在外面,怕著凉。怕著凉,不错;可是裤子是开裆的,孩子一往下蹲,屁股就往外露,肚子也就连带通风——这倒不怕著凉了!孩子是不能常洗澡的,洗澡又容易著凉,我们家乡地方终年不洗澡的孩子并不出奇,我不知道我自己小时候平均每年洗几回澡,冬天不用说,因为屋子不生火,当然不洗,夏天有时不得不洗,但只浅浅的一只小脚桶,水又是滚汤,(不滚容易著凉!)结果孩子们也就不爱洗。我记得孩子时候顶怕两件事:一件是剃头;一件是洗澡。"今天我总得'捉牢'他来剃头","今天我总得'捉牢'他来洗澡",我妈总是这么说;他们可不对我讲一个人一定得洗澡的理由,他们也不想法把洗的方法给弄适意些。这影响深极了,我到这老大年纪每回洗澡虽不至厌恶,总不见得热心;看作一种必要的麻烦,不是愉快的练习。泗水也没有学会,猜想也是从小对洗身没有感情的缘故。我的孩子更可笑了。跟我一样,他也不热心洗澡。有一次我在家里(他是祖母管大的),好容易拉了他一起洗,他倒也没有什么,明天再洗,成绩很好,再来几次就可以有引起他兴趣的希望。可是他第二天碰巧有了发热,家里人对他说:你看,都是你爸爸不好,硬拖你洗,又著凉了,下回再不要听他的!他们说这话也许一半是好玩,但孩子可是认了真,下回他再也不跟爸爸洗澡了!

像这类的情形真是举不胜举;但单纯关于身体的习惯,比较还容易改。最坏是一般父母心目中的"好孩子"观念。再没有比父母更专制的;他们命令,他们强制,他们骂,他们打;他们却从不对孩子讲理——好像孩子比他们自己欠聪明懂不得理似的!他们用种种的方法教孩子学大人样——简单说,愈不像孩子的孩子在他们看是愈好的孩子。孩子得听话,不许闹——中国父母顶得意的是他们的孩子听大人吩咐规规矩矩的叫人,绝对机械性的叫人——"伯伯"、"妈妈"。我有时看孩子们哭丧著脸听话叫人的时候,真觉得难受!所以叫人是孩子聪明乖的唯一标准。因为要强制孩子听大人话(孩子最不愿意听大人话!)大人们有时就得用种种谎骗恫吓的方法。多少在成人后作伪与懦怯的品性是"别哭,老虎来了","别嚷,老太太来了","不许吃,吃了要长疮的"一类话给养成的,孩子一定得胆小怕事,这又是中国父母的得意文章。"我们的阿大真不好,胆子大极了",或是"你们的宝宝多好,他一个人走路都不敢的"。我记得我小的时候,家里人常拿鬼来吓我,结果我胆小极了,从来不敢一个人进屋子或是单身睡一个床——说来太可笑,你们不信,我到结亲以前还是常常同妈妈睡一床的!这怕黑暗怕鬼的影响到如今还有痕迹。我那时候实在胆子并不小,什么事有机会都想试试,后来他们发明了一个特别的恐吓,骗我不是我妈生的,是"网船"(即鱼船)上抱来的,每天头上包著蓝布走进天井来问要虾不要的那个渔婆就是我的亲娘,每回我闹凶了,胆子"太大了",他们就说:"再闹叫你网船上的娘来抱回去,"那灵极了,一说我就瘪,再也不敢强了。这也有极坏的影响。我的孩子因为在老家里生长,他们还是如法炮制,每回我一回家,就奖励他走路上山,甚至爬石头,他也是顶喜欢的,有一次我带他在山上住,天天爬山,乐得很,隔一天他回家了,碰巧有点发热,家里人又有了机会来破坏爸爸的威信了:"你看都是你爸,领你到山上去乱跑,著了凉发热,

翡冷翠的夜：徐志摩诗歌散文经典

下回再不要听他了！"当然他再也不听信爸爸了！

　　但是孩子们的习惯，赶早想法转移，也是很容易的事。就我的孩子说，因为生长在老式家庭里的缘故，所有已经将次养成的习惯多半是我们认为不对的，我们认为应分训练的习惯却一点不顾著，这由于：（一）"好孩子"观念的错误；（二）拘执成法，再没有比我的父母再爱孙儿的，他病了我母亲整天整晚的抱着，有几次在夏天发热简直是一个火炉，晚上我母亲同他睡，在冬天常常通宵握住他的冷脚给窝暖；但爱是一件事，得法不得法又是一件事。这回好了，他自己的妈（张幼仪女士，不久来京，想专办蒙养教育）从德国研究蒙养教育毕业回来了。孩子一归她管，不到两个月工夫，整个儿变化了，至少在看得见的习惯上。他本来晚上上床早上起身没有定时的，现在十点钟一定睡，早上也一定时候起，听说每晚到了十点钟他自己觉得大人不理他了，他就看一看钟，站起来说，明天会，自己去睡了。本来他晚上睡不但不换睡衣，有时天凉连棉袄都穿了睡的，现在自己每晚穿衣换衣，早上穿衣起身再也不叫旁人帮忙。本来最不愿意念书写字，现在到了一定时候，就会自动写字念书，本来走一点路就叫肚疼或腿酸的，现在长路散步成了习惯。洗澡什么当然也看作当然了。最好是他现在学会了认真刷牙（他在德国死的弟弟两岁起就自己刷牙了），舀水满脸洗，洗过用干布擦，一点也不含糊了！在知识上也一样的有进步，原先在他念书写字因为上面含有强迫性质看作一种苦恼，现在得了相当的引诱与指导，自动的兴趣也慢慢的来了。这种地方虽则小，却未始不是想认真做父母的一个启示。不要怪你们孩子性子强不好，或是愁他们身子不好，实际只要你们肯费一点心思，化一点工夫，认清了孩子本能的倾向，治水似的耐心的去疏导它，原来不好的地方很容易变好，性情、身体，都可以立刻见效的。"性相近，习相远"，这话是真理；我们或许有一天可以进一步相信"人之初，性本善"哪！没有工作比创造的工作更愉快更伟大的；做父母的都有一个创作的机会，把你们的孩子养成一个健康、活泼、灵敏、慈爱的成人，替社会造一个有用的人材，替自然完成一个有意识的工作，同时也增你们自己的光，添你们的欢喜——这机会还不够大吗？看看现代的成人，为什么都是这懒，这脏（尤其在品格上与思想上），这蠢，这丑，这破烂；看看现代的青年，为什么这弱，这忌心重，这多愁多悲哀，这种种的不健康——多半是做爹娘的当初不曾尽他们应尽的责任，一半是愚闇，一半是懒怠，结果对不起社会，对不起孩子们自身，自己也没有好处，这真是何苦来！

现在罗素先生给了我们一部关于养成品格问题极光亮的书，综合近代理论与实施所得的有价值的研究与结论，明白的父母们看了可以更增育儿的兴味，在寻求知识中的父母们看了更有莫大的利益；相信我，这部书是一个不灭的灯亮，谁家能利用的就不愁再遭黑暗的悲惨了！但我说了这半天，本题还是没有讲到，时候已经不早，只好再等下回了。

悼沈叔薇

沈叔薇是我的一个表兄，从小同学，高小中学（杭州一中）都是同班毕业的，他是今年九月死的。

叔薇，你竟然死了，我常常的想着你，你是我一生最密切的一个人，你的死是我的一个不可补偿的损失。我每次想到生与死的究竟时，我不定觉得生是可欲，死是可悲，我自己的经验与默察只使我相信生的底质是苦不是乐，是悲哀不是幸福，是泪不是笑，是拘束不是自由；因此从生入死，在我有时看来，只是解化了实体的存在，脱离了现象的世界，你原来能辨别苦乐，忍受磨折的性灵，在这最后的呼吸离窍的俄顷，又投入了一种异样的冒险。我们不能轻易的断定那一边没有阳光与人情的温慰，亦不能设想苦痛的灭绝。但生死间终究有一个不可掩讳的分别，不论你怎样的看法。出世是一件大事，死亡亦是一件大事。一个婴儿出母胎时他便与这生的世界开始了关系，这关系却不能随着他去后的躯壳埋掩，这一生与一死，不论相间的距离怎样的短，不论他生时的世界怎样的仄——这一生死便是一个不可销毁的事实：比如海水每多一次潮涨海滩便多受一次泛滥，我们全体的生命的滩沙里，我想，也存记着最微小的波动与影响……

而况我们人又是有感情的动物。在你活着的时候，我可以携着你的手，谈我们的谈，笑我们的笑，一同在野外仰望天上的繁星，或是共感秋风与落叶的悲凉……叔薇，你这几年虽则与我不易相见，虽则彼此处世的态度更不如童年时的一致，但我知道，我相信在你的心里还留着一部分给我的情童，因为你也在我的胸中永占着相当的关切。我忘不了你，你也忘不了我。每次我回家乡时，我往往在不曾解卸行装前已经亟亟的寻求，欣欣的重温你的伴侣。但如今在你我间的距离，不再是可以度量的里程，却是一切距离中最辽远的一种距离——生与死的距离。我下次重归乡土，再没有机会与你携手谈笑，再不能与你相与恣纵早年的狂态，我再到你们家去，至多只能抚摩你的寂寞的灵帏，仰望你的惨淡的遗容，或是手拿一把鲜花到你的坟前凭吊！

叔薇，我今晚在北京的寓里，在一个冷静的秋夜，倾听着风催落叶的秋声，咀嚼着为你兴起的哀思，这几行文字，虽则是随意写下，不成章节，但在这舒写自来情感的俄顷，我仿佛又一度接近了你生前温驯的，谐趣的人格，仿佛又见着了你瘦脸上的枯涩的微笑——比在生前更谐合的更密切的接近。

我没有多少的话对你说，叔薇，你得宽恕我；当你在世时我们亦很少相互罄吐的机会。你去世的那一天我来看你，那时你的头上，你的眉目间，已经刻画着死的晦色，我叫了你一声叔薇，你也从枕上侧面来回叫我一声志摩，那便是我们在永别前最后的缘分！我永远忘不了那时病榻前的情景！

  我前面说生命不定是可喜，死亦不定可畏：叔薇，你的一生尤其不曾尝味过生命里可能的乐趣，虽则你是天生的达观，从不会慕羡虚荣的人间；你如其继续的活着，支撑着你的多病的筋骨，委蛇你无多沾恋的家庭，我敢说这样的生转不如撒手去了的干净！况且你生前至爱的骨肉，亦久已不在人间，你的生身的爹娘，你的过继的爹娘（你的姑母），你的姊姊——可怜娟姊，我始终不曾一度凭吊——还有你的爱妻，他们都在坟墓的那一边满开着他们天伦的怀抱，守候着他们最爱的"老五"，共享永久的安闲……

十一月一日早三时

你的表弟志摩

意大利的天时小引

我们常听说意大利的天就比别处的不同:"蓝天的意大利","艳阳的意大利","光亮的意大利"。我不曾来的时候,我常常想象意大利的天,阴霾,晦塞,雾盲,昏沉那类的字在这里当然是不适用不必说,就是下雨也一定像夏天阵雨似的别有风趣,只是在雨前雨后增添天上的妩媚;我想没有云的日子一定多,头顶只见一个碧蓝的圆穹,地下只是艳丽的阳光,大致比我们冬季的北京再加几倍光亮的模样。有云的时候,也一定是最可爱的云彩,鹅毛似的白净,一条条在蓝天里挂着,要不然就是彩色最鲜艳的晚霞,玫瑰、琥珀、玛瑙、珊瑚、翡翠、珍珠什么都有;看着了那样的天(我想)心里有愁的人一定会忘却愁,本来快活的一定加倍的快活……

那是想象中的意大利的天与天时,但想望总不免过分;在这

翡冷翠的夜：徐志摩诗歌散文经典

世界上最美满的事情离着理想的境界总还有几步路：意大利的天，虽则比别处的好，终究还不是"洞天"。你们后来的记好了，不要期望过奢，我自己幸亏多住了几天，否则不但满意，差一些不曾十分的失望。

初入境时的印象我敢说一定是很强的，我记得那天钻出了阿尔帕斯的山脚，连环的雪峰向后直退。郎巴德的平壤像一条地毯似的直铺到前望的天边，那时头上的天与阳光的确不同，急切说不清怎样的不同，就只天蓝比往常的蓝，白云比寻常的白，阳光比平常的亮。你身边站着的旅伴说"阿，这是意大利"，你也脱口的回答"阿，这是意大利"，你的心跳就自然的会增快，你的眼力自然的会加强，田里的草，路旁的树，湖里的水都仿佛微笑着轻轻的回应你，阿，这是意大利！

但我初到的两个星期，从米兰到威尼市，经翡冷翠去罗马，意大利的天时，你说怎样，简直是荒谬！威尼市不曾见着它有名夕照的影子，翡冷翠只是不清明，罗马最不顾廉耻，简直连绵的淫雨了四天，四月有正月的冷，什么游兴都给毁了，临了逃向翡冷翠那天我真忍不住咒了。

天目山中笔记

佛于大众中　说我当作佛　闻如是法音　疑悔悉已除
初闻佛所说　心中大惊疑　将非魔作佛　恼乱我心耶
　　　　　　　　　　　——莲花经譬喻品

　　山中不定是清静。庙宇在参天的大木中间藏着，早晚间有的是风，松有松声，竹有竹韵，鸣的禽，叫的虫子，阁上的大钟，殿上的木鱼，庙身的左边右边都安着接泉水的粗毛竹管，这就是天然的笙箫，时缓时急的参和着天空地上种种的鸣籁，静是不静的；但山中的声响，不论是泥土里的蚯蚓叫或是轿夫们深夜里"唱宝"的异调，自有一种各别处：它来得纯粹，来得清亮，来得透彻，冰水似的沁入你的脾肺；正如你在泉水里洗濯过后觉得清白些，这些山籁，虽则一样是音响，也分明有洗净的功能。

翡冷翠的夜:徐志摩诗歌散文经典

　　夜间这些清籁摇着你入梦,清早上你也从这些清籁的怀抱中苏醒。

　　山居是福,山上有楼住更是修得来的。我们的楼窗开处是一片蓊葱的林海;林海外更有云海!日的光,月的光,星的光:全是你的。从这三尺方的窗户你接受自然的变幻;从这三尺方的窗户你散放你情感的变幻。自在;满足。

　　今早梦回时睁眼见满帐的霞光。鸟雀们在赞美;我也加入一份。它们的是清越的歌唱,我的是潜深一度的沉默。

　　钟楼中飞下一声宏钟,空山在音波的磅礴中震荡。这一声钟激起了我的思潮。不,潮字太夸;说思流罢。耶教人说阿门,印度教人说"欧姆"(O——m),与这钟声的嗡嗡,同是从撮口外摄到阖口内包的一个无限的波动;分明是外扩,却又是内潜;一切在它的周缘,却又在它的中心:同时是皮又是核,是轴亦复是廓。这伟大奥妙的"om"使人感到动,又感到静;从静中见动,又从动中见静。从安住到飞翔,又从飞翔回复安住;从实在境界超入妙空,又从妙空化生实在:——

　　"闻佛柔软音,深远甚微妙。"

　　多奇异的力量!多奥妙的启示!包容一切冲突性的现象,扩大霎那间的视域,这单纯的音响,于我是一种智灵的洗净。花开,花落,天外的流星与田畦间的飞萤,上缩云天的青松,下临绝海的巉岩,男女的爱,珠宝的光,火山的熔液:一如婴儿在它的摇篮中安眠。

　　这山上的钟声是昼夜不间歇的,平均五分钟打一次,打钟的和尚独自在钟楼上住着,据说他已经不间歇的打了十一年钟,他的愿心是打到他不能动弹的那天。钟楼上供着菩萨,打钟人在大钟的一边安着他的"座",他每晚是坐着安神的,一只手挽着钟棰的一头,从长期的习惯,不叫睡眠耽误他的职司。"这和尚,"

我自忖，"一定是有道理的！和尚是没道理的多：方才那知客僧想把七窍蒙充六根，怎么算总多了一个鼻孔或是耳孔；那方丈师的谈吐里不少某督军与某省长的点缀；那管半山亭的和尚更是贪嗔的化身，无端摔破了两个无辜的茶碗。但这打钟和尚，他一定不是庸流不能不去看看！"他的年岁在五十开外，出家有二十几年，这钟楼，不错，是他管的，这钟是他打的（说着他就过去撞了一下），他每晚，也不错，是坐着安神的，但此外，可怜，我的俗眼竟看不出什么异样。他拂拭着神龛，神座，拜垫，换上香烛，掇一盂水，洗一把青菜，捻一把米，擦干了手接受香客的布施，又转身去撞一声钟。他脸上看不出修行的清癯，却没有失眠的倦态，倒是满满的不时有笑容的展露；念什么经；不就念阿弥陀佛，他竟许是不认识字的。"那一带是什么山，叫什么，和尚？""这里是天目山，"他说，"我知道，我说的是那一带的，"我手点着问。"我不知道。"他回答。

山上另有一个和尚，他住在更上去昭明太子读书台的旧址，盖有几间屋，供着佛像，也归庙管的，叫作茅棚。但这不比得普渡山上的真茅棚，那看了怕人的，坐着或是偎着修行的和尚没一个不是鹄形鸠面，鬼似的东西。他们不开口的多，你爱布施什么就放在他跟前的篓子或是盘子里，他们怎么也不睁眼，不出声，随你给的是金条或是铁条。人说得更奇了，有的半年没有吃过东西，不曾挪过窝，可还是没有死，就这冥冥的坐着。他们大约离成佛不远了，单看他们的脸色，就比石片泥土不差什么，一样这黑刺刺，死僵僵的。"内中有几个，"香客们说，"已经成了活佛，我们的祖母早三十年来就看见他们这样坐着的！"

但天目山的茅棚以及茅棚里的和尚，却没有那样的浪漫出奇。茅棚是尽够蔽风雨的屋子，修道的也是活鲜鲜的人，虽则他并不因此减却他给我们的趣味。他是一个高身材、黑面目，行动迟缓的中年人；他出家将近十年，三年前坐过禅关，现在这山上茅棚里来修行；他在俗家时是个商人，家中有父母兄弟姊妹，也许还有自身的妻子；他不曾明说他中年出家的缘由，他只说"俗业太重了，还是出家从佛的好"，但从他沉着的语音与持重的神态中可以觉出他不仅是曾经在人事上受过磨折，并且是在思想上能分清黑白的人。他的口，他的眼，都泄漏着他内里强自抑制，魔与佛交斗的痕迹；说他是放过火杀过人的忏悔者，可信；说他是个回头的浪子，也可信。他不比那钟楼上人的不着颜色，不露曲折：他分明是色的世界里逃来的一个囚犯。三年的禅关，三年的草棚，还不曾压倒，不曾灭净，他肉身的烈火。"俗业太重了，不如出家从佛的好；"这话里岂不颤栗着一往忏悔的深心？我觉着好奇；我怎么能得知他深夜跌坐时意念的究竟？

  佛于大众中 说我当作佛 闻如是法音 疑悔悉已除
  初闻佛所说 心中大惊疑 将非魔所说 恼乱我心耶

但这也许看太奥了。我们承受西洋人生观洗礼的，容易把做人看太积极，入世的要求太猛烈，太不肯退让，把住这热虎虎的一个身子一个心放进生活的轧床去，不叫他留存半点汁水回去；非到山穷水尽的时候，决不肯认输，退后，收下旗帜；并且即使承认了绝望的表示，他往往直接向生存本体作取决，不来半不阑珊的收回了步子向后退：宁可自杀，甘脆的生命的断绝，不来出家，那是生命的否认。不错，西洋人也有出家做和尚做尼姑的，例如亚佩腊与爱洛绮丝，但在他们是情感方面的转变，原来对人的爱移作上帝的爱，这知感的自体与它的活动依旧不含糊的在着；在东方人，这出家是求情感的消灭，皈依佛法或道法，目的在自我一切痕迹的解脱。再说，这出家或出世的观念的老家，是印度不是中国，是跟着佛教来的；印度何以曾发生这类思想，学者们自有种种哲理上乃至物理上的解释，也尽有趣味的。中国何以能容留这类思想，并且在实际上出家做尼僧的今天不比以前少（我新近一个朋友差一点做了小和尚）！这问题正值得研究，因为这分明不仅仅是个知识乃至意识的浅深问题，也许这情形尽有极有趣味的解释的可能，我见闻浅，不知道我们的学者怎样想法，我愿意领教。

十五年九月

汤麦士哈代

　　汤麦士哈代，英国的小说家、诗人，已于上月死了，享年八十七岁。他的遗嘱上写着他死后埋在道骞司德地方一个村庄里，他的老家。但他死后英国政府坚持要把他葬在威士明斯德大教寺里，商量的结果是一种空前的异样的葬法。他们，也不知谁出的主意，把他的心从他的胸膛里剜了出来，这样把他分成了两个遗体，他的心，从他的遗言，给埋在他的故乡，他的身，为国家表示对天才的敬意，还得和英国历代帝王、卿相、贵族以及不少桂冠诗人们合伙做邻居去。两个葬礼是在一天上同时举行的。在伦敦城里，千百个景慕死者的人们占满了威士明斯德的大寺，送殡的名人中最显著的有伯讷萧、约翰高斯倭绥、贝莱爵士、爱德门高士、吉波林、哈代太太、现国务总理包尔温、前国务总理麦克唐诺尔德一行人；这殡礼据说是诗人谭尼孙以来未有的盛典。同时在道骞斯德的一个小乡村里哈代的老乡亲们，穿戴着不时式的衣冠，捧着田园里掇拾来不加剪裁的花草，唱着古旧的土音的丧歌，也在举行他的殡礼，这里入土的是诗人的一颗心，哈代死后如其有知感，不知甘愿享受那一边的尊敬？按他诗文里所表现的态度，我们一定猜想他倾向他的乡土的恩情，单这典礼的色香的古茂就应得勾留住一个诗人的心。但也有人说哈代曾经接待过威尔士王子，和他照过相，也并不曾谢绝牛津大学的博士衔与政府的"功勋状"（The Order of Merit），因此推想这位老诗人有时也不是完全不肯与虚荣的尘世相周旋的。最使我们奇怪的是英国的政府，也不知是谁作的主，满不尊敬死者的遗言，定要把诗人的遗骨麕厕在无聊的金紫丛中！诗人终究是诗人，我们不能疑惑他的心愿是永久依附着卫撒克斯古旧的赭色的草原与卫撒克斯多变幻的风云，他也不是完全能割舍人情的温暖，谁说他从此就不再留恋他的同类，

> There at least smiles abound.
> There discourse trills around.
> There, now and then, ale found
> Life – loyalties.

我在一九二六年的夏天见到哈代（参看附录的《谒哈代记》）时，我的感想是——

> 哈代是老了。哈代是倦了。在他近作的古怪的音调里（这是说至少这三四十年来）我们常常听出一个厌倦的灵魂的低声的叫喊："得，够了，够了，我看够了，我劳够了；放我走罢！让我去罢！"光阴，人生；他解、

他剖、他问、他嘲、他笑、他骂、他悲、他诅，临了他求——求放他早一天走。但无情的铁胳膊的生的势力仿佛一把拧住这不满五尺四高的小老儿，半嘲讽半得意的冷笑著对他说："看罢，迟早有那么一天；可是你一天喘著气你还得做点儿给我看看！"可怜这条倦极了通体透明的老蚕，在暗屋子内茧山上麦柴的空缝里，昂著他的绉襞的脑袋前仰后翻的想睡偏不得睡，同时一肚子的丝不自主的尽往外吐——得知它到那时才吐得完……

运命真恶作剧，哈代他且不死哪！我看他至少还有二十年活。

我真以为他可以活满一百岁，谁知才过了两年他就去了！在这四年内我们先后失去了这时代的两个大哲人，法国的法郎士与英国的哈代。这不仅是文学界的损失，因为他俩，各自管领各人的星系，各自放射各人的光辉，分明是十九世纪末叶以来人类思想界的孪立的重镇，他们的生死是值得人们永久纪念的。我说"人类"因为在思想与精神的境界里我们分不出民族与国度。正如朋琼生说莎士比亚"He belongs to all ages"，这些伟大的灵魂不仅是永远临盖在人类全体的上面，它们是超出时间与空间的制限的。我们想念到他们，正如想念到创化一切的主宰，只觉得语言所能表现的赞美是多余的。我们只要在庄敬的沉默中体念他们无涯涘的恩情。他们是永恒的。天上的星。

他们的伟大不是偶然的。思想是最高的职业，因为它负责的对象不是人间或人为的什么，而是一切事理的永恒。在他们各自见到的异象的探检中，他们是不知道疲乏与懈怠的。"我在思想，所以我是活着的。"他们的是双层的生命。在物质生活的背后另有一种活动，随你叫它"精神生活"，或是"心灵生命"或是别的什么，它的存在是不容疑惑的。不是我们平常人就没有这无形的生命，但我们即使有，我们的是间断的，不完全的，飘忽的，刹那的。但在负有"使命"的少数人，这种生命是有根脚、有来源、有意识、有姿态与风趣，有完全的表现。正如一个山岭在它投影的湖心里描画着它的清奇或雄浑的形态，一个诗人或哲人也在他所默察的宇宙里投射着他更深一义的生命的体魄。有幸福是那个人，他能在简短的有尽期的生存里实现这永久的无穷尽的生命，但苦恼也是他的，因为思想是一个奇重的十字架，要抗起它还得抗了它走完人生的险恶的道途不至在中途颠仆，决不是一件可以轻易尝试的事。

　　哈代是一个强者；不但抗起了他的重负，并且走到了他旅程的尽头。这整整七十年（哈代虽则先印行他的小说，但他在早年就热心写诗）的创作生活给我们一些最主要的什么印象？再没有人在思想上比他更阴沉更严肃，更认真。不论他写的是小说，是诗，是剧，他的目的永远是单纯而且一致的。他的理智是他独有的分光镜，他只是，用亚诺德的名言，"运用思想到人生上去"，经过了它的棱晶，人生的总复的现象顿然剖析成色素的本真。本来诗人与艺术家按定义就是宇宙的创造者。雪莱有雪莱的宇宙，贝德花芬有贝德花芬的宇宙，兰勃郎德有兰勃郎德的宇宙。想象的活动是宇宙的创造的起点。但只有少数有"完全想象"或"绝对想象"的才能创造完全的宇宙；例如莎士比亚与歌德与丹德。哈代的宇宙也是一个整的。如其有人说在他的宇宙里气候的变化太感单调，常是这阴凄的秋冬模样，从不见热烈的阳光欣快的从云雾中跳出，他的答话是他所代表的时代不幸不是衣理查白一类，而是十九世纪末叶以来自我意识最充分发展的时代；这是人类史上一个肃杀的季候——

It never looks like summer now whatever
weather's there…
The land's sharp features seemed to be
The century's corpse outleant
The ancient germ and birth
Was shrunken hard and dry,
And every spirit upon earth
Seemed fervourless as I.

真纯的人生哲学，不是空桴的概念所能构成，也不是冥想所能附会，它的秘密是在于"用谦卑的态度，因缘机会与变动，纪录观察与感觉所得的各殊的现象"。哈代的诗，按他自己说，只是些"不经整理的印象"，但这只是诗人谦抑的说法，实际上如果我们把这些"不经整理的印象"放在一起看时，他的成绩简直是，按他独有的节奏，特另创设了一个宇宙，一部人生。

再没有人除了哈代能把他这时代的脉搏按得这样的切实，在他的手指下最微细的跳动都得吐露它内涵的消息。哈代的刻画是不可错误的。如其人类的历史，如黑智尔说的，只是"在自由的意识中的一个进展"（"Human history is a progress in the Consciousness of Freedom"），哈代是有功的：因为他推着我们在这意识的进展中向前了不可少的路。

哈代的死应分结束历史上一个重要的时期。这时期的起点是卢骚的思想与他的人格，在他的言行里现代"自我解放"与"自我意识"实现了它们正式的诞生。从《忏悔录》到法国革命，从法国革命到浪漫运动，从浪漫运动到尼采（与道施滔奄夫斯基），从尼采到哈代——在这一百七十年间我们看到人类冲动性的情感，脱离了理性的挟制，火焰似的迸窜着，在这光炎里激射出种种的运动与主义，同时在灰烬的底里孕育着"现代意识"，病态的、自剖的、怀疑的、厌倦的、上浮的炽焰愈消沉，底里的死灰愈扩大，直到一种幻灭的感觉软化了一切生动的努力，压死了情感，麻痹了理智，人类忽然发现他们的脚步已经误走到绝望的边沿，再不留步时前途只是死与沉默。哈代初起写小说时，正当维多利亚最昌盛的日子，进化论的暗示与放任主义的成效激起了乐观的高潮，在短时间内盖没了一切的不平与蹉跌。

哈代停止写小说时世纪末尾的悲哀代替了早年虚幻的希冀。哈代初起印行诗集时，一世纪来摧残的势力已经积聚成旦夕可以溃发的潜流。哈代印行他后期的诗集时，这潜流溃发成欧战与俄国革命。这不是说在哈代的思想里我们可以发现这桩或那桩世界事变的阴影，不，除了他应用拿破仑的事迹写他最伟大的诗剧（The Dynasts）以及几首有名的战歌以外，什么世界重大的变迁哈代只当作没有看见，在他的作品里，不论诗与散文，寻不到丝毫的痕迹。哈代在这六七十年间最关心的还不只是一茎花草的开落，月的盈昃，星的明灭，村姑们的叹息，乡间的古迹与传说，街道上或远村里泛落的灯光，邻居们的生老病死，夜蛾的飞舞与枯树上的鸟声？

再没有这老儿这样的鄙塞，再没有他这样的倔强。除了他自己的思想他再不要什么伴侣。除了他本乡的天地他再不问什么世界。

但如其我们能透深一层看，把历史的事实认作水面上的云彩，思想的活动才是水底的潜流，在无形中确定人生的方向，我们的诗人的重要正在这些观察所得的各殊的现象的纪录中。

在一八七〇年的左右他写——

"…Mankind shall cease. So let it be." I said to love.

在一八九五年他写——

If way to the better there be, it exacts a full look at the worst…

在一九〇〇年他写——

That I could think there trembles through his happy good—night air Some blessed hope, whereof he knew and 1 was unaware.

在一九二二年他写——

…the greatest of things is charity…

哈代不是一个武断的悲观论者，虽然他有时在表现上不能制止他的愤慨与抑郁。上面的几节征引可以证见就在他最烦闷最黑暗的时刻他也不放弃他为他的思想寻求一条出路的决心——为人类前途寻求一条出路的决心。他的写实，他的所谓悲观，正是他在思想上的忠实与勇敢。他在一九二二年发表的一篇诗序说到他作诗的旨趣，有极重要的一段话：——

　　…That comments on where the world stands is very much the reverseor needless in these disordered years of a prematurely afflicted century: that amendment and not madness lies that way……that whether the human and kin, dred animal races survive till the exhaustion or destruction of the globe. of whether races perish and are succeeded by others before that conclusion comes, pain to all upon it, tongued or dumb, shall be kept down to minimun by Loving—kindness, operating through scientific knowledge, and actuated by the modicumof free will conjecterally possessed by organic life when the mighty necessitating forces unconscious or other, that have the 'balancings of the cloud' happen tobe in equilibrium, which may of may not be often.

简单的意译过来，诗人的意思是如此。第一他不承认在他著作的后背有一个悲观的厌世的动机。他只是做他诗人与思想家应做的事——"应用思想到人生上去"。第二他以为如其人生是有路可走的，这路的起点免不了首先认清这世界与人生倒是怎么一回事。但他个人的忠实的观察不幸引起一般人的误解与反感。同时也有少数明白人同情他的看法，以为非得把人类可能的丑态与软弱彻底给揭露出来，人们才有前进与改善的希望。人们第一得劈去浮嚣的情感，解除各式的偏见与谬解，认明了人生的本来面目再来说话。理性的地位是一定得回复的。但单凭理智，我们的路还是走不远。我们要知道人类以及其他的生物在地面上的生存是有期限的。宇宙间有的是随时可以消灭这小小喘气世界的势力，我们得知那一天走？其次即使这台戏还有得一时演，我们在台上一切的动作是受一个无形的导演在指挥的。他说的那些强大的逼迫的势力就是这无形的导演。我们能不感到同类的同情吗？我们一定得纵容我们的恶性使得我们的邻居们活不安稳，同时我们自己也在烦恼中过度这简短的时日吗？即使人生是不能完全脱离苦恼，但如果我们能彼此发动一点仁爱心，一点同情心，我们未始不可以减少一些哭泣，增加一些喜笑，免除一些痛苦，散布一些安慰？但我们有意志的自由吗？多半是没有。即使有，这些机会是不多的，难得的。我们非得有积极的准备，那才有希望利用偶有的机缘来为我们自己谋一些施展的余地。科学不是人类的一种胜利吗？但也得我们做人的动机是仁爱不是残暴，是互助不是互杀，那我们才可以安心享受这伟大的理智的成功，引导我们的生活往更光明更美更真的道上走。这是我们的诗人的"危言"与"庸言"。

他的话是重实的，是深长的，虽则不新颖，不奇特，他的只是几句老话，几乎是老婆子话。这一点是耐寻味的，我们想想托尔斯泰的话，罗曼罗兰的话，泰谷尔的话，罗素的话，不论他们各家的出发点怎样的悬殊，他们的结论是相调和相呼应的，即使不是完全一致的。他们的柔和的声音永远叫唤着人们天性里柔和的成分，要它们醒起来，凭着爱的无边的力量，来扫除种种障碍，我们相爱的势力，来医治种种激荡我们恶性的狂疯，来消灭种种束缚我们的自由与污辱人道尊严的主义与宣传。这些宏大的音声正比是阳光一样散布在地面上，它们给我们光，给我们热，给我们新鲜的生机，给我们健康的颜色，但正因为它们的大与普遍性，它们的来是不喧哗不嚣张的。它们是在你的屋檐上，在那边山坡上，在流水的涟漪里，在情人们的眉目间。它们就在你的肘边伺候着你，先生，只要你摆脱你的迷蛊，移转你的视线，改变你的趣向，你知道这分别有多大。有福与美艳是永远向阳的葵花，人们为什么不？

一封信

——给抱怨生活干燥的朋友

得到你的信，象是掘到了地下的珍藏，一样的希罕，一样的宝贵。

看你的信，象是看古代的残碑，表面是模糊的，意致却是深微的。

又象是在尼罗河旁边幕夜，在月亮正照着金字塔的时候，梦见一个穿黄金袍服的帝王，对着我作迷语，我知道他的意思，他说："我无非是一个体面的木乃伊；"

又象是我在这重山脚下半夜梦醒时，听见松林里夜鹰的 soprano，可怜的遭人厌毁的鸟，他虽则没有子规那样天赋的妙舌，但我却懂得他的怨愤，他的理想，他的急调是他的嘲讽与咒诅；我知道他怎样的鄙蔑一切，鄙蔑光明，鄙蔑烦嚣的燕雀，也鄙弃自喜的画眉；

又象是我在普陀山发现的一个奇景；外面看是一大块岩石，但里面却早被海水蚀空，只剩罗汉头似的一个脑壳，每次海涛向这岛身搂抱时，发出极奥妙的影响，象是情话，象是咒诅，象是祈祷，在雕空的石笋、钟乳间呜咽，象大和琴的谐音在皋雪格的古寺的花椽、石楹间回荡——但除非你有耐心与勇气，攀下几重的石岩，俯身下去凝神的察看与倾听，你也许永远不会想象，不必说发现这样的秘密；

又象是……但是我知道，朋友，你已经听够了我的比喻。也许你愿意听我自然的嗓音与不做作的语调，不愿意收受用幻想的亮箔包裹着的话，虽则，我不能不补一句，你自己就是最喜欢从一个弯曲的白银喇叭里，吹弄你的古怪的调子。

你说："风大土大，生活干燥。"这话仿佛是一阵奇怪的凉风，使我感觉一个恐惧的战栗；象一团飘零的秋叶，使我的灵魂里掉下一滴悲悯的清泪。

我的记忆里，我似乎自信，并不是没有葡萄酒的颜色与香味，并不是没有妩媚的微笑的痕迹，我想我总可以抵抗你那句灰色的语调的影响——是的，昨天下午我在田里散步的时候，我不是分明看见两块凶恶的黑云消灭在太阳猛烈的光焰里，五只小山羊，兔子一样的白净，听着它们妈的盼咐在路旁寻草吃，三个割草的小孩在一个稻屯前抛掷镰刀；自然的活泼给我不少的鼓舞，我对着白云里矗着的宝塔喊说我知道生命是有意趣的。

今天太阳不曾出来。一捆捆的云在空中紧紧的挨着，你的那句话碰巧又添上了几重云蒙，我又疑惑我昨天的宣言了。

我也觉得奇怪，朋友，何以你那句话在我的心里，竟像白垩涂在玻璃上，这半透明的沉闷是一种很巧妙的刑罚；我差不多要喊痛了。

我向我的窗外望,暗沉沉的一片,也没有月亮,也没有星光,日光更不必想,他早已离别了,那边黑蔚蔚的是林子,树上,我知道是夜鹗的寓处,树下累累的在初夜的微茫中排列着,我也知道是坟墓,僵的白骨埋在硬的泥里,磷火也不见一星,这样的静,这样的惨,黑夜的胜利是完全的了。

我闭着眼向我的灵府里问讯,呀,我竟寻不到一个与干燥脱离的生活的意象,干燥象一个影子,永远跟着生活的脚后,又象是葱头的葱管,永远附着在生活的头顶,这是一件奇事。

朋友,我抱歉,我不能答复你的话,虽则我很想,我不是爽恺的西风,吹不散天上的云罗,我手里只有一把粗拙的泥锹,和如其有美丽的理想或是希望要埋葬,我的工作倒是现成的——我也有过我的经验。

朋友,我并且恐怕,说到最后,我只得收受你的影响,因为你那句话已经凶狠的咬入我的心里,象一个有毒的蝎子,已经沉沉的压在我的心上,象一块盘陀石,我只能忍耐,我只能忍耐……

二月二十六日

秋

两年前，在北京，有一次，也是这么一个秋风生动的日子，我把一个人的感想比作落叶，从生命那树上掉下来的叶子。落叶，不错，是衰败和凋零的象征，它的情调几乎是悲哀的。但是那些在半空里飘摇，在街道上颠倒的小树叶儿，也未尝没有它们的妩媚，它们的颜色，它们的意味，在少数有心人看来，它们在这宇宙间并不是完全没有地位的。"多谢你们的摧残，使我们得到解放，得到自由。"它们仿佛对无情的秋风说。"劳驾你们了，把我们踹成粉，踩成泥，使我们得到解脱，实现消灭，"它们又仿佛对不经心的人们这么说。因为看着，在春风回来的那一天，这叫卑微的生命的种子又会从冰封的泥土里翻成一个新鲜的世界。它们的力量，虽则是看不见，可是不容疑惑的。

我那是感着的沈闷，真是一种不可形容的沈闷。它仿佛是一座大山,我整个的生命叫它压在底下。我那是的思想简直是毒的,我有一首诗,题目就叫《毒药》,开头的两行是——

  今天不是,我歌唱的日子,我口边涎着狞恶的冷笑,不是我说笑的日子,我胸怀间插着发冷光的刀剑;
  相信我,我的思想是恶毒的,因为这世界是恶毒的,我的灵魂是黑暗的,因为太阳已经灭绝了光彩,我的声调,像是坟堆里的夜枭,因为人间已经杀尽了一切的和谐,我的口音,像是冤鬼责问他的仇人,因为一切的恩已经让路给一切的怨。

  我借这一首不成形的咒诅的诗,发泄了我一腔的闷气,但我却并不绝望,并不悲观,在极深刻的沈闷的底里,我那时还摸着了希望。所以我在《婴儿》——那首不成形诗的最后一节——那诗的后段,在描写一个产妇在她生产的受罪中,还能含有希望的句子。
  在我那时带有预言性的想象中,我想望着一个伟大的革命。
  因此我在那篇《落叶》的末尾,我还有勇气来对付人生的挑战,郑重的宣告一个态度,高声的喊一声——借用两个有力量的外国字——"Everlasting Yea"。"Everlasting Yea";"Everlasting Yea"一年,一年,又过去了两年。这两年间我那时的想望实现的没有?那伟大的"婴儿"有出世了没有?我们的受罪取得了认识与价值没有?
  我不知道,我不知道。我知道的还只是那一大堆丑陋的臃肿的沈闷,厌(压)得瘪人的沈闷,笼盖着我的思想,我的生命。它在我经络里,在我的血液里。我不能抵抗,我再没有力量。
  我们靠着维持我们生命的不仅是面包,不仅是饭,我们靠着活命的,是一个诗人的话,是情爱、敬仰心、希望。"We live by

love, admiration and hope 这话又包涵一个条件，就是说这世界这人类能承受我们的爱，值得我们的敬仰，容许我们的希望的。但现代是什么光景？人性的表现，我们看得见听得到的，倒底是怎样回事？我想我们都不是外人，用不着掩饰，实在也无从掩饰，这里没有什么人性的表现，除了丑恶、下流、黑暗。太丑恶了，我们火热的胸膛里有爱不能爱，太下流了，我们有敬仰心不能敬仰，太黑暗了，我们要希望也无从希望。

太阳给天狗吃了去，我们只能在无边的黑暗中沈默着，永远的沈默着！这仿佛是经过一次强烈的地震的悲惨，思想、感情、人格，全给震成了无可收拾的断片，也不成系统，再也不得连贯，再也没有表现。但你们在这个时候要我来讲话，这使我感着一种异样的难受。难受，因为我自身的悲惨。难受，尤其因为我感到你们的邀请不止是一个寻常讲演的邀请，你们来邀我，当然不是要什么现成的主义，那我是外行，也不为什么专门的学识，那我是草包，你们明知我是一个诗人，他的家当，除了几座空中的楼阁，至多只是一颗热烈的心。你们邀我来也许在你们中间也有同我一样感到这时代的悲哀，一种不可解脱不能摆脱的况味，所以邀我这同是这悲哀沈闷中的同志来，希冀万一，可以给你们打几个幽默的比喻，说一点笑话，给一点子安慰，有这么小小的一半个时辰，彼此可以在同情的温暖中忘却了时间的冷酷。因此我踌躇，我来怕没有什么交代，不来又于心不安。我也曾想选几个离着实际的人生较远些的事儿来和你们谈谈，但是相信我，朋友们，这念头是枉然的，因为不论你思想的起点是星光是月是蝴蝶，只一转身，又逢着了人生的基本问题，冷森森的竖着像是几座拦路的墓碑。

不，我们躲不了它们：关于这时代人生的问号，小的、大的、歪的、正的，像蝴蝶〔似〕的绕满了我们的周遭。正如在两年前它们逼迫我宣告一个坚决的态度，今天它们还是逼迫着要我来表示一个坚决的态度。也好，我想，这是我再来清理一次我的思想的机会，在我们完全没有能力解决人生问题时，我们只能承认失败。但我们当前的问题究竟是些什么？如其它们有力量压倒我们，我们至少也得抬起头来认一认我们敌人的面目再说。譬如医病，我们先得看清是什么病而后用药，才可以有希望治病。说我们是有病，那是无可致疑的。但病在那一部，最重要的症候是什么，我们却不一定答得上。至少，各人有各人的答案，决不会一致的。就说这时代的烦闷：烦闷也不能凭空来的不是？它也得有种种造成它的原因，它到底是怎么回事、我们也得查个明白。换句话说，我们先得确定我们的问题，然后再试第二步的解决。也许在分析我们病症的研究中，某种对症的医法，就会不期然的显现。我们来试试看。

说到这里，我们可以想象一班乐观派的先生们冷眼的看着我们好笑。他们笑我们无事忙，谈什么人生，谈什么根本问题。

人生根本就没有问题，这都那玄学鬼钻进了懒惰人的脑筋里在那里不相干的捣玄虚来了！做人就是做人，重在这做字上。你天性喜欢工业，你去找工程事情做去就得。你爱谈整理国故，你寻你的国故整理去就得。工作，更多的工作，是唯一的福音。把你的脑力精神一齐放在你愿意做的工作上，你就不会轻易发挥感伤主义，你就不会无病呻吟，你只要尽力去工作，什么问题都没有了。

这话初听倒是又生辣又甘脆的，本来么，有什么问题，做你的工好了，何必自寻烦恼！但是你仔细一想的时候，这明白晓畅的福音还是有漏洞的。固然这时代很多的呻吟只是懒鬼的装痛，或是虚幻的想象，但我们因此就能说这时代本来是健全的，所谓病痛所谓烦恼无非是心理作用了吗？固然当初德国有一个大诗人，他的伟大的天才使他在什么心智的活动中都找到趣味，他在科学实验室里工作得厌倦了,他就跑出来带住一个女性就发迷,西洋人说的"跌进了恋爱";回头他又厌倦了或是失恋了,只一感到烦恼,或悲哀的压迫,他又赶快飞进了他的实验室,关上了门,也关上了他自己的感情的门,又潜心他的科学研究去了。在他,所谓工作确是一种救济,一种关栏,一种调剂,但我们怎能比得?我们一班青年感情和理智还不能分清的时候,如何能有这样伟大的克制的工夫?所以我们还得来研究我们自身的病痛,想法可能的补救。

并且这工作论是实际上不可能的。因为假如社会的组织,果然能容得我们各人从各人的心愿选定各人的工作并且有机会继续从事这部分的工作,那还不是一个黄金时代?"民各乐其业,安其生。"还有什么问题可谈的?现代是这样一个时候吗?商人能安心做他的生意,学生能安心读他的书,文学家能安心做他的文章吗?正因为这时代从思想起,什么事情都颠倒了,混乱了,所以才会发生这普通的烦闷病,所以才有问题,否则认真吃饱了饭没有事做,大家甘心自寻烦恼不成。

我们来看看我们的病症。

第一个显明的症候是混乱。一个人群社会的存在与进行是有条件的。这条件是种种体力与智力的活动的和谐的合作,在这诸种活动中的总线索,总指挥,是无形迹可寻的思想,我们简直可以说哲理的思想,它顺着时代或领着时代规定人类努力的方面,并且在可能时给它一种解释,一种价值的估定与意义的发见。思想是一个使命,是引导人类从非意识的以至无意识的活动进化到有意识的活动,这点子意识性的认识与觉悟,是人类文化史上最光荣的一种胜利,也是最透彻的一种快乐。果然是这部分哲理的思想,统辖得住这人群社会全体的活动,这社会就上了正轨;反面说,这部分思想要是失去了它那总指挥的地位,那就坏了,种种体力和智力的活动，就随时随地有发生冲突的可能，这重心的抽去是种种不平衡现象主要的原因。现在的中国就吃亏在没有了这个重心，结果什么都豁了边，都不合式了。我们这老大国家，说也可惨，在这百年来，根本就没有思想可说。从安逸到宽松，从宽松到怠惰，从怠惰到着忙，从着忙到瞎闯，从瞎闯到混乱，这几个形容词我想可以概括近百年来中国的思想史，——简单说，它完全放弃了总指挥的地位，没有了统系，没有了目标，没有了和谐，结果是现代的中国：一团混乱。

混乱，混乱，哪儿都是的。因为思想的无能，所以引起种种混乱的现象，这是一步。再从这种种的混乱，更影响到思想本体，使它也传染了这混乱。好比一个人因为身体软弱才受外感，得了种种的病，这病的蔓延又回过来销蚀病人有限的精力，使他变成更软弱了，这是第二步。经济，政治，社会，那儿不是蹊跷，那儿不是混乱？这影响到个人方面是理智与感情的不平衡，感情不受理智的节制就是意气，意气永远是浮的，浅的，无结果的；因为意气占了上风，结果是错误的活动。为了不曾辨认清楚的目标，我们的文人变成了政客，研究科学的，做了非科学的官，学生抛弃了学问的寻求，工人做了野心家的牺牲。这种种混乱现象影响到我们青年是造成烦闷心理的原因的一个。

这一个症候——混乱——又过渡到第二个症候——变态。什么是人群社会的常态？人群是感情的结合。虽则尽有好奇的思想家告诉我们人是互杀互害的，或是人的团结是基本于怕惧的本能，虽则就在有秩序上轨道的社会里，我们也看得见恶性的表现，我们还是相信社会的纪纲是靠着积极的情感来维系的。这是说在一常态社会天平上，爱情的分量一定超过仇恨的分量，互助的精神一定超过互害互杀的现象。但在一个社会没有了负有指导使命的思想的中心的情形之下，种种离奇的变态的现象，都是可能产生的了。一个社会不能供给正当的职业时，它即使有严厉的法令，也不能禁止盗匪的横行。一个社会不能保障安全，奖励恒业恒心，结果原来正当的商人，都变成了拿妻子生命财产来做买空卖空的投机家。我们只要翻开我们的日报：就可以知道这现代的社会是常态是变态。拢统一点说，他们现在只有两个阶级可分，一个是执行恐怖的主体，强盗、军队、土匪、绑匪、政客、野心的政治家，所有得势的投机家都是的，他们实行的，不论明的暗的，直接间接都是一种恐怖主义。还有一个是被恐怖的。前一阶级永远拿着杀人的利器或是类似的东西在威吓着，压迫着，要求满足他们的私欲，后一阶级永远在地上爬着，发着抖，喊救命，这不是变态吗？这变态的现象表现在思想上就是种种荒谬的主义离奇的主张。拢统说，我们现在听得见的主义主张，除了平庸不足道的，大就是计算领着我们向死路上走的。这不是变态吗？

这种种的变态现象影响到我们青年，又是造成烦闷心理的原因的一个。

这混乱与变态的观众又协同造成了第三种的现象——一切标准的颠倒。人类的生活的条件，不仅仅是衣食住："人之异于禽兽者几希"，我们一讲到人道，就不能脱离相当的道德观念。这比是无形的空气，他的清鲜是我们健康生活的必要条件。我们不能没有理想，没有信念，我们真生命的寄托决不在单纯的衣食间。我们崇拜英雄——广义的英雄——因为在他们事业上表现的品性里，我们可以感到精神的满足与灵感，鼓舞我们更高尚的天性，勇敢的发挥人道的伟大。你崇拜你的爱人，因为她代表的是女性的美德。你崇拜当代的政治家，因为他们代表的是无私心的努力。你崇拜思想家，因为他们代表的是寻求真理的勇敢。这崇拜的涵义就是标准。时代的风尚尽管变迁，但道义的标准是永远不动摇的。这些道义的准则,我们向时代要求的是随时给我们这些道义准则的一个具体的表现。仿佛是在渺茫的人生道上给悬着几颗照路的明星。但现在给我们的是什么?我们何尝没有热烈的崇拜心?我们何尝不在这一件那一件事上,或是这一个人物那一个人物的身上安放过我们迫切的期望。但是,但是,还用我说吗!有那一件事不使我们重大的迷惑,失望,悲伤?说到人的方面,那有比普通的人格的破产更可悲悼的?在不知那一种魔鬼主义的秋风里,我们眼见我们心目中的偶像败叶似的一个个全掉了下来!眼见一个个道义的标准,都叫丑恶的人格给沾上了不可清洗的污秽!标准是没有了的。这种种道德方面人格方面颠倒的现象,影响到我们青年,又是造成烦闷心理的原因的一个。

　　跟着这种种症候还有一个惊心的现象,是一般创作活动的消沉,这也是当然的结果。因为文艺创作活动的条件是和平有秩序的社会状态,常态的生活,以及理想主义的根据。我们现在却只有混乱、变态,以及精神生活的破产。这仿佛是拿毒药放进了人生的泉源,从这里流出来的思想,那还有什么真善美的表现?

　　这时代病的症候是说不尽的,这是最复杂的一种病,但单就我们上面说到的几点看来,我们似乎已经可以采得一点消息,至少我个人是这么想。——那一点消息就是生命的枯窘,或是活力的衰耗。我们所以得病是为我们生活的组织上缺少了思想的重心,它的使命是领导与指挥。但这又为什么呢?我的解释,是我们这民族已经到了一个活力枯窘的时期。生命之流的本身,已经是近于干涸了;再加之我们现得的病,又是直接魁伐生命本体的致命症候,我们怎能受得住?这话可又讲远了,但又不能不从本原上讲起。我们第一要记得我们这民族是老得不堪的一个民族。我们知道什么东西都有它天限的寿命;一种树只能青多少年,过了这期限就得衰,一种花也只能开几度花,过此就为死(虽则从另一种看法,它们都是永生的,因为它们本身虽得死,它们的种子还是有机会继续发长)。我们这棵树在人类的树林里,已经算得是寿命极长的了。我们的血统比较又是纯粹的,就连我们的近邻西藏满蒙的民族都等于不和我们混合。还有一个特点是我们历来因为四民制的结果,士之子恒为士,商之子恒为商,思想这任务完全为士民阶级的专利,又因为经济制度的关系,活力最充足的农民简直没有机会读书,因为士民阶级形成了一种孤单的地位。我们要知道知识是一种堕落,尤其从活力的观点看,这士民阶级是特别堕落的一个阶级,再加之我们旧教育观念的偏窄,单就知识论,我们思想本能活动的范围简直是荒谬的狭小。我们只有几本书,一套无生命的陈腐的文字,是我们唯一的工具。这情形就比是本来是一个海湾,和大海是相通的,但后来因为沙地的胀起,这一湾水渐渐隔离它所从来的海,而变成了湖。这湖原先也许还承受得着几股山水的来源,但后来又经过陵谷的变迁,这部分的来源也断绝了,结果这湖又乎成一只小潭,乃至一小潭的止水,胀满了青苔与萍梗,纯(钝)迟迟的眼看得见就可以完全干涸了去的一个东西。这是我们受教育的士民阶级的相仿情形。现在所谓知识阶级亦无非是这潭死水里的比较泥草松动些风来还多少吹得绉的一洼臭水,别瞧它矜矜自喜,可怜它能有多少前程?还能有多少生命?

所以我们这病,虽则症候不止一种,虽然看来复杂,归根只是中医所谓气血两亏的一种本原病。我们现在所感觉的烦闷,也只是沈浸在这一洼离死不远的臭水里的气闷,还有什么可说的?水因为不流所以滋生了草,这水草的涨性,又帮助浸干这有限的水。同样的,我们的活力因为断绝了来源,所以发生了种种本原性的病症,这些病又回过来侵蚀本原,帮助消尽这点仅存的活力。

病性既是如此，那不是完全绝望了吗？

那也不能这么容易。一棵大树的凋零，一个民族的衰歇，决不是一朝一夕的事儿。我们当然还是要命。只是怎么要法，是我们的问题。我说过我们的病根是在失去了思想的重心，那又是原因于活力的单薄。在事实上，我们这读书阶级形成了一种极孤单的状况，一来因为阶级关系它和民族里活力最充足的农民阶级完全隔绝了，二来因为畸形教育以及社会的风尚的结果，它在生活方面是极端的城市化、腐化、奢侈化、惰化，完全脱离了大自然健全的影响变成自蚀的一种蛀虫，在智力活动方面，只偏向于纤巧的浅薄的诡辩的乃至于程式化的一道，再没有创造的力量的表示，渐次的完全失去了它自身的尊严以及统辖领导全社会活动的无上的权威。这一没有了统帅，种种紊乱的现象就都跟着来了。

这畸形的发展是值得寻味的。一方面你有你的读书阶级，中了过度文明的毒，一天一天望腐化僵化的方向走，但你却不能否认它智力的发达，只因为道义标准的颠倒以及理想主义的缺乏，它的活动也全不是在正理上。就说这一堂的翩翩年少——尤其是文化最发旺的江浙的青年，十个里有九个是弱不禁风的。但问题还不全在体力的单薄，尤其是智力活动本身是有了病，它只有毒性的戟刺，没有健全的来源，没有天然的资养。纤巧的新奇的思想不是我们需要的，我们要的是从丰满的生命与强健的活力里流露出来纯正的健全的思想，那才是有力量的思想。

同时我们再看看占我们民族十分之八九的农民阶级。他们生活的简单，脑筋的简单，感情的简单，意识的疏浅，文化的定位（落后），几于使他们形成一种仅仅有生物作用的人类。他们的肌肉是发达的，他们是能工作的，但因为教育的不普及，他们智力的活动简直的没有机会，结果按照生物学的公例，因无用而退化，他们的脑筋简直不行的了。乡下的孩子当然比城市的孩子不灵，粗人的子弟当然比不上书香人的子弟，这是一定的。但我们现在为救这文化的性命，非得赶快就有健全的活力来补充我们受足了过度文明的毒的读书阶级不可。也有人说这读书阶级是不可救药的了，希望如其有，是在我们民族里还未经开化的农民阶级。我的意思是我们应得利用这部分未开凿的精力来补充我们开凿过分的士民阶级。讲到实施，第一得先打破这无形的阶级界限以及省分界限。通婚和婚是必要的，比较的说，广东、湖南乃至北方人比江浙人健全的多，乡下人比城里人健全得多，所以江浙人和北方人非得尽量的通婚，城市人非得与农人尽量的通婚不可。但是这话说着容易，实际上是极困难的。讲到结婚，谁愿意放弃自身的艳福，为的是渺茫的民族的前途上，那一个翩翩的少年甘心放着窈窕风流的江南女郎不要，而去乡村找粗蠢的大姑娘作配，谁肯不就近结识血统逼近的姨妹表妹乃至于同学妹，而肯远去异乡到口音不相通的外省人中间去寻配偶？这是难的，我知道。但希望并不见完全没有——这希望完全是在教育上。第一我们得赶快认清这时代病无非是一种本原病，什么混乱的变态的现象，都无非显示生命的缺乏。这种种病，又都就是直接戕伐生命的，所以我们为要文化与思想的健全，不能不想方法开通路子，使这几洼孤立的呆定的死水重复得到天然泉水的接济，重复灵活起来，一切的障碍与淤塞自然会得消灭——思想非得直接从生命的本体里热烈的迸裂出来才有力量，才是力量。这过度文明的人种非得带它回到生命的本源上去不可，它非得重新生过根不可。按着这个目标，我们在教育上就不能不极力推广教育的机会到健全的农民阶级里去，同时奖励阶级间的通婚。假如国家的力量可以干涉到个人婚姻的话，我们尽可以用强迫的方法叫你们这些翩翩的少年都去娶乡下大姑娘子，而同时把我们窈窕风流的女郎去嫁给农民做媳妇。况且谁知道，我们现在择偶的标准本身就是不健全的。女人要嫁给金钱、奢侈、虚荣、女性的男子；男人的口味也是同样的不妥当。什么都是不健全的，喔，这毒气充塞的文明社会！在我们理想实现的那一天，我们这文化如其有救的话，将来的青年男女一定可以兼有士民与农民的特长，体力与智力得到均平的发展，从这类健全的生命树上，我们可以盼望吃得着美丽鲜甜的思想的果子！

至于我们个人方面，我也有一部分的意见，只是今天时光局促了怕没有机会发挥，但总结一句话，我们要认清我们是什么病，这病毒是在我们一个个你我的身体上，血液里，无容讳言的。只要我们不认错了病多少总有办法。我的意见是要多多接近自然，因为自然是健全的纯正的影响，这里面有无穷尽性灵的资养与启发与灵感。这完全靠我们一个个（人）自觉的修养。我们先得要立志不做时代和时光的奴隶，我们要做我们思想和生命的主人，这暂时的沈闷决不能压倒我们的理想，我们正应得感谢这深刻的沈闷，因为在这里，我们才感悟着一些自度的消息，如我方才说的，我们还是得努力，我们还是得坚持，我们的态度是积极的。正如我两年前《落叶》的结束是喊一声 Everlasting Yea，我今天还是要你们跟着我来喊一声"Everlasting Yea"！

印度洋上的秋思

　　昨夜中秋。黄昏时西天挂下一大帘的云母屏，掩住了落日的光潮，将海天一体化成暗蓝色，寂静得如黑衣尼在圣座前默祷。过了一刻，即听得船梢布篷上窸窸窣窣啜泣起来，低压的云夹着迷濛的雨色，将海线逼得像湖一般窄，沿边的黑影，也辨认不出是山是云，但涕泪的痕迹，却满布在空中水上。

　　又是一番秋意！那雨声在急骤之中，有零落萧疏的况味，连着阴沉的气氲，只是在我灵魂的耳畔私语道："秋！"我原来无欢的心境，抵御不住那样温婉的浸润，也就开放了春夏间所积受的秋思，和此时外来的怨艾构合，产出一个弱的婴儿——"愁"。

　　天色早已沉黑，雨也已休止。但方才啜泣的云，还疏松地幕在天空，只露着些惨白的微光，预告明月已经装束齐整，专等开幕。同时船烟正在莽莽苍苍地吞吐，筑成一座蟒鳞的长桥，直联及西天尽处，和轮船泛出的一流翠波白沫，上下对照，留恋西来的踪迹。

北天云幕豁处，一颗鲜翠的明星，喜孜孜地先来问探消息，像新嫁媳的侍婢，也穿扮得遍体光艳。但新娘依然姗姗未出。

我小的时候，每于中秋夜，呆坐在楼窗外等看"月华"。若然天上有云雾缭绕，我就替"亮晶晶的月亮"担忧。若然见了鱼鳞似的云彩，我的小心就欣欣怡悦，默祷着月儿快些开花，因为我常听人说只要有"瓦楞"云，就有月华；但在月光放彩以前，我母亲早已逼我去上床，所以月华只是我脑筋里一个不曾实现的想象，直到如今。

现在天上砌满了瓦楞云彩，霎时间引起了我早年许多有趣的记忆——但我的纯洁的童心，如今那里去了！

月光有一种神秘的引力。她能使海波咆哮，她能使悲绪生潮。月下的喟息可以结聚成山，月下的情泪可以培畦百亩的畹兰，千茎的紫琳映。我疑悲哀是人类先天的遗传，否则，何以我们几年不知悲感的时期，有时对着一泻的清辉，也往往凄心滴泪呢？

但我今夜却不曾流泪。不是无泪可滴，也不是文明教育将我最纯洁的本能锄净，却为是感觉了神圣的悲哀，将我理解的好奇心激动，想学契古特白登来解剖这神秘的"眸冷骨累"。冷的智永远是热的情的死仇。他们不能相容的。

但在这样浪漫的月夜，要来练习冷酷的分析，似乎不近人情，所以我的心机一转，重复将锋快的智力剧起，让沉醉的情泪自然流转，听他产生什么音乐，让缱绻的诗魂漫自低回，看他寻出什么梦境。

明月正在云岩中间，周围有一圈黄色的彩晕，一阵阵的轻霭，在她面前扯过。海上几百道起伏的银沟，一齐在微叱凄其的音节，此外不受清辉的波域，在暗中愤愤涨落，不知是怨是慕。

我一面将自己一部分的情感，看入自然界的现象，一面拿着纸笔，痴望着月彩，想从她明洁的辉光里，看出今夜地面上秋思的痕迹，希冀他们在我心里，凝成高洁情绪的菁华。因为她光明的捷足，今夜遍走天涯，人间的恩怨，那一件不经过她的慧眼呢？

印度的 Ganges（埂奇）河边有一座小村落，村外一个榕绒密绣的湖边，坐着一对情醉的男女，他们中间草地上放着一尊古铜香炉，烧着上品的水息，那温柔婉恋的烟篆，沈馥香浓的热气，便是他们爱感的象征——月光从云端里轻俯下来，在那女子胸前的珠串上，水息的烟尾上，印下一个慈吻，微哂，重复登上她的云艇，上前驶去。

一家别院的楼上，窗帘不曾放下，几枝肥满的桐叶正在玻璃上摇曳斗趣，月光窥见了窗内一张小蚊床上紫纱帐里，安眠着一个安琪儿似的小孩，她轻轻挨进身去，在他温软的眼睫上，嫩桃似的腮上，抚摩了一会。又将她银色的纤指，理齐了他脐圆的额发，霭然微哂着，又回她的云海去了。

一个失望的诗人，坐在河边一块石头上，满面写着幽郁的神情，他爱人的倩影，在他胸中像河水似的流动，他又不能在失望的渣滓里榨出些微甘液，他张开两手，仰着头，让大慈大悲的月光，那时正在过路，洗沐他泪腺湿肿的眼眶，他似乎感觉到清心的安慰，立即摸出一管笔，在白衣襟上写道：

"月光，

你是失望儿的乳娘！"

海面一座柴屋的窗棂里，望得见屋里的内容：一张小桌上放着半块面包和几条冷肉，晚餐的剩余，窗前几上开着一本家用的《圣经》，炉架上两座点着的烛台，不住地在流泪，旁边坐着一个绉面驮腰的老妇人,两眼半闭不闭地落在伏在她膝上悲泣的一个少妇,她的长裙散在地板上像一只大花蝶。老妇人掉头向窗外望,只见远远海涛起伏,和慈祥的月光在拥抱密吻,她叹了声气向着斜照在《圣经》上的月彩啜道:

"真绝望了!真绝望了!"

她独自在她精雅的书室里,把灯火一齐熄了,倚在窗口一架藤椅上,月光从东墙肩上斜泻下去,笼住她的全身,在花瓶上幻出一个窈窕的倩影,她两根垂辫的发梢,她微澹的媚唇,和庭前几茎高峙的玉兰花,都在静谧的月色中微颤,她加她的呼吸,吐出一股幽香,不但邻近的花草,连月儿闻了,也禁不住迷醉,她腮边天然的妙涡,已有好几日不圆满:她瘦损了。但她在想什么呢?月光,你能否将我的梦魂带去,放在离她三五尺的玉兰花枝上。

威尔斯西境一座矿床附近,有三个工人,口衔着笨重的烟斗,在月光中闲坐。他们所能想到的话都已讲完,但这异样的月彩,在他们对面的松林,左首的溪水上,平添了不可言语比说的妩媚,惟有他们工余倦极的眼珠不阁,彼此不约而同今晚较往常多抽了两斗的烟,但他们矿火熏黑,煤块擦黑的面容,表示他们心灵的薄弱,在享乐烟斗以外,虽然秋月溪声的戟刺,也不能有精美情绪之反感。等月影移西一些,他们默默地扑出了一斗灰,起身进屋,各自登床睡去。月光从屋背飘眼望进去,只见他们都已睡熟;他们即使有梦,也无非矿内矿外的景色!

月光渡过了爱尔兰海峡,爬上海尔佛林的高峰,正对着静默的红潭。潭水凝定得像一大块冰,铁青色。四周斜坦的小峰,全都满铺着蟹青和蛋白色的岩片碎石,一株矮树都没有。沿潭间有些丛草,那全体形势,正像一大青碗,现在满盛了清洁的月辉,静极了,草里不闻虫吟,水里不闻鱼跃;只有石缝里潜涧沥淅之声,断续地作响,仿佛一座大教堂里点着一星小火,益发对照出

翡冷翠的夜：徐志摩诗歌散文经典

静穆宁寂的境界，月儿在铁色的潭面上，倦倚了半晌，重复拔起她的银泻，过山去了。

昨天船离了新加坡以后，方向从正东改为东北，所以前几天的船梢正对落日，此后"晚霞的工厂"渐渐移到我们船向的左手来了。

昨夜吃过晚饭上甲板的时候，船右一海银波，在犀利之中涵有幽秘的彩色，凄清的表情，引起了我的凝视。那放银光的圆球正挂在你头上，如其起靠着船头仰望。她今夜并不十分鲜艳；她精圆的芳容上似乎轻笼着一层藕灰色的薄纱；轻漾着一种悲喟的音调；轻染着几痕泪化的露霭。她并不十分鲜艳，然而她素洁温柔的光线中，犹之少女浅蓝妙眼的斜瞟；犹之春阳融解在山巅白云反映的嫩色，含有不可解的迷力，媚态，世间凡具有感觉性的人，只要承沐着她的清辉，就发生也是不可理解的反应，引起隐复的内心境界的紧张，——像琴弦一样，——人生最微妙的情绪，戟震生命所蕴藏高洁名贵创现的冲动。有时在心理状态之前，或于同时，撼动躯体的组织，使感觉血液中突起冰流之冰流，嗅神经难禁之酸辛，内藏汹涌之跳动，泪腺之骤热与润湿。那就是秋月兴起的秋思——愁。

昨晚的月色就是秋思的泉源，岂止，直是悲哀幽骚悱怨沉郁的象征，是季候运转的伟剧中最神秘亦最自然的一幕，诗艺界最凄凉亦最微妙的一个消息。

今夜月明人尽望，不知秋思在谁家。

中国字形具有一种独一的妩媚，有几个字的结构，我看来纯是艺术家的匠心：这也是我们国粹之尤粹者之一。譬如"秋"字，已经是一个极美的字形；"愁"字更是文字史上有数的杰作：有石开湖晕，风扫松针的妙处，这一群点画的配置，简直经过柯罗的书篆，米亿朗其罗的雕圭，Chopin 的神感；像——用一个科学的比喻——原子的结构，将旋转宇宙的大力收缩成一个无形无纵的电核；这十三笔造成的象征，似乎是宇宙和人生悲惨的现象和经验，吒唔和涕泪，所凝成最纯粹精密的结晶，满充了催迷的秘力。你若然有高蒂闲（Gautier）异超的知感性，定然可以梦到，愁字变形为秋霞黯绿色的通明宝玉，若用银槌轻击之，当吐银色的幽咽电蛇似腾入云天。

我并不是为寻秋意而看月，更不是为觅新愁而访秋月；蓄意沉浸于悲哀的生活，是丹德所不许的。我盖见月而感秋色，因秋窗而拈新愁：人是一簇脆弱而富于反射性的神经！

我重复回到现实的景色，轻裹在云锦之中的秋月，像一个遍体蒙纱的女郎，她那团圆清朗的外貌像新娘，但同时她幂弦的颜色，那是藕灰，她踟蹰的行踵，掩泣的痕迹，又使人疑是送丧的丽姝。所以我曾说：

"秋月呀！

我不盼望你团圆。"

这是秋月的特色，不论她是悬在落日残照边的新镰，与"黄昏晓"竞艳的眉钩，中宵斗没西陲的金碗，星云参差间的银床，以至一轮腴满的中秋，不论盈昃高下，总在原来澄爽明秋之中，遍洒着一种我只能称之为"悲哀的轻霭"，和"传愁的以太"。即使你原来无愁，见此也禁不得沾染那"灰色的音调"，渐渐兴感起来！

秋月呀！
谁禁得起银指尖儿
浪漫地搔爬呵！
不信但看那一海的轻涛，可不是禁不住她玉指的抚摩，在那里低徊饮泣呢！就是那

无聊的云烟,

秋月的美满,

熏暖了飘心冷眼,

也清冷地穿上了轻缟的衣裳,

来参与这

美满的婚姻和丧礼。

十月六日志摩

泰山日出

振铎来信要我在《小说月报》的"太戈尔号"上说几句话。我也曾答应了,但这一时游济南游泰山游孔陵,太乐了,一时竟拉不拢心思来做整篇的文字,一直挨到现在期限快到,只得勉强坐下来,把我想得到的话不整齐的写出。

我们在泰山顶上看出太阳。在航过海的人,看太阳从地平线下爬上来,本不是奇事;而且我个人是曾饱饫过江海与印度洋无比的日彩的。但在高山顶上看日出,尤其在泰山顶上,我们无餍的好奇心,当然盼望一种特异的境界,与平原或海上不同的。果然,我们初起时,天还暗沉沉的,西方是一片的铁青,东方些微有些白意,宇宙只是——如用旧词形容——一体莽莽苍苍的。但这是我一面感觉劲烈的晓寒,一面睡眼不曾十分醒豁时的约略的印象。等到留心回览时,我不由得大声的狂叫——因为眼前只是

翡冷翠的夜：徐志摩诗歌散文经典

一个见所未见的境界。原来昨夜整夜暴风的工程，却砌成一座普遍的云海。除了日观峰与我们所在的玉皇顶以外，东西南北只是平铺着弥漫的云气，在朝旭未露前，宛似无量数厚毳长戎的绵羊，交颈接背的眠着，卷耳与弯角都依稀辨认得出。那时候在这茫茫的云海中，我独自站在雾霭溟濛的小岛上，发生了奇异的幻想——

我躯体无限的长大，脚下的山峦比例我的身量，只是一块拳石；这巨人披着散发，长发在风里像一面墨色的大旗，飒飒的在飘荡。这巨人竖立在大地的顶尖上，仰面向着东方，平拓着一双长臂，在盼望，在迎接，在催促，在默默的叫唤；在崇拜，在祈祷，在流泪——在流久慕未见面将见悲喜交互的热泪……

这泪不是空流的，这默祷不是不生显应的。

巨人的手，指向着东方——

东方有的，在展露的，是什么？

东方有的是瑰丽荣华的色彩，东方有的是伟大普照的光明——出现了，到了，在这里了……

玫瑰汁、葡萄浆、紫荆液、玛瑙精、霜枫叶——大量的染工，在层累的云底工作；无数蜿蜒的鱼龙，爬进了苍白色的云堆。

一方的异彩，揭去了满天的睡意，唤醒了四隅的明霞——光明的神驹，在热奋地驰骋……

云海也活了；眠熟了兽形的涛澜，又回复了伟大的呼啸，昂头摇尾的向着我们朝露染青馒形的小岛冲洗，激起了四岸的水沫浪花，震荡着这生命的浮礁，似在报告光明与欢欣之临在……

再看东方——海句力士已经扫荡了他的阻碍，雀屏似的金霞，从无垠的肩上产生，展开在大地的边沿。起……起……用力，用力。纯焰的圆颅，一探再探的跃出了地平，翻登了云背，临照在天空……

歌唱呀，赞美呀，这是东方之复活，这是光明的胜利……

散发祷祝的巨人，他的身彩横亘在无边的云海上，已经渐渐的消翳在普遍的欢欣里；现在他雄浑的颂美的歌声，也已在霞彩变幻中，普澈了四方八隅……

听呀，这普澈的欢声；看呀，这普照的光明！

这是我此时回忆泰山日出时的幻想，亦是我想望太戈尔来华的颂词。

想飞

　　假如这时候窗子外有雪——街上，城墙上，屋脊上，都是雪，胡同口一家屋檐下偎着一个戴黑兜帽的巡警，半拢着睡眼，看棉团似的雪花在半空中跳着玩……假如这夜是一个深极了的啊，不是壁上挂钟的时针指示给我们看的深夜，这深就比是一个山洞的深，一个往下钻螺旋形的山洞的深……

　　假如我能有这样一个深夜，它那无底的阴森捻起我遍体的毫管；再能有窗子外不住往下筛的雪，筛淡了远近间飓动的市谣，筛泯了在泥道上挣扎的车轮。筛灭了脑壳中不妥协的潜流……

　　我要那深，我要那静。那在树荫浓密处躲着的夜鹰轻易不敢在天光还在照亮时出来眄眼。思想：它也得等。

　　青天里有一点子黑的。正冲着太阳耀眼，望不真，你把手遮着眼，对着那两株树缝里瞧，黑的，有橙子来大，不，有桃子来大——嘿，又移着往西了！

我们吃了中饭出来到海边去。（这是英国康槐尔极南的一角，三面是大西洋。）勐丽丽的叫响从我们的脚底下匀匀的往上颤，齐着腰，到了肩高，过了头顶，高入了云，高出了云。阿，你能不能把一种急震的乐音想象成一阵光明的细雨，从蓝天里冲着这平铺着青绿的地面不住的下？不，那雨点都是跳舞的小脚，安琪儿的。云雀们也吃过了饭，离开了它们卑微的地巢飞往高处做工去。上帝给它们的工作，替上帝做的工作。瞧着，这儿一只，那边又起了两【只】！一起就冲着天顶飞，小翅膀活动的多快活，圆圆的，不踌躇的飞，——它们就认识青天。一起就开口唱，小嗓子活动的多快活，一颗颗小精圆珠子直往外唾，亮亮的唾，脆脆的唾，——它们赞美的是青天。瞧着，这飞得多高，有豆子大，有芝麻大，黑刺刺的一屑，直顶着无底的天顶细细的摇，——这全看不见了，影子都没了！但这光明的细雨还是不住的下着……

飞。"其翼若垂天之云……背负苍天，而莫之夭阏者"；那不容易见着。我们镇上东关厢外有一座黄泥山，山顶上有一座七层的塔，塔尖顶天。塔院里常常打钟，钟声响动时，那在太阳西晒的时候多，一枝艳艳的大红花贴在西山的鬓边回照着塔山上的云彩，——钟声响动时，绕着塔顶尖，摩着塔顶天，穿着塔顶云，有一只两只有时三只四只有时五只六只蜷着爪往地面瞧的"饿老鹰"，撑开了它们灰苍苍的大翅膀没挂恋似的在盘旋，在半空中浮着，在晚风中泅着，仿佛是按着塔院钟的波荡来练习圆舞似的。那是我做孩子时的"大鹏"。有时好天抬头不见一瓣云的时候听着猇忧忧的叫响，我们就知道那是宝塔上的饿老鹰寻食吃来了，这一想象半天里秃顶圆睛的英雄，我们背上的小翅膀骨上就仿佛豁出了一锉锉铁刷似的羽毛，摇起来呼呼响的，只一摆就

翡冷翠的夜：徐志摩诗歌散文经典

冲出了书房门，钻入了玳瑁镶边的白云里玩儿去，谁耐烦站在先生书桌前晃着身子背早上【上】的多难背的书！阿飞！不是那在树枝上矮矮的跳着的麻雀儿的飞；不是那发天黑从堂扁后背冲出来赶蚊子吃的蝙蝠的飞；也不是那软尾巴软嗓子做窠在堂檐上的燕子的飞。要飞就得满天飞，风拦不住云挡不住的飞，一翅膀就跳过一座山头，影子下来遮得阴二十亩稻田的飞，到天晚飞倦了就来绕着那塔顶尖顺着风向打圆圈做梦……听说饿老鹰会抓小鸡！

  飞。人们原来都是会飞的。天使们有翅膀，会飞，我们初来时也有翅膀，会飞。我们最初来就是飞了来的，有的做完了事还是飞了去，他们是可羡慕的。但大多数人是忘了飞的，有的翅膀上吊了毛不长再也飞不起来，有的翅膀叫胶水给胶住了再也拉不开，有的羽毛叫人给修短了像鸽子似的只会在地上跳，有的拿背上一对翅膀上当铺去典钱使过了期再也赎不回……真的，我们一过了做孩子的日子就掉了飞的本领。但没了翅膀或是翅膀坏了不能用是一件可怕的事。因为你再也飞不回去，你蹲在地上呆望着飞不上去的天，看旁人有福气的一程一程的在青云里逍遥，那多可怜。而且翅膀又不比是你脚上的鞋，穿烂了可以再问妈要一双去，翅膀可不成，折了一根毛就是一根，没法给补的。还有，单顾着你翅膀也还不定规到时候能飞，你这身子要是不谨慎养太肥了，翅膀力量小再也拖不起，也是一样难不是？一对小翅膀驮不起一个胖肚子，那情形多可笑！到时候你听人家高声的招呼说，朋友，回去罢，趁这天还有紫色的光，你听他们的翅膀在半空中沙沙的摇响，朵朵的春云跳过来推着他们的肩背，望着最光明的来处翩翩的，冉冉的，轻烟似的化出了你的视域，像云雀似的只留下一泻光明的骤雨——"Thou an unseen, but yet I hear the shrill delight"——那你，独自在泥途里淹着，够多难受，够多懊恼，够多寒伧！趁早留神你的翅膀，朋友！

是人没有不想飞的。老是在这地面上爬着够多厌烦，不说别的。飞出这圈子，飞出这圈子！到云端里去，到云端里去！那个心里不成天千百遍的这么想？飞上天空去浮着；看地球这弹丸在太空里滚着，从陆地看到海，从海再看回陆地。凌空去看一个明白——这才是做人的趣味，做人的权威，做人的交代。这皮囊要是太重挪不动，就掷了它，可能的话，飞出这圈子，飞出这圈子！

人类初发明用石器的时候，已经想长翅膀。想飞。原人洞壁上画的四不像，它的背上掮着翅膀；拿着弓箭赶野兽的，他那肩背上也给安了翅膀。小爱神是有一对粉嫩的肉翅的。挨开拉斯（Icarus）是人类飞行史里第一个英雄，第一次牺牲。安琪儿（那是理想化的人）第一个标记是帮助他们飞行的翅膀。那也有沿革——你看西洋画上的表现。最初像是一对小精致的令旗，蝴蝶似的粘在安琪儿们的背上，像真的，不灵动的。渐渐的翅膀长大了，地位安准了，毛羽丰满了。画图上的天使们长上了真的可能的翅膀。人类初次实现了翅膀的观念，彻悟了飞行的意义。挨开拉斯闪不死的灵魂，回来投生又投生。人类最大的使命，是制造翅膀，最大的成功是飞！理想的极度，想象的止境，从人到神！诗是翅膀上出世的；哲理是在空中盘旋的。飞：超脱一切，笼盖一切，扫荡一切，吞吐一切。

你上那边山峰顶上试去，要是度不到这边山峰上，你就得到这万丈的深渊里去找你的葬身地！"这人形的鸟会有一天试他第一次的飞行，给这世界惊骇，使所有的著作赞美，给他所从来的栖息处永久的光荣。"啊达文骞！

但是飞？自从挨开拉斯以来，人类的工作是制造翅膀，还是束缚翅膀？这翅膀，承上了文明的重量，还能飞吗？都是飞了来的，还都能飞了回去吗？钳住了，烙住了，压住了，——这人形的鸟会有试他第一次飞行的一天吗？……

　　同时天上那一点子黑的已经迫近在我的头顶，形成了一架鸟形的机器，忽的机沿一侧，一球光直往下注，砰的一声炸响，——炸碎了我在飞行中的幻想，青天里平添了几堆破碎的浮云。

这是风刮的

本来还想"剖"下去，但大风刮得人眉眼不得清静，别想出门，家里坐着温温旧情吧。今天（四月八日）是太古尔先生的生日，两年前今晚此时，阿琼达的臂膀正当着乡村的晚钟声里把契玦腊围抱进热恋的中心去，——多静穆多热烈的光景呀！但那晚台上与台下的人物都已星散，两年内的变动真数得上！那晚脸上搽着脂粉头顶着颤巍巍的纸金帽装"春之神"的五十老人林宗孟，此时变了辽河边无骸可托无家可归的一个野鬼；我们的"契玦腊"在万里外过心碎难堪的日子；银须紫袍的竺震旦在他的老家里病床上呻吟衰老（他上月二十三来电给我说病好些）；扮跑龙套一类的蒋百里将军在湘汉间亡命似的奔波，我们的"阿琼达"又似乎回复了他十二年"独身禁欲"的誓约，每晚对着西天的暮霭发他神秘的梦想；就这不长进的"爱之神"依旧在这京尘里悠悠自得，但在这大风夜默念光阴无情的痕迹，也不免滴泪怅触！

"这是风刮的"！风刮散了天上的云，刮乱了地上的土，刮烂了树上的花——它怎能不同时刮灭光阴的痕迹？惆怅是人生，人生是惆怅。

啊，还有那四年前彭德家＜街＞十号的一晚。

"那二十分不死的时间！"

美如仙慧如仙的曼殊斐儿，她也完了；她的骨肉此时有芳丹薄罗林子里的红嘴虫儿在徐徐的消受！麦雷，她的丈夫，早就另娶，还能记得她吗？

这是风刮的！曼殊斐儿是在澳洲雪德尼地方生长的，她有个弟弟，她最心爱的，在第一年欧战时从军不到一星期就死了，这是她生时最伤心的一件事。她的日记里有很多记念她爱弟极沉痛的记载。她的小说大半是追写她早年在家乡时的情景；她的弟弟的影子，常常在她的故事里摇晃着。那篇《刮风》里的"宝健"就是，我信。

曼殊斐儿文笔的可爱，就在轻妙——和风一般的轻妙，不是大风像今天似的，是远处林子里吹来的微喟，蛱蝶似的掠过我们的鬓发，撩动我们的轻衣，又落在初蕊的丁香林中小憩，绕了几个弯，不提防的又在烂漫的迎春花堆里飞了出来，又到我们口角边惹刺一下，翘着尾巴歇在屋檐上的喜鹊"怯"的一声叫了，风儿它已经没了影踪。不，它去是去了，它的余痕还在着，许永远会留着：丁香花枝上的微颤，你心弦上的微颤。

但是你得留神，难得这点子轻妙的，别又叫这年生的风给刮了去！

艺术与人生

　　如果不先描述我们整个不得不随遇而安的现行社会状况，便无从谈论艺术和人生，而对现行社会状况的指斥、抨击，无论怎样猛烈也不过分。我们今天习惯于把实利主义的西方看成没有心脏的文明，那另一方面，我们自己的文明则是没有灵魂的，或根本没有意识到其灵魂的存在。倘若说西方人被自身的高效机械和闹哄哄的景象拖向无人可知的去处，那我们所知的这个野蛮残忍的社会，则是一潭肮脏腐臭的死水，四周爬满了蝇营狗苟的虫蛆，散发着腐烂和僵死的气味。事实上，无需极端愤世嫉俗的人断言，中国是一个体质羸弱、理智残废、道德怯懦、精神贫瘠的堂皇国家。在我们这样的社会，人们绝难体验到音乐的激情、理智的亢奋、崇高的爱的悲欢，甚或宗教、美学上的极乐瞬间，即使确曾有过。任何形式的理想主义不仅不被接受，反而注定必受到误解和讥诮。人们所有的是一具没有灵魂的躯壳，或如雪莱所说，是精神死亡。

现在让我们来看看我们的艺术——音乐、绘画、诗歌、雕刻、戏剧、建筑和舞蹈。在十四五世纪前的北魏时期，我们经历了伟大的雕刻时代，但有几个人看到并真正欣赏过那些雕刻艺术，哪怕断简残篇，更不用说世界雕刻最卓越成就之一的山西云岗石窟？音乐很久很久以前就成了春天的伊甸，也许再也不能复活。而今，音乐的圣责更是可悲地退化到粗俗的京胡和琵琶手手里，这只能为那些所谓的戏院和落子结造点气氛。绘画是另一番惨景。我们领略过吴道子开阔朗畅的画风，欣赏过王维博大而精细的画卷，近些时候，也看到过金冬心平静沉实的构图，这些模糊的记忆便是以教我们难以忍受目前十足的匠气，假冒的模仿和直接的欺骗，而没有半点独到之处和创造力。那些九流欧洲创作法的追随者们，技巧幼稚，想象贫乏，还不如那些刻守传统形式的画家，后者好在还能带给你幽默，使你微笑，而前者则常常使你败兴，刺激虐待狂变态心理。戏剧作为一种艺术实在是不足挂齿，虽然一些老式戏剧作为一种通俗的大众娱乐形式值得称道，并很好证明了狄更生先生所讲的中国人的幽默感。著名戏剧评论家格兰维尔·巴克说，"一个民族的伟大，一个种族灵魂的精深，是以其悲剧性诗歌和戏剧的成就来衡量的。"悲剧的本质是精神危机的一种艺术再现，我们中国人还没有这门艺术，也没有任何可以取而代之东西，因而无法测定我们的悲剧才能。我们甚至从未意识到既美好又可怕的灵魂的现实，并为显然精明地回避忽视这种现实而自得。现代建筑也毫无艺术价值，以北京为例，"公理战胜"碑达到了建筑学丑恶的顶点，当你走进中央公园，这座纪念碑必定使你败兴。至于舞蹈，无需多说，我们非常满足于梅兰芳、琴雪芳在《天女散花》和《嫦娥奔月》中的优美姿态。

谈到诗歌,我们想不出更悲惨的境遇了。稍一提及樊樊山和易实甫,就令人作也庚子式的爱国诗人悲叹恸哭,浪费了那么多眼泪,却没让人记住他们的诗。今天的打油诗人仍然众多,可过去了几个世纪,真正的诗人尚未出现。但有人会提出异议,我们不是有所谓的新诗吗。是的,所以我们还不至于绝望。但远大的前途并未导致我们的批评才能沉睡,误以为我们确实有了真正的诗歌。相反,迄今为止的尝试实在不尽人意,而在杂志、报纸、学校年刊和情书中,人们注定要遇到我所说的荒谬运用一些未经消化的理论。新诗表面上是现实主义,但骨子里却是完全的非现实性;甚之,还有毫不自然的自然主义,没有象征意义的象征主义。换言之,只要达到某种主义,便没有人肯冒昧称其为诗。我不用举例来证明我的评估,那些跟上这一运动的人会明白,我所作出的令人不快的评估一点也不偏激过分。

好了,这一概述足以说明我们无艺术可言。问题是为什么会有这种可悲的事态,它是怎样产生的。对我来说,理由很简单;我们没有艺术恰恰因为我们没有生活。

中国人是一个品德兼备、聪明智慧的种族,但我们从没有完全认识和表达自己,而希腊人和罗马人通过生活觉性的艺术中介这样做了。著名批评家沃尔特·裴特尔说:"东方思想中到处是对人生的模糊认识,对人生本身并没有真正理解,不了解人性的本能。人类对自身的意识,仍是同动植物世界奇异、变幻的生活混淆起来。"佩特精辟指出,创立了"灵魂的统治"的希腊雕刻,向人的眼、手和脚施发权力和神威。

"思想上对人生本身没有真正理解,就无从认识崇高的人性特征。"这是我所知的对我们文化最令人信服的批判。我们的圣人,像今天的布尔什维克领袖一样,在致力一项绝非容易的艰苦

翡冷翠的夜：徐志摩诗歌散文经典

工作，只是方式不同。他们平衡、协调人与人之间所共有的明显的欲望，诸如食物、性等。可是天哪，他们竟忘了人不仅是物质的，还是精神的，需要精神上的关心和食粮。因此，孔教虽令人叹服，但经后人歪曲更易之后付诸实践，就产生了一种依赖于安闲的感伤基础之上的文化。这种文化也许有其可爱之处，但它除了故作多情以外，别无其他，而且把人的精神视为不值一理的东西。

  他们忘却精神，压制理性。孔子卓越地给人的感觉外延和享乐划定了界限，教我们依赖于他从未界说过的准则，即礼。

  老子和庄子更用迷人的语言，使我们迷惑的头脑认识到，生活完满是一个理想的怪物，就像莎士比亚笔下七十岁的老娃娃，没有牙齿，没有眼睛，没有口味，没有一切。要是这位绅士一旦生出感觉器官，就无法保持其生命的完整，就会立刻分散、摧毁人与生俱来的能力。愚钝的墨子也是如此，要是人类满足于食草住穴，抛弃自然感官可能发现的一切形式，他才欣喜若狂呢。

  中国人不承认灵魂，否认知觉，在原生力下活动着的独特意志，部分通过抑制，部分通过升华，被引入到"安全"、实效的途径。中国人成为这样一种生物，没有宗教，没有爱，甚至没有任何的精神冒险。真诚的朋友如洛斯·狄更生、伯特兰·罗素、艾琳·鲍尔小姐对我们冷静的生活态度、中庸之爱、通情达理和语恭礼让等等大加赞赏。但对我来说，接受这种恭维的同时，却不禁感到一种辛辣的反讽。因为冷静的生活态度，除了明显否定生活，窒息感情的圣火外，还能有什么呢？中庸之爱除了作为思想、行为怯懦，生活浅薄单调的漂亮借口外，还能是什么吗？所谓受人奉承的理性主义和谦让精神，产生的只是一种普遍的惰习和那个被我们称作中华民国政府的荒唐怪物！啊，我们的朋友们能知道，我们以多大的代价才维持了一种表面和平其实不然的生活方式吗？而这一生活方式近来却受到极端主义和骚乱的西方的嫉羡。H. G. 威尔斯先生曾对我说，我们今天想得到的是和平，和平，和平，但绝不是那种羞怯，单调、令人窒息、悠闲懒散的和平，我所说的是积极主动、生气横溢、富有创造力的和平，如古雅典曾经实现的那种和平。所以说，对热烈的爱，热烈的宗教思想，我们确实太合乎理性了。柏拉图所说"神圣疯狂"的爱是不合理性的，熟知天主教教义的人应该听说过，天主教教义里把爱视为"伟大的圣餐"，与使化体相类似，它之所以不合理性仅仅因为它超乎理性之上。考文垂·帕特莫尔写道"这种为重人们提供了谩骂口实的极端非理性情感，是爱最可靠的保证之一，是爱永不枯竭趣味和力量的主要泉源。除了科学家，还有谁对那些不及我们而能被我们领悟的东西如此看重并被深深打动的呢？因此，爱同宗教一样，因为宗教即是神圣的宇宙的爱，是超然和圣化的。由于它是被人类的眼睛能看见的一股神秘力量所圣化，因而能看见属于精神领域的图景，但这些图景通常不被认为是现实的准则。人的耳朵将被壮严崇高的音乐征服。这音乐就像来自天际的浩瀚波浪。这种精神超越，能使以前无活力的潜在创造力开始解放自己，并通过可以选择的任何途径，努力认识自身的体积和形状。"爱比其他任何情感更深地植根于土地，因此它的头像圣树一样直耸天国。赋与它们物质和可信性，高度要求并证明深度。把爱说成最富生气最有潜力的创造源泉绝非一句套话，如果抽去性激情及所有与之有关的因素，你会惊愕地发现欧洲的文化和艺术无可挽回地破产。任何不否定或歪曲人生和真理的男女，无须弗洛伊德派，都会承认，至少也能感觉到，爱虽然不严肃，却是万物中最有意义的。然而这一简单的真理在漫长病态的中国历史中，从未被认识过。甚至今天，我的个人经历仍仅让我在这方面发现了两类人：藐视爱的愤世嫉俗者和害怕爱的胆小懦夫。

翡冷翠的夜：徐志摩诗歌散文经典

要是知识之树长在中华帝国的中央，而非伊甸园里，那亚当和夏娃仍然是纯美的创造物，他们心眼迷钝，对内在的生命召唤麻木不仁。上帝也不至于对蛇的英雄主义和夏娃的好奇心造的麻烦而盛怒不休。

这位圣人为我们划定的人生范围几乎是一系列枯燥乏味的伦理陈词滥调，这一命定结果所产生的影响剥夺和抑制了我们的想象力。你只要翻翻我们的小说和诗歌就会相信，其中想象的作用是多么狭窄。我们的诗人，可能除了李白以外，再没一位被认为是世界性的。这不值得深思吗？在我们的文学花名册里，找不到一位堪与歌德、雪莱、华滋华斯相比的，更不用说但丁和莎士比亚了，这不令人震惊吗？说到其他艺术，又有谁堪与米开朗基罗、列奥那多·达·芬奇、特纳、柯勒乔、威尔埃斯奎斯、瓦格纳、贝多芬等等众多天才相比呢？以此类推，是不是我们种族的本性决定了我们总是不同于世界其他地方？由于不相同是程度上的，而非类别上的，那么我们的想象力是不是生来就营养不良，发育不全？我们所拥有的艺术遗产不能整个包含生活，那是不是表明我们在本质上逊于西方呢？因为一切伟大的艺术作品都要求包含生活。我们从很小就受到视觉和意志的训练，以适应实用的细节，合于毫无生气的生活礼仪，而不是揭示伟大生活的奥秘，唤起伟大生活的希望。这是中国教育的大失败，它导致真正人格的死亡，没有穷尽地造就着杰出的庸才。

人生的根本，欢乐的源泉，以及想象的能力，这些自然泉流遭到了无情的阻挠，我们的生命存在确实太可怜了。人生的贫乏必然导致艺术的贫乏。充实美好的人生会自发地绽出实在的类，并终将影响我们对永恒的理解。一棵充满生命力的树必定枝繁叶茂，结出的果儿色彩绮丽。同样，洋溢着自我意识的人生，自然结出思想的结晶——艺术，或行为——值得怀恋的行为。因此，丰富、扩大、繁殖、加剧；最重要的是使你的生活精神化，这样艺术就会诞生了。

对于中国艺术与人生的停滞、肤浅，我已经说其实是谴责得够多了。现在，让我们暂时把目光转到西方历史上表现的艺术与人生的一致性上。说到这，最好还是像在其他方面一样，求助于古希腊和文艺复兴时代的意大利，以得到启迪和智慧。

我认为，希腊文化最伟大的成就不在政治，更不在科学和玄学，而在于发现了人体的尊严和美。文艺复兴时期伟大的德国艺术家温克尔曼说："没有哪个民族像希腊人那样尊崇美。主管埃加年轻朱庇特神、伊斯米尼阿波罗神的牧师，还有走在塔纳格拉墨丘利神礼拜队伍前列、肩抬羔羊的牧师，都是赢得了美誉的青年……希腊人是那么渴望美，珍视美，每个漂亮的人都愿向众人显示美，特别是想让艺术家证明这种美，因为他们授予这一荣誉。正因为此，艺术家总有在面前欣赏至上美的机会。美甚至能带来声望：我们在希腊历史中看到了最美丽卓越的民族……希腊人尊崇美是这样普遍，斯巴达妇女都在卧室里挂上美神纳里厄斯、纳克索斯或海厄西斯的像，希望生下漂亮的孩子。"像在其他方面一样，自然在这里也有其重要的作用。希腊人非常愿意把自身的看法和同平凡世界的关系转化成可感的客体，绝不是偶然的：他们赋予了美的身体和理智理解力。轻捷甜美地呼唤感觉的优雅空气，美丽的自然风光，美妙的人体结构，清秀的面部轮廓，这些都是希腊人走入人生时带来的幸运。美像天才或高贵的地位一样，成了一种荣誉。翻开人类文化学课本中比较生理学部分，你就会看到各种族裸露的人体。我不知记得对不对，也许是法国人库里埃的书中，对日本的裸体舞蹈者作了毫不掩饰的描写，然后再转向美丽绝伦的维纳斯或阿波罗，你就会产生一种既惬意又不安的感觉：在塑造不同民族的不同体型和比例时，更不用说黑美人的肤色和气味,造物主是多么的顽皮,不公正。

然而,希腊人对美的神往并不说明他们是一个不负责任的唯美主义的民族。相反,希腊人关注美,仅是把美奉献给实现美好的生活,把不同的灵魂完美地融和在一起。正是由于希腊人完美健全的智力,最终的善才成为可能,并以美的形式最终表现出来。人类最伟大文献之一柏拉图的《共和国》是彻底的美的哲学,它讲的是建立善与美的联系,这种联系可以导致理想的个人品德表现与美好生活的统一。希腊人的独特,在于他们以同样的态度对待人生和艺术。对他们,仅仅是对他们,艺术与人生才是统一体。希腊人以同样的标准审视艺术与人生,他们把艺术看成真正的人生自觉。意味深长的是,他们的绅士一词"Kalos kagathos"意为美丽的善。

如果说希腊人留给我们的珍贵遗产是人体的发现,那十五世纪意大利文艺复兴带给我们的礼物就是人的精神的发现和体现。像现时的中国一样,文艺复兴是一个伟大的叛逆时代,是一个多方面而统一的运动,这一运动使长期受压迫、遭抑制的人们,恢复了独立与尊严,恢复了对理智和想象的事物的爱,恢复了更自由美好地构想生活的渴望,使人们感觉自身,使那些有这种愿望的人探求一个又一个理智享受或想象享受的意义,引导他们不仅去发现这种享受的旧的和已被遗忘的源泉,而且去预言新的源泉——新的经历,新的诗歌主题,新的艺术形式。这是一个个性丰富、博大、集中、完整的时代——洛伦传的时代好比培里克里斯的时代。"在这里,艺术家、哲学家和那些在世间活动中变得振作敏锐的人,没有孤独地生活,他们呼吸同样的空气,互相在彼此的思想中寻找着光和热。这里有普遍高尚的精神和人人平等交往的启蒙精神。精神的统一赋予文艺复兴时期所有不同的产物同一性。正是这种精神的亲密联盟,分享那个时代产生的最先进的思想，使十五世纪意大利的艺术具有了庄重的尊严和深远的影响。"

精神的统一非常重要，它渗透到艺术与人生。造就无数杰出人物的同一力量，使他们的艺术达到了全盛时期。他们那令人惊异的美的艺术充满了人生的热情和人类灵魂所能表现的最深切最崇高的感情。精神的统一使他们逐渐认识到完全自我表现的个人权力，并最终获得这种权力，同时也使他们认识到宇宙的客观现实，开创了科学方法，导致了随之而来的众多发现。

我没去谈别的什么运动，而是选择了希腊和文艺复兴时期，是为了表明，这两个时期比其他任何时期更能清楚地显示，人的精神在一个文化统一体中，在生活潜能最大限度的一致表现中，享有实现自我的幸福机会，这种生活是丰富、热情、生动和自觉的。"文艺复兴"对现代中国并非完全不适用，如果她要从西方历史中学点什么，那应该是希腊文化和文艺复兴精神。至于太过自信的理性主义和源于十八世纪盛行于十九世纪的唯物主义，都有趣地转了向，最后在自相矛盾的灾难中收场，只留下几个伪科学家狂怒地死抱着实验工具不放。还有就是那些充满乐观的布尔什维主义者崇拜他们一切正确的上帝卡尔·马克思，反对把人性奉为信条，把艺术奉为宗教的新理想主义的普遍觉醒。如果中国尚未完全耗尽生命力，扼杀掉天才，那我们相信，她将带了一颗欢喜的心和觉醒的灵魂，投身这一运动，并终将证明无愧于自己的古老遗产。如果这样，用不了多久，我们就能摆脱作为中国文化特质的僵死陋习和传统桎梏。经过长期的间隔之后，就像"黑暗年代"过后产生了文艺复兴，我们将再一次看到理想的人性光辉，虽然我们得承认目前尚难找到这一迹象，但我们终将看到具体表现全人类特别是我们种族根本的艺术作品。我总幻想要是我们有一位伟大的音乐家或作曲家，不仅能使过去丢失的东西复活，还能奏出我们伟大民族长期压抑的声音，他也许能预言我们原始的精神走向成熟。音乐和其他艺术不同，它是真正的艺术形式，是衡量完美艺术的标准。音乐能更深地打动人心，能更诚服、不可抗拒、强有力和理想地向有鉴赏力的人传递思想和感情。

让我总结一下在这篇演讲中想讲的内容：我简要说明了为什么中国艺术在完全通过想象能力理解、说明人生总的方面失败了，而欧洲艺术多少获得了成功。我探讨了我们人生与艺术的相对地位，后者是前者的反映，前者对后者负责。

我还列举了古希腊和文艺复兴的成就，来显示以完美的艺术形式出现的精神统一，这种艺术主要是人道主义的。我们的艺术也要这样。

我还冒然断言，关心人生才能关心艺术。所谓关心人生，我指的是有意识地揭示人性中固有的自然资源，利用一切机会将它们转化成有用的东西。换言之，我们必须有意识地培养自觉，有了这种自觉，存在于灵魂中的创造精神才能发挥效用。事实上，我们中很少有人敢说，"我已经完全认识了自己。"请记住，追求表现总会导致自我暴露和理解，而这常会令你吃惊。内在事物的揭示有赖于从外界事物吸收的思想中获得灵感和效力。在这一点上审美鉴赏十分重要，细腻的感情对于美的事物远比强烈的理智和品性重要、有效。只要努力追求艺术的激情，就会认识美和人生的价值。倘若《哈姆莱特》或《解放了的普罗米修斯》没能打动你，这不能怪莎士比亚和雪莱。当一个指挥得法的贝多芬交响乐演奏高潮时，你仍不能心醉神迷，我看你最好去请耳科专家查查听觉器官是否出了毛病。客气地讲，如果《特里斯坦和依索尔德》不能扣动你的心弦，除非你不喜欢瓦格纳的风格，那你至少应该像逃避数学或体育一样感到丢尽了脸。如果你站在罗马或科隆大教堂的摩西像前不为所动，如果你从特纳、惠斯勒和马蒂斯的油画中只看到一大块漂亮的颜色，那你可以安然地说服自问你所受的教育远不如你想的那么好。当你走过顺治门的内院，看到肃穆的古墙边精致陈列着一排绝妙的陶瓷艺术品，心下没有半点喜悦时，你最好放弃欣赏后期印象派大师如塞尚的打算，还是躺到安乐椅上去咒诅周围世界的丑陋吧。我当然不是说，我们每个人无须训练和了解，就能像个专业批评家似的即刻爱上欧洲艺术。相反，西方艺术及技巧所体现的根本思想，对普通东方人来说比较陌生，所以总令人迷惑不解。我想中国留学生中具有超于浅薄的肉体快乐之上的起码艺术感觉的人，甚至不足百分之一。但不要忘记，值得获取的东西往往难于得到。总之，是愚蠢的教育和呆板的习性使我们不能感受、欣赏到事物的原貌。扫清这些因素，你就能恢复审美直觉，也许这种直觉会因饥饿而变得热烈贪婪、敏锐透彻。然后，应把生活本身作为一件艺术品，或一个艺术问题来看。我们被赋予这尘俗的身体、大脑和心脏正如一个艺术家被赋予了绘画、雕刻的主题和场景。当我们将画笔或刻刀适用到已如愿掌握的物质材料上时，不该感到有种责任感吗？一块有限脆弱的材料，可能被一下毁掉，也可能变成一件美的杰作。正如意大利热情的诗人丹农里奥所说，只要我们付出努力，即使在这个世界，还是能把我们的生活变成美丽的寓言。达到善的最好途径是美；既然我们如此乐于追随希腊人的智慧，我们的审美直觉比起含糊不清的道德善感来，是一个更为安全、可信的最终标准。生活是件艺术品！所以，为最后的回顾作好准备。等你七十岁时，青春的红润变成难看的皱纹，甜美的声音变成老年沙哑的干咳，看你是否对用自己的双手塑造了丰富多彩的生涯感到欣慰。读读歌德之类伟大或次要点人物的传记，并以此为标准评估自己的一生，看看对照的结果。歌德伟大的一生不能不被认为是一件艺术品,一部杰作。至少不亚于罗马圣·彼得的杰作,他们的一生都充满了美的神秘和神秘的美。说到高尚、理智的人生的训诫和原则,我想最好还是再次引用沃尔特·裴特尔研究文艺复兴的著名论著《结论》中的话:

"哲学和思辨文化对人精神的贡献,是使它在敏锐、热情的观察中惊醒。每一时刻某种形式在手上或脸上变得完美;来自山峰海洋的某些声音比其他声音更迷人;某种热情、顿悟或理智兴奋对我们,对那一时刻,更真实,更迷人,更具魅力。感受本身而非感受的果实才是目的。在我们丰富多彩、富于戏剧性的人生中,脉搏跳动的次数是有限的。我们怎样才能在有限的脉搏跳动中,通过最敏感的知觉观察到所要看的一切呢?怎样才能最迅速地从一点到另一点,并总在生命力与其最纯能量凝结的焦点上出现呢?永远与这种热情的宝石般的火焰一起燃烧,保持这种令人迷狂的忘我境界,才是人生的成功。"

他又说:

"正如维克多·雨果所说:我们是罪人,都被判了死刑,但缓刑的期限不明确。我们都有一个期限,过了这个期限,世界不再记得我们了。有些人在倦怠,有些人在热情中度过这一期限,而最聪明的人,至少是在'这世界的孩子'中最聪明,则是在艺术和歌声中度过一生。我们惟一的机会在于尽可能多地增加脉搏的跳动,以延长这一有限的时间。伟大的激情能带给我们复苏的生活感,爱的悲欢和热烈活动的各种形式,无论我们是否感兴趣,这些形式都会自然地来到我们许多人中间。但记住只能是激情,才真正使你收获复苏的意识的果实。诗的激情、美的渴望、为艺术而爱艺术,这里都蕴蓄着最高的智慧。艺术唤醒你时坦率直言,它只把最高的品质赋予稍纵即逝的人生瞬间,而且它仅为那些瞬间而来。"

我的彼得

新近有一天晚上,我在一个地方听音乐,一个不相识的小孩,约莫八九岁光景,过来坐在我的身边,他说的话我不懂,我也不易使他懂我的话,那可并不妨事,因为在几分钟内我们已经是很好的朋友,他拉着我的手,我拉着他的手,一同听台上的音乐。他年纪虽则小,他音乐的兴趣已经很深:他比着手势告我他也有一张提琴,他会拉,并且说那几个是他已经学会的调子。他那资质的敏慧,性情的柔和,体态的秀美,不能使人不爱;而况我本来是喜欢小孩们的。

但那晚虽则结识了一个可爱的小友,我心里却并不快爽;因为不仅见着他使我想起你,我的小彼得,并且在他活泼的神情里我想见了你,彼得,假如你长大的话,与他同年龄的影子。你在时,与他一样,也是爱音乐的;虽则你回去的时候刚满三岁,你爱好音乐的故事,从你襁褓时起,我屡次听你妈与你的"大大"讲,不但是十分的有趣可爱,竟可说是你有天赋的凭证,在你最初开口学话的日子,你妈已经写信给我,说你听着了音乐便异常的快活,说你在坐车里常常伸出你的小手在车栏上跟着音乐按拍;你稍大些会得淘气的时候,你妈说,只要把话匣开上,你便在旁边乖乖的坐着静听,再也不出声不闹:——并且你有的是可惊的口味,是贝德花芬是槐格纳你就爱,要是中国的戏片,你便盖没了你的小耳决意不让无意味的锣鼓,打搅你的清听!你的大大(她多疼你!)讲给我听你得小提琴的故事:怎样那晚上买琴来的时候,你已经在你的小床上睡好,怎样她们为怕你起来闹赶快灭了灯亮把琴放在你的床边,怎样你这小机灵早已看见,却偏不作声,等你妈与大大都上了床,你才偷偷的爬起来,摸着了你的宝贝,再也忍不住的你技痒,站在漆黑的床边,就开始你"截桑柴"的本领,后来怎样她们干涉了你,你便乖乖的把琴抱进你的床去,一起安眠。她们又讲你怎样喜欢拿着一根短棍站在桌上模仿音乐会的导师,你那认真的神情常常叫在座人大笑。此外还有不少趣话,大大记得最清楚,她都讲给我听过;但这几件故事已够见证你小小的灵性里早长着音乐的慧根。实际我与你妈早经同意想叫你长大时留在德国学习音乐;——谁知道在你的早殇里我们不失去了一个可能的毛赞德(Mozan):在中国音乐最饥荒的日子,难得见这一点希冀的青芽,又教命运无情的脚根踏倒,想起怎不可伤?

彼得,可爱的小彼得,我"算是"你的父亲,但想起我做父亲的往迹,我心头便涌起了不少的感想;我的话你是永远听不着了,但我想借这悼念你的机会,稍稍疏泄我的积愫,在这不自然的世界上,与我境遇相似或更不如的当不在少数,因此我想说的话或许还有人听,竟许有人同情。就是你妈,彼得,她也何尝有

翡冷翠的夜：徐志摩诗歌散文经典

一天接近过快乐与幸福，但她在她同样不幸的境遇中证明她的智断，她的忍耐，尤其是她的勇敢与胆量；所以至少她，我敢相信，可以懂得我话里意味的深浅，也只有她，我敢说，最有资格指证或相诠释——在她有机会时——我的情感的真际。

但我的情愫！是怨，是恨，是忏悔，是怅惘？对着这不完全，不如意的人生，谁没有怨，谁没有恨，谁没有怅惘？除了天生颟顸的，谁不曾在他生命的经途中——葛德说的——和着悲哀吞他的饭，谁不曾拥着半夜的孤衾饮泣？我们应得感谢上苍的是他不可度量的心裁，不但在生物的境界中他创造了不可计数的种类，就这悲哀的人生也是因人差异，各各不同，——同是一个碎心，却没有同样的碎痕，同是一滴眼泪，却难寻同样的泪晶。

彼得我爱，我说过我是你的父亲。但我最后见你的时候你才不满四月，这次我再来欧洲你已经早一个星期回去，我见着的只你的遗像，那太可爱，与你一撮的遗灰，那太可惨。你生前日常把弄的玩具——小车、小马、小鹅、小琴、小书——，你妈曾经件件的指给我看，你在时穿着的衣、裙、鞋、帽，你妈与你大大也曾含着眼泪从箱里理出来给我抚摩，同时她们讲你生前的故事，直到你的影像活现在我的眼前，你的脚踪仿佛在楼板上踹响。你是不认识你父亲的，彼得，虽则我听说他的名字常在你的口边，他的肖像也常受你小口的亲吻，多谢你妈与你大大的慈爱与真挚，她们不仅永远把你放在她们心坎的底里，她们也使我——没福见着你的父亲，知道你，认识你，爱你，也把你的影像、活泼、美慧、可爱，永远镂上了我的心版。那天在柏林的会馆里，我手捧着那收存你遗灰的锡瓶，你妈与你七舅站在旁边止不住滴泪，你的大大哽咽着，把一个小花圈挂上你的门前——那时间我，你的父亲，觉着心里有一个尖锐的刺痛，这才初次明白曾经有一点血肉从我自己的生命里分出，这才觉着父性的爱像泉眼似的在性灵里汩汩的流出；只可惜是迟了，这慈爱的甘液不能救活已经萎折了的鲜花，只能在他纪念日的周遭永远无声的流转。

彼得，我说我要借这机会稍稍爬梳我年来的郁积；但那也不见得容易；要说的话仿佛就在口边，但你要它们的时候，它们又不在口边：像是长在大块岩石底下的嫩草，你得有力量翻起那岩石才能把它不伤损的连根起出——谁知道那根长的多深！是恨，是怨，是忏悔，是怅惘？许是恨，许是怨，许是忏悔，许是怅惘。荆棘刺入了行路人的胫踝，他才知道这路的难走；但为什么有荆棘？是它们自己长着，还是有人成心种着的？也许是你自己种下的？至少你不能完全抱怨荆棘：一则因为这道是你自愿才来走的；再则因为那刺伤是你自己的脚踏上了荆棘的结果，不是荆棘自动来刺你——但又谁知道？因此我有时想，彼得像你倒真是聪明：你来时是一团活泼，光亮的天真，你去时也还是一个光亮，活泼的灵魂；你来人间真像是短期的作客，你知道的是慈母的爱，阳光的和暖与花草的美丽，你离开了妈的怀抱，你回到了天父的怀抱，我想他听你欣欣的回报这番作客——只尝甜浆，不吞苦水——的经验，他上年纪的脸上一定满布着笑容——你的小脚踝上不曾碰着过无情的荆棘，你穿来的白衣不曾沾着一斑的泥污。

但我们，比你住久的，彼得，却不是来作客；我们是遭放逐，无形的解差永远在后背催逼着我们赶道：为什么受罪，前途是那里，我们始终不曾明白，我们明白的只是底下流血的胫踝，只是这无思的长路，这时候想回头已经太迟，想中止也不可能，我们真的羡慕，彼得，像你那谪期的简净。

在这道上道受的，彼得，还不止是难，不止是苦，最难堪的是逐步相追的嘲讽，身影似的不可解脱。我既是你的父亲，彼得，比方说，为什么我不能在你的生前，日子虽短，给你应得的慈爱，为什么要到这时候，你已经去了不再回来，我才觉着骨肉的关连？并且假如我这番不到欧洲，假如我在万里外接到你的死耗，我怕我只能看作水面上的云影，来时自来，去时自去；正如你生前我不知欣喜，你在时我不知爱惜，你去时也不能过分动我的情感。我自分不是无情，不是寡思，为什么我对自身的血肉，反是这般不近情的冷漠？彼得，我问为什么，这问的后身便是无限的隐痛；我不能怨，我不能恨，更无从悔，我只是怅惘，我只能问！明知是自苦的揶揄，但我只能忍受。而况揶揄还不止此，我自身的父母，何尝不赤心的爱我；但他们的爱却正是造成我痛苦的原因：我自己也何尝不笃爱我的亲亲，但我不仅不能尽我的责任，不仅不曾给他们想望的快乐，我，他们的独子，也不免加添他们的烦愁，造作他们的痛苦，这又是为什么？在这里，我也是一般的不能恨，不能怨，更无从悔，我只是怅惘——我只能问。昨天我是个孩子，今天已是壮年；昨天腮边还带着圆润的笑涡，今天头上已见星星的白发；光阴带走的往迹，再也不容追赎，留下在我们心头的只是些揶揄的鬼影；我们在这道上偶尔停步回想的时候，只能投一个虚圈的"假使当初"，解嘲已往的一切。但已往的教训，即使有，也不能给我们利益，因为前途还是不减启程时的渺茫，我们还是不能选择取由的途径——到那天我们无形的解差喝住的时候，我们唯一的权利，我猜想，也只是再丢一个虚圈更大的"假使"，圆满这全程的寂寞，那就是止境了。

我们病了怎么办

"在理想的社会中,我想,"西滢在闲话里说"医生的进款应当与人们的康健做正比例。他们应当像保险公司一样,保证他们的顾客的健全,一有了病就应当罚金或赔偿的。"在撒牟勃德腊(samuel Butler)的乌托邦里,生病只当作犯罪看待,疗治的场所是监狱,不是医院,那是留着伺候犯罪人的。真的为什么人们要生病,自己不受用,旁人也麻烦?我有时看了不知病痛的猫狗们的快乐自在,便不禁回想到我们这造孽的文明的人类,且不说那尾巴不曾蜕化的远祖,就说湘西的苗子,太平洋群岛上的保立尼新人之类,他们所知道所受用的健康与安逸,已不是我们所谓文明人所能梦想。咳,堕落的人们,病痛变了你们的本分,至于健康,那是例外的例外了!

不妨事,你说,病了有医,有药,怕什么的?看近代的医学药学够多么飞快的进步？就北京说吧，顶体面顶费钱的屋子是什么？医院！顶体面顶赚钱的职业是什么？医生！设备、手术、调理、取费，没一样不是上乘！病，病怕什么的——只要你有钱，更好你兼有势！

是的，我们对科学，尤其是对医学的信仰，是无涯涘的；我们对外国人，尤其是对西医的信仰，是无边际的。中国大夫其实是太难了，开口是玄学，闭口也还是玄学，什么脾气侵肺，肺气侵肝，肝气侵肾，肾气又回侵脾，有谁，凡是有哀皮西脑筋的，听得惯这一套废话？冲他们那寸把长乌木镶边的指甲，鸦片烟带牙污的口气，就不能叫你放心，不说信任！同样穿洋服的大夫们够多漂亮，说话够多有把握，什么病就是什么病，该吃黄丸子的就不该吃黑丸子，这够多甘脆，单冲他们那身上收拾的干净，脸上表情的镇定与威权，病人就觉着爽气得多！"医者意也"是一句古话；但得进了现代的大医院，我们才懂得那话的意思。

多谢那些平均算一秒钟滚进一只金元宝之类的大大王们，他们有了钱没法用就想"留芳"，正如做皇帝的想成仙，拿了无数的钱分到苦恼的半开化的民族的国度里，造教堂推广福音来救度他们的灵魂，造医院推广仁术来救度他们的病痛。而且这也不是自来；他们往回收的不是名，就是利，很多时候是名利双收。为什么不，我有了钱也这么来。

我个人向来也是无条件信仰西洋医学，崇拜外国医院的，但新近接连听着许多话不由我不开始疑问了。我只说疑问，不说停止崇拜，那还远着哪。在北京有的医院别号是"高等台基"，有的雅称是某大学分院，这已够新鲜，但还不妨事，医院是医病的机关，只要它这一点能名副其实的做到，你管得它其他附带的作用。但在事实上可巧它们往往是在最主要的功用上使我们失望，那是我们为全社会计，为它们自身名誉计，有时不得不出声来提醒它们一声。我们只说提醒，决不敢用忠告甚至警告责备一类的字样；因为我们怎能不感念他们在这里方便我们的好意？

我们提另来说协和。因为协和，就我所知道的，岂不是在本城的医院中算是资本最雄厚，设备最丰富，人才最济济的一个机关？并且它也是在办事上最认真的一个地方，我们可以相信。它一年所化的钱，一年所医治的人，虽则我不知实在，想来一定是可惊的数目。但我们要看看它的成绩。说来也怪，也许原因是人们的本性是忘恩，也许它的"人缘"特别不佳，凡是请教过协和的病人，就我所知，简直可说是一致，也许多少不一，有怨言。这怨言的性质却不一致，综了说有这几种：

（一）种族界限

这是说看病先看你脸皮是白是黄；凡是外国人，说句公平话，他们所得的待遇就应有尽有，一点也不含糊，但要是不幸你是黄脸的，那就得趁大夫们的高兴了，他们爱怎么样理你就怎么样理你。据说院内雇用的中国人，上自助手下至打扫的，都在说这话——中外国病人的分别大着哪！原来是，这是有根据的，诺狄克民优胜的谬见一天不打破，我们就得一天忍受这类不平等的待遇。外国医院设在中国的，第一个目的当然是伺候外国人，轮得着你们，已算是好了，谁叫你们自不争气，有病人自己不会医！

（二）势力分别

同是中国人，还有分别；但这分别又是理由极充分的：有钱有势的病人照例得着上等的待遇，普通乃至贫苦的病人只当得病人看。这是人类的通性什么地方什么时候都有表见的，谁来低哆谁就没有幽默，虽则在理论上说至少医院似乎应分是"一视同仁"的。我们听见过进院的产妇放在屋子里没有人顾问，到时候小孩子自己下来了，医生还不到一类的故事！

（三）科学精神

这是说拿病人当试验品，或当标本看。你去看你的眼，一个大夫或是学生来检看了一下出去了；二一个大夫或是学生又来查看了一下出去了；三一个大夫或是学生再来一次，但究竟谁负责看这病，你得绕大弯儿才找得出来，即使你能的话。他们也许是为他们自己看病来了，但狠不像是替病人看病。那也有理，但在这类情形之下，西滢在他的闲话说得趣，付钱的应分是医院，不该是病人！

（四）大意疏忽

一般人的逻辑是不准确的，他们往往因为一个医生偶尔的疏忽便断定他所代表的学理与方法是要不得的。很多人从极细小题外的原因推定科学的不成立。这是危险的。就医病说，从新医术跳回党参黄岐，从党参黄岐跳回祝由科符水，从符水到请猪头烧纸，是常见的事，我们忧心文明，期望"进步"的不该奖励这类"开倒车"的趋向。但同时不幸对科学有责任的新派大夫们，偏容易大意，结果是多少误事。查验的疏忽，诊断的错误，手术的马虎，在在是使病人失望的原因。但医病是何等事，一举措间的分别可以交关人命，我们即使大量，也不能忍受无谓的灾殃。

最近一个农业大学学生的死据报载是（一）原因于不及时医治，（二）原因于手术时不慎致病菌入血。这类的情形我们如何能不抗议？

再如梁任公先生这次的白丢腰子，几乎是太笑话了。梁先生受手术之前，见着他的知道，精神够多健旺，面色够光彩。协和最能干的大夫替他下了不容疑义的诊断，说割了一个腰子病就去根。腰子割了病没有割。那么病原在牙；再割牙，从一根割起割到七根，病还是没有割。那么病在胃吧；饿瘪了试试——人瘪了，病还是没有瘪，那究竟为什么出血呢？最后的答话其实是太妙了，说是无原因的出血：Essential Hoematuria。所以闹了半天的发见是既不是肾脏肿疡（Kidney Farmour）又不是齿牙一类的作祟：原因是无原因的！我们是完全外行，怎懂得这其中的玄妙，内行错了也只许内行批评，那轮着外行多嘴！但这是协和的责任心，这是他们的见解，他们的本领手段！

　　后面附着梁仲策先生的笔记，关于这次医治的始末，尤其是当事人的态度，记述甚详，不少耐人寻味的地方，你们自己看去，我不来多加案语。但一点是分明的，协和当事人免不了诊断疏忽的责备。我们并不完全因为梁先生是梁先生所以特别提出讨论，但这次因为是梁先生在协和已经是特别卖力气，结果尚不免几乎出大乱子，我们对于协和的信仰，至少我个人的，多少不免有修正的必要了。"尽信医则不如无医"，诚哉是言也！但我们却不愿一班人因此而发生出轨的感想：就是对医学乃至科学本身怀疑，那是错了，当事人也许有时没交代，但近代医学是有交代的，我们决不能混为一谈。并且外行终究是外行，难说梁先生这次的经过，在当事人自有一种折服人的说法，我们也不得而知。但假如有理可说的话，我们为协和计，为替梁先生割腰子的大夫计，为社会上一般人对协和乃至西医的态度计，正巧梁先生的医案已经几于尽人皆知，我们即不敢要求，也想望协和当事人能给我们一个相当的解说。让我们外行借此长长见识也是好的！

　　要不然我们此后岂不个个人都得踌躇着：我们病了怎么办？

罗素又来说话了

一

每次我念罗素的著作或是记起他的声音笑貌,我就联想起纽约城,尤其是吴尔吴斯五十八层的高楼。他们好像是二十世纪的两个敌对的象征,——罗素先生与五十八层的高楼。罗素的思想言论,仿佛是夏天海上的黄昏,紫黑云中不时有金蛇似的电火在冷酷地料峭地猛闪,骇人的电闪,在你的头顶眼前隐现!

矗入云际的高楼,不危险吗?一半个的霹雳,便可将他锤成粉屑——震的赫真江边的青林绿草都兢兢的摇动!但是不然!电火尽闪著,霹雳却始终不到,高楼依旧在层云中矗著,纯金的电光,只是照出他的傲慢,增加他的辉煌!

罗素最近在他一篇论文叫做:《余闲与机械主义》(见 Dial, For August, 1923) 又放射了一次他智力的电闪, 威吓那五十八层的高楼。

我们是踮起脚跟, 在旁边看热闹的人; 我们感到电闪之迅与光与劲, 亦看见高楼之牢固与倔强。

二

一二百年前, 法国有一个怪人, 名叫凡尔太的, 他是罗素的前身, 罗素是他的后影, 他当时也同罗素在今日一样, 放射了最敏锐的智力的光电, 威吓当时的制度习惯, 当时的五十八层高楼。他放了半世纪冷酷的, 料峭的闪电, 结成一个大霹雳, 到一七八九那年, 把全欧的政治, 连着比士梯亚的大牢城, 一起的打成粉屑。罗素还有一个前身, 这个是他同种的, 就是大诗人雪莱的丈人, 著《女权论》的吴尔顿克辣夫脱的丈夫, 威廉古德温, 他也是个崇拜智力, 崇拜理性的, 他也凭着智理的神光, 抨击英国当时的制度习惯。他是近代各种社会主义的一个始祖, 他的霹雳, 虽则没有法国革命那个的猛烈, 却也打翻了不少的偶像, 打倒了不少的高楼。

罗素的霹雳, 要到什么时候才能轰出, 不是容易可以按定的; 但这不住的闪电, 至少证明空中涵有蒸热的闷气, 迟早总得有个发泄, 疾电暴雨的种子, 已经满布在云中。

三

他近年来最厌恶的对象, 最要轰成粉屑的东西, 是近代文明所产生的一种特别现象, 与这现象所养成的一种特别心理。不错,他对于所谓西方文明,有极严重的抗议;但他却不是印度的甘地,他只反对部分,不反对全体。

他依然是未能忘情的,虽则他奖励中国人的懒惰,赞叹中国人的懦怯,慕羡中国人的穷苦——他未能忘情于欧洲真正的文化。"我愿意到中国去做一个穷苦的农夫,吃粗米,穿布衣,不愿意在欧美的文明社会里,做卖灵魂,吃人肉的事业。"这样的意思,他表示过好几次。但研究数理,大胆的批评人类;却不是卖灵魂,更不是吃人肉;所以罗素虽则爱极了中国,却还愿意留在欧洲,保存他:Honorable 的高贵,这并不算言行的不一致,除非我们故意的蛮不讲理。

> When I am tempted to wish the human race wiped out by some passingcomet I think Of scientific knowledge and of art: those two things seem to makeour existence not wholly futile.

四

罗素先生经过了这几年红尘的生活——在战时主张和平,反抗战争;与执政者斗,与群众斗,与癫狂的心理斗,失败,屈辱,褫夺教职,坐监,讲社会主义,赞扬苏维埃革命,入劳工党,游鲍尔雪微克之邦,离婚,游中国,回英国,再结婚,生子,卖文为生——他对他人生的观察与揣摹,已经到了似乎成熟的(所以平和的)结论。

他对于人生并不失望;人类并不是根本要不得的,也并不是无可救度的。而且救度的方法,决计是平和的,不是暴烈的:暴烈只能产生暴烈,他看来人生本是铄亮的镜子,现在就只被灰尘盖住了；所以我们只要说擦了灰尘，人生便可回复光明的。

他以为只要有四个基本条件之存在，人生便是光明的。

第一是生命的乐趣——天然的幸福。

第二是友谊的情感。

第三是爱美与欣赏艺术的能力。

第四是爱纯粹的学问与知识。

这四个条件只要能推及平民——他相信是可以普遍的——天下就会太平，人生就有颜色。

五

怎样可以得到生命的乐趣？他答，所有人生的现象本来是欣喜的，不是愁苦的；只有妨碍幸福的原因存在时，生命方始失去他本有的活泼的韵节。小猫追赶她自己的尾巴，鹊之噪，水之流，松鼠与野兔在青草中征逐：自然界与生物界只是一个整个的欢喜。人类亦不是例外；街上褴褛的小孩，那一个不是快乐的。人生种种苦痛的原因，是人为的，不是天然的；可移去的，不是生根的；痛苦是不自然的现象。只要彰明的与潜伏的原始本能，能有相当的满足与调和，生活便不至于发生变态。社会的制度是负责任的。从前的学者论政治或论社会，亦未尝不假定一分心理的基础；但心理学是个最较发达的科学，功利主义的心理假定是过于浅陋。近代心理学尤其是心理分析对于社会科学是大的贡献，就在证明人是根本的自私的动物。利他主义者只见了个表面，所以利他主义的伦理只能强人作伪，不能使人自然的为善。几个大宗教成功的秘密，就在认明这重要的一点：耶稣教说你行善你的灵魂便可升天；佛教说你修行结果你可证菩提；道教说你保全你的精气神你可成仙。什么事都没有自己实在的利益澈底；

什么事都起源于自觉的或不自觉的利己的动机。但同时人又是善于假借的；他往往穿着极体面的衣裳，掩盖他丑陋的原形。现在的新心理学，仿佛是一座照妖镜；不论芭蕉裹的怎样的紧结，他总耐心的去剥。现在虽然剥近，也许竟已剥到蕉心了。

所以，人类是利己的，这实在是现代政治家与社会改良家所最应认明与认定的。这个真理的暴露，并不有损人类的尊严，如其还有人未能忘情于此；并且亦不妨碍全社会享受和平与幸福的实现。认明了事实与实在，就不怕没有办法，危险就在隐匿或诡辩实在与事实。病人讳病时，便有良医也是无法可施的。现代与往代的分别，就在自觉与非自觉；社会科学的希望，就在发现从前所忽略的，误解的，或隐秘的病候。理清了病情，开明了脉案，然后可以盼望对症的药方；否则，即使有偶逢的侥幸，决不能祛除病根的。

六

实际的说，身体的健康当然是生命的乐趣的第一个条件；有病的与肝旺的人，当然不能领略生命自然的意味。所以体育是重要的。但这重要也是相对的，我们如其侧重了躯体，也许因而妨碍智力的发展，像我们几个专诚尊崇运动学校的产品，蔡孑民先生曾经说到过，也是危险的。肌肉与脑筋，应受同等的注意。如男女都有了最低限制的健康，自然的幸福便有了基础，此外只要社会制度有相当的宽紧性，不阻碍男女个人本能相当的满足，消极的不使发生压迫状态致有变态与反常之产生。工作是不可免的，但相当的余闲也是必要的；罗素以为将来的社会不容不工作的份子，亦不容偏重的工作，据经济学家计算，每人每日只需三四小时工作，社会即可充裕的过去，现有的生产率，一半是原因于竞争制度的糜费。

七

工业主义的一个大目标是"成功"（Success），本质是竞争，竞争所要求的是"捷效"（Efficiency）。成功，竞争，捷效，所合成的心理或人生观，便是造成工业主义，日趋自杀现象，使人道日趋机械化的原因。我们要回复生命的自然与乐趣，只有一个方法，就在打破经济社会竞争的基础，消灭成功与捷效的迷信——简言之，切近我们中国自身的问题说，就在排斥太平洋那岸过来的主义，与青年会所代表的道德。我前天会见一个有名的报馆经理，他说，报的事情，如其你要办他个发达，真不是人做的事！又有一个忠慎勤劳的银行经理，与一个忠慎劳勤的纱厂经理，也同声的说生意真不是人做的，整天的忙不算，晚上梦里的心思都不得个安稳，究竟为的是什么，我们自己都不知道。这是实情。竞争的商业社会，只是萧伯讷所谓零卖灵魂的市场。我们快快的回头，也许可以超脱；再不要迷信开纱厂。此如说，发大财——要知道蕴藻滨华丽宏大的大中华的烟囱，已经好几时不出烟。我们与其崇拜新近死的北岩公爵（他最大的功绩，就在造成同类相残的心理，摧残了数百万的生灵，他却取得了威望与金钱与不朽的荣誉）与美国的十大富豪，不如去听聂云台先生的忏悔谈，去请他演说托尔斯泰与甘地的真谛吧！

八

罗素说他自从看过中国以后，他才觉悟"累进"（Progress）与"捷效"的信仰是近代西方的大不幸。他也悟到固定的社会的好处——这是进步的反面——与惰性，或懒惰主义的妙处——这是捷效的反面——。他说："I have hopes of laziness as a gospel."

懒惰是济世的福音！我们知道罗素所谓"懒惰"的反面不是我们农业社会之所谓勤——私人治己治家的勤是美德，永远应受奖励的——而是现代机械式的工商社会所产生无谓的慌忙与扰攘，灭绝性灵的慌忙与扰攘。这就是说，现代的社会趋向于侵蚀，终于完全剥夺合理的人生应有的余闲，这是极大的危险与悲惨。劳力的工人不必说，就是中等社会，亦都在这不幸的旋涡中急转。罗素以为，譬如就英国说，中级社会之顽，愚，嫉妒，偏执，迷信，劳工社会之残忍，愚闇，酗酒的习惯，等等，都是生活的状态失了自然的和谐的结果。

九

所以现代社会的状况，与生命自然的乐趣，是根本不能相容的。友谊的情感，是人与人，或国与国相处的必需原素，而竞争主义又是阻碍真纯同情心发展的原因。又次，譬如爱美的风尚，与普遍的艺术的欣赏，例如当年雅典或初期的罗马曾经实现过的，又不是工商社会所能容恕的。从前的技士与工人，对于他们自己独出心裁所造成的作品，有亲切真纯的兴趣；但现在伺候机器的工作，只能僵瘪人的心灵，决不能奖励创作的本能。我们只要想起英国的孟骞斯德，利物浦；美国的芝加哥，毕次保格，纽约；中国的上海，天津；就知道工业主义只能孕育丑恶，庸俗，龌龊，罪恶，嚣陔，高烟囱与大腹贾。

又次，我们常以为科学与工业文明有不可分离的关系。是的，关系是有的；但却不是不可分离的。没有科学，就没有现代的文明；但科学有两种意义，我们应得认明：一是纯粹的科学，例如自然现象的研究,这是人类凭着智力与耐心积累所得的,罗素所谓"The most god – like thing that men can do"。一是科学的应用,这才是工业文明的主因。真纯的科学家,只有纯粹的知识是他的对象,他绝对不是功利主义的,绝对不问他所寻求与人生有何实际的关系。孟代尔(Mendel)当初在他清静的寺院培养他的豆苗,何尝想到今日农畜资本家的利用他的发明?法蓝岱(Faraday)与麦克士惠尔(Maxwell)亦何尝想到现代的电气事业?

当初的先生们,竭尽他们一生精力,开拓人类知识的疆土,何尝料想到,照现在的状况看来,他们到似乎变了人类的罪人;因为应用科学的成绩,就只(一)倍增了货物的产品,促成资本主义之集中;(二)制造杀人的利器,奖励同类自残的劣性;(三)设备机械性的娱乐,却掩没了美术的本能。我们再看,应用科学最发达的所在是美国,资本主义最不易摇动的所在,是美国;纯粹科学最不发达的,亦是美国;他们现在所利用的科学的发现,都不是美国人的成绩。所以功利主义的倾向,最是不利于少数的聪明才智,寻求纯粹智识的努力。我们中国近来很讨论科学是否人生的福音,一般人竟有误科学为实际的工商业,以为我们若然反抗工业主义,即是反对科学本体,这是错误的。科学无非是有系统的学术与思想,这如何可以排斥;至于反抗机械主义与提高精神生活,却又是一件事了。

所以合理的人生,应有的几种原素——自然的幸福,友谊的情感,爱美与创作的奖励,纯粹知识——科学——的寻求——都是与机械式的社会状况根本不能并存的。除非转变机械主义的倾向,人生很难有希望。

十

这是我们也都看得分明的;我们亦未尝不想转变方向,但却从那里做起呢？这才是难处。罗素先生却并不悲观。他以为这是个心理——伦理的问题。旧式的伦理，分别善恶与是非的，大都不曾认明心理的实在，而且往往侧重个人的。罗素的主张，就在认明心理的实在，而以社会的利与弊，为判定行为善恶的标准。罗素看来，人的行为只是习惯，无所谓先天的善与恶。凡是趋向于产生好社会的习惯，不论是心的或体的，就是善；反之，产生劣社会的习惯，就是恶。罗素所谓好的社会，就是上面讲的具有四种条件的社会；他所谓劣社会就是反面，因本能压迫而生的苦痛（替代自然的快乐），恨与嫉忌（替代友谊与同情）；庸俗少创作，不知爱美，与心智的好奇心之薄弱。要奖励有利全体的习惯，可以利用新心理学的发现。我们既然明白了人是根本自私自利的，就可以利用人们爱夸奖恶责罚的心理，造成一种绝对的道德（Positive Morality），就是某种的行为应受奖掖，某种的行为应受责辱。但只是折衷于社会的利益，而不是先天的假定某种行为为善，某种行为为恶。从前台湾土人有一种风俗：一个男子想要娶妻，至少须杀下一个人头，带到结婚场上；我们文明社会奖励同类自残，叫做勇敢，算是美德，岂非一样可笑？

这样以结果判别行为的伦理，就性质说，与边沁及穆勒父子所代表的伦理学，无甚分别；罗素自己亦说他的主张并不是新奇的，不过不论怎样平常的一个原则，若然全社会认定了他的重要，着力的实行去，就会发生可惊的功效。以公众的利益判别行为之善恶：这个原则一定，我们的教育，刑律，我们奖与责的标准，当然就有极重要的转变。

十一

归根的说，现有的工业主义，机械主义，竞争制度，与这些现象所造成的迷信心理与习惯，都是我们理想社会的仇敌，合理的人生的障碍。现在，就中国说，唯一的希望，就在领袖社会的人，早早的觉悟，利用他们表率的地位，排斥外来的引诱，转变自杀的方向，否则前途只是黑暗与陷阱。罗素说中国人比较的入魔道最浅，在地面上可算是最有希望的民族。他说这话，是在故意的打诳，哄骗我们呢，还是的确是他观察现代文明的真知灼见？——但吴稚晖先生曾叮嘱我们，说罗素只当我们是小孩子，他是个大滑头骗子！

伤双栝老人

看来你的死是无可致疑的了，宗孟先生，虽则你的家人们到今天还没法寻回你的残骸。最初消息来时，我只是不信，那其实是太兀突，太荒唐，太不近情。我曾经几回梦见你生还，叙述你历险的始末，多活现的梦境！但如今在栝树凋尽了青枝的庭院，再不闻"老人"的謦欬；真的没了，四壁的白联仿佛在微风中叹息。这三四十天来，哭你有你的内眷、姊妹、亲戚，悼你的私交；惜你有你的政友与国内无数爱君才调的士夫。志摩是你的一个忘年的小友。我不来敷陈你的事功，不来历叙你的言行；我也不来再加一份涕泪吊你最后的惨变。

魂兮归来！此时在一个风满天的深夜握笔，就只两件事闪闪的在我心头：一是你的谐趣天成的风怀，一是髫年失怙的诸弟妹，他们，你在时，那一息不是你的关切，便如今，料想你彷徨的阴魂也常在他们的身畔飘逗。平时相见，我倾倒你的语妙，往往含笑静听，不叫我的笨涩羼杂你的莹彻，但此后，可恨这生死间无情的阻隔，我再没有那样的清福了！只当你是在我跟前，只当是消磨长夜的闲谈，我此时对你说些琐碎，想来你不至厌烦罢。

先说说你的弟妹。你知道我与小孩子们说得来，每回我到你家去，他们一群四五个，连着眼珠最黑的小五，浪一般的拥上我的身来，牵住我的手，攀住我的头，问这样，问那样；我要走时他们就着了忙，抢帽子的，锁门的，嗄着声音苦求的——你也曾见过我的狼狈。自从你的噩耗到后，可怜的孩子们，从不满四岁到十一岁，那懂得生死的意义，但看了大人们严肃的神情，他们也都发了呆，一个个木鸡似的在人前愣着。有一天听说他们私下在商量，想组织一队童子军，冲出山海关去替爸爸报仇！

"恬安"那虚报到的一个早上，我正在你家。忽然间一阵天翻似的闹声从外院陡起，一群孩子拥着一位手拿电纸的大声的欢呼着，冲锋似的陷进了上房。果然是大胜利，该得庆祝的："爹爹没有事"！"爹爹好好的"！徽那里平安电马上发了去，省她急。福州电也发了去，省他们跋涉。但这欢喜的风景运定活不到三天，又叫接着来的消息给完全煞尽！

当初送你同去的诸君回来，证实了你的死信。那晚，你的骨肉一个个走进你的卧房，各自默恻恻的坐下，阿，那一阵子最难堪的噤寂，千万种痛心的思潮在各个人的心头，在这沈默的暗惨中，激荡，汹涌，起伏。可怜的孩子们也都泪滢滢的攒聚在一处，相互的偎着，半懂得情景的严重。霎时间，冲破这沈默，发动了放声的号啕，骨肉间至性的悲哀——你听着吗，宗孟先生，那晚有半轮黄月斜觑着北海白塔的凄凉？

我知道你不能忘情这一群童稚的弟妹。前晚我去你家时见小

翡冷翠的夜：徐志摩诗歌散文经典

四小五在灵帏前翻着跟斗，正如你在时他们常在你的跟前献技。"你爹呢"？我拉住他们问。"爹死了"，他们嘻嘻的回答，小五搂住了小四，一和身又滚做一堆！他们将来的养育是你身后唯一的问题——说到这里，我不由的想起了你离京前最后几回的谈话。政治生活，你说你不但尝够而且厌烦了。这五十年算是一个结束，明年起你准备谢绝俗缘，亲自教课膝前的子女；这一清心你就可以用功你的书法，你自觉你腕下的精力，老来只是健进，你打算再化二十年工夫，打磨你艺术的天才；文章你本来不弱，但你想望的却不是什么等身的著述，你只求沥一生的心得，淘成三两篇不易衰朽的纯晶。这在你是一种觉悟；早年在国外初识面时，你每每自负你政治的异禀，即在年前避居津地时你还以为前途不少有为的希望，直至最近政态诡变，你才内省厌倦，认真想回复你书生逸士的生涯。我从最初惊讶你清奇的相貌，惊讶你更清奇的谈吐，我便不阿附你从政的热心，曾经有多少次我讽劝你趁早回航，领导这新时期的精神，共同发现文艺的新土。即如前年泰谷尔来时，你那兴会正不让我们年轻人；你这半百翁登台演戏，不辞劳倦的精神正不知给了我们多少的鼓舞！

不，你不是"老人"；你至少是我们后生中间的一个。在你的精神里，我们看不见苍苍的鬓发，看不见五十年光阴的痕迹；你的依旧是二三十年前《春痕》故事里的"逸"的风情——"万种风情无地着"，是你最得意的名句，谁料这下文竟命定是"辽原白雪葬华颠"！

谁说你不是君房的后身？可惜当时不曾记下你摇曳多姿的吐属，蓓蕾似的满缀着警句与谐趣，在此时回忆，只如天海远处的点点航影，再也认不分明。你常常自称厌世人。果然，这世界，这人情，那禁得起你锐利的理智的解剖与抉剔？你的锋芒，有人说，是你一生最吃亏的所在。但你厌恶的是虚伪，是矫情，是顽老，是乡愿的面目，那还不是该的？谁有你的豪爽，谁有你的倜傥，谁有你的幽默？你的锋芒，即使露，也决不是完全在他人身上应用，你何尝放过你自己来？对己一如对人，你丝毫不存姑息，不存隐讳。这就够难能，在这无往不是矫揉的日子。再没有第二人，除了你，能给我这样脆爽的清谈的愉快。再没有第二人在我的前辈中，除了你，能使我感受这样的无"执"无"我"精神。

最可怜是远在海外的徽徽，她，你曾经对我说，是你唯一的知己；你，她也曾对我说，是她唯一的知己。你们这父女不是寻常的父女。"做一个有天才的女儿的父亲"，你曾说，"不是容易享的福，你得放低你天伦的辈分先求做到友谊的了解"。

徽，不用说，一生崇拜的就只你，她一生理想的计划中，那件事离得了聪明不让她自己的老父？但如今，说也可怜，一切都成了梦幻，隔着这万里途程，她那弱小的心灵如何载得起这奇重的哀惨！这终天的缺陷，叫她问谁补去？佑着她吧，你不昧的阴灵，宗孟先生，给她健康，给她幸福，尤其给她艺术的灵术——同时提携她的弟妹，共同增荣雪池双梧的清名！

十五年二月二日新月社

给新月

　　新月的朋友，这时候你们在那里？太阳还不曾下山，我料想你们各有各的职务，在学堂的，上衙门的，有在公园散步的，也有弄笔墨的调颜色的，我亲爱的朋友们，我在这里想念着你们！

　　我现在的地方是你们大多数不曾到过的。你们知道西伯利亚有一个贝加尔湖；这半天，我们的车就绕着那湖的沿岸走。我现在靠窗口震震的写字，左首只是峻岩与绝壁，右面就是那大湖，什么湖，简直是一个雪海，上帝知道这底下冰结的多深，对岸是重峦叠嶂的山岭，无数戴雪帽的高峰在晚霞中自傲着他们的高洁。这里的天光也好像是格外的澄清，方才下午的天真是一清到底，一屑云气都没有，这时候沿湖蒸起了薄霭，也有三两条古铜色的冻云在对岸的山峰间横亘着。方才我写信给一个朋友说这雪地里的静是一种特有的意境，最使人发生遐想。我面对着这伟大的自然，不由我不内动了感兴；我的身体虽只是这冰天雪地里的一个微蚁，但我内心顿时扩大了的思想与情感却仿佛要冲破这渺小的躯体，向没遮拦的天空飞去。朋友们，你们有我的想念；我早已想写信给你们，要你们知道我是随时记着你们的，我不曾早着笔也有我的打算：这一路来忙着转车，不曾有一半天的安逸；长白山边，松花江畔，都叫利欲的人间薰改了气味，那时我便提笔亦只有厌恶与愤慨，今天难得有这贝加尔湖的晴爽，难得有我自己心怀的舒畅，所以我抖擞精神，决意来开始这番漫游的通信。

今天我不仅想念我的朋友，我也想念我的新月。

我快离京的时候有几位朋友，听说我要到欧洲去，就很替新月社担忧；他们说你这一去新月社一定受影响，即使不至于关门恐怕难免狼狈。这话我听了很不愿意，因为在这话里可以看出一般人对于新月社究竟是什么一会事并没有应有的了解。但这也不能深怪，因为我们志愿虽则有，到现在为止却并不曾有相当的事迹来证实我们的志愿，所以外界如其不甚了解乃至误解新月社的旨趣时，我们除了自己还怨谁去？我是发起这志愿最早的一个人，凭这个资格我想来说几句关于新月的话。

组织是有形的，理想是看不见的。新月初起时只是少数人共同的一个想望，那时的新月社只是个口头的名称，与现在松树胡同七号那个新月社俱乐部可以说并没有怎样密切的血统关系。我当初想望的是什么呢？当然只是书呆子们的梦想！我们想做戏，我们想集合几个人的力量，自编戏自演，要得的请人来看，要不得的反正自己好玩。说也可惨，去年四月里演的《契玞腊》要算是我们这一年来唯一的成绩，而且还得多谢泰谷尔老先生的生日逼出来的！去年年底也曾忙了两三个星期想排演西林先生的几个小戏，也不知怎的始终没有排成。随时产生的主意尽有，想做这样,想做那样,但结果还是一事无成。

　　同时新月社的俱乐部,多谢黄子美先生的能干与劳力,居然有了着落。房子不错,布置不坏,厨子合式,什么都好,就是一件事为难——经费。开办费是徐申如先生(我的父亲)与黄子美先生垫在那里的,据我所知,分文都没有归清。经常费当然单靠社员的月费,照现在社员的名单计算,假如社员一个个都能按月交费,收支勉强可以相抵。但实际上社费不易收齐,支出却不能减少,单就一二两月看,已经不免有百数以外的亏空。有亏空时问谁借钱弥补去?当然是问管事的。——但这情形是决不可以为常的。黄先生替我们大家当差,做总管事,社里大小的事情那一样能免得了烦他,他不向我们要酬劳已是我们的便宜,再要他每月自掏腰包贴钱,实在是太说不过去了。所以怪不得他最初听说我要到欧洲去,他真的眼睛都瞪红了。他说你这不是成心拆台,我非给你拼命不可!固然黄先生把我与新月社的关系看得太过分些,但在他的确有他的苦衷,这里也不必细说,反正我住在里面,碰着缓急时他总还可以抓着一个,如果我要是一溜烟走了,跟着大爷们爱不交费就不交费,爱不上门就不上门,这一来黄爷岂不吃饱了黄连,含着一口的苦水叫他怎么办?原先他贴钱赔工夫费心思原想博大家一个高兴,如果要是大家一翻脸说办什么俱乐部这不是你自个儿活该,那可以不是随便开的玩笑?黄爷一灰心,不用提第一个就咒徐志摩,他真会拿手枪来找我都难说哩!所以我就为预防我个人的安全起见也得奉求诸位朋友们协力帮忙,维持这俱乐部的生命。

　　这当然是笑话,认真说,假如大多数的社员的进社都是为敷衍交情来的,实际上对于新月社的旨趣及他的前途并没有多大的同情,那事情倒好办。新月社有的是现成的设备,也不能算恶劣,我们尽可以趁早来拍卖,好在西交民巷就在间壁,不怕没有主顾，有余利可赚都说不定哩！搭台难坍台还不容易，要好难，下流还不容易。银行家要不出相当的价钱，政客先生们那里也可以想法，反正只要开办费有了着落，大家散伙就完事。

但那是顶凄惨的末路，不必要的一个设想；我们尽可以向有光亮处寻路。我们现在不必问社员们究竟要不要这俱乐部，俱乐部已经在那儿，只要大家尽一分子的力量，事情就好办。问题是在我们这一群人，在这新月的名义下结成一体。宽紧不论，究竟想做些什么？我们几个创始人得承认在这两个月内我们并没有露我们的棱角。在现今的社会里，做事不是平庸便是下流，做人不是儒夫便是乡愿。这露棱角（在有棱角可露的）几乎是我们对人对己两负的一种义务。有一个要得的俱乐部，有舒服沙发躺，有可口的饭菜吃，有相当的书报看，也就不坏；但这躺沙发决不是我们结社的宗旨，吃好菜也不是我们的目的。不错，我们曾经开过会来，新年有年会，元宵有灯会，还有什么古琴会、书画会、读书会，但这许多会也只能算是时令的点缀，社友偶尔的兴致，决不是真正新月的清光，决不是我们想象中的棱角。假如我们的设备上是书画琴棋外加茶酒，假如我们举措的目标上是有产有业阶级的先生太太们的娱乐消遣，那我们新月社岂不变了一个古式的新世界或是新式的旧世界了吗？这 Petty bourgeois 的味儿我第一个就受不了。

同时神经敏锐的先生们对我们新月社已经生了不少奇妙的揣详。因为我们社友里有在银行里做事的就有人说我们是资本家的机关。因为我们社友有一两位出名的政客就有人说我们是某党某系的机关。因为我们社友里有不少北大的同事就有人说我们是北大学阀的机关。因为我们社友里有男有女就有人说我们是过激派。这类的闲话多着哩；但这类的脑筋正仿佛那位躺在床上喊救命的先生，他睡梦中见一只车轮大的怪物张着血盆大的口要来吃他,其实只是他夫人那里的一个跳蚤爬上了他的腹部!

　　跳蚤我们是不怕的,但露不出棱角来是可耻的。这时候,我一个人在西伯利亚大雪地里空吹也没有用,将来要有事情做,也得大家协力帮忙才行。几个爱做梦的人,一点子创作的能力,一点子不服输的傻气,合在一起什么朝代推不翻,什么事业做不成?当初罗刹蒂一家几个兄妹合起莫利思朋琼司几个朋友在艺术界里就开辟了一条新道,萧伯讷卫伯夫妇合在一起在政治思想界里也就开辟了一条新道。新月新月,难道我们这新月便是用纸版剪的不成?朋友们等着,兄弟上阿尔帕斯的时候再与你们谈天。

三月十四日西伯利亚

吊刘叔和

  一向我的书桌上是不放相片的。这一月来有了两张,正对我的坐位,每晚更深时就只他们俩看着我写,伴着我想;院子里偶尔听着一声清脆,有时是虫,有时是风卷败叶,有时,我想象,是我们亲爱的故世人从坟墓的那一边吹过来的消息。

  伴着我的一个是小,一个是"老":小的就是我那三月间死在柏林的彼得,老的是我们钟爱的刘叔和,"老老"。彼得坐在他的小皮椅上,抿紧着他的小口,圆睁着一双秀眼,仿佛性急要妈拿糖给他吃,多活灵的神情!但在他右肩的空白上分明题着这几行小字:"我的小彼得,你在时我没福见你,但你这可爱的遗影应该可以伴我终身了。"老老是新长上几根看得见的上唇须,在他那件常穿的缎褂里欠身坐着,严正在他的眼内,和蔼在他的口颔间。

翡冷翠的夜：徐志摩诗歌散文经典

让我来看。有一天我邀他吃饭，他来电说病了不能来，顺便在电话中他说起我的彼得。（在襁褓时的彼得，叔和在柏林也曾见过。）他说我那篇悼儿文做得不坏；有人素来看不起我的笔墨的，他说，这回也相当的赞许了。我此时还分明记得他那天通电时着了寒发沙的嗓音！我当时回他说多谢你们夸奖，但我却觉得凄惨，因为我同时不能忘记那篇文字的代价，是我自己的爱儿。过了几天适之来说，"老老病了，并且他那病相不好，方才我去看他，他说适之我的日子已经是可数的了。"他那时住在皮宗石家里。我最后见他的一次，他已在医院里。他那神色真是不好，我出来就对人讲，他的病中医叫做湿瘟，并且我分明认得它，他那眼内的钝光，面上的涩色，一年前我那表兄沈叔薇弥留时我曾经见过——可怕的认识，这侵蚀生命的病征。可怜少鳏的老老，这时候病榻前竟没有温存的看护；我与他说笑："至少在病苦中有妻子毕竟强似没妻子，老老，你不懊丧续弦不及早吗？"那天我喂了他一餐，他实在是动弹不得；但我向他道别的时候，我真为他那无告的情形不忍。（在客地的单身朋友们，这是一个切题的教训，快些成家，不过于挑剔了吧；你放平在病榻上时才知道没有妻子的悲惨！——到那时，比如叔和，可就太晚了。）

叔和没了，但为你，叔和，我却不曾掉泪。这年头也不知怎的，笑自难得，哭也不得容易。你的死当然是我们的悲痛，但转念这世上惨淡的生活其实是无可沾恋，趁早隐了去，谁说一定不是可羡慕的幸运？况且近年来我已经见惯了死，我再也不觉着它的可怕。可怕是这烦嚣的尘世：蛇蝎在我们的脚下，鬼祟在市街上，霹雳在我们的头顶，噩梦在我们的周遭。在这伟大的迷阵中，最难得的是遗忘；只有在简短的遗忘时我们才有机会恢复呼吸的自由与心神的愉快。谁说死不就是个悠久的遗忘的境界？谁说墓窟不就是真解放的进门？

但是随你怎样看法,这生死间的隔绝,终究是个无可奈何的事实,死去的不能复活,活着的不能到坟墓的那一边去探望。到绝海里去探险我们得合伙,在大漠里游行我们得结伴;我们到世上来做人,归根说,还不只是惴惴的来寻访几个可以共患难的朋友,这人生有时比绝海更凶险,比大漠更荒凉,要不是这点子友于的同情我第一个就不敢向前迈步了,叔和真是我们的一个。他的性情是不可信的温和:"顶好说话的老老";但他每当论事,却又绝对的不苟同,他的议论,在他起劲时,就比如山壑间雨后的乱泉,石块压不住它,蔓草掩不住它。谁不记得他那永远带伤风的嗓音,他那永远不平衡的肩背,他那怪样的激昂的神情?通伯在他那篇《刘叔和》里说起当初在海外老老与傅孟真的豪辩,有时竟连"呐呐不多言"的他,也"免不了加入他们的战队"。这三位衣常敝,履无不穿的"大贤"在伦敦东南隅的陋巷,点煤汽油灯的斗室里,真不知有多少次借光柏拉图与卢骚与斯宾塞的迷力,欺骗他们告空虚的肠胃——至少在这一点他们三位是一致同意的!但通伯却忘了告诉我们他自己每回加入战团时的特别情态,我想我应得替他补白。我方才用乱泉比老老,但我应得说他是一窜野火,焰头是斜着去的;傅孟真,不用说,更是一窜野火,更猖獗,焰头是斜着来的;这一去一来就发生了不得开交的冲突。在他们最不得开交时,劈头下去了一剪冷水,两窜野火都吃了惊,暂时翳了回去。那一剪冷水就是通伯;他是出名浇冷水的圣手。

阿,那些过去的日子!枕上的梦痕,秋雾里的远山。我此时又想起初渡太平洋与大西洋时的情景了。我与叔和同船到美国,那时还不熟;后来同在纽约一年差不多每天会面的,但最不可忘的是我与他同渡大西洋的日子。那时我正迷上尼采,开口就是那一套沾血腥的字句。

我仿佛跟着查拉图斯脱拉登上了哲理的山峰,高空的清气在我的肺里,杂色的人生横亘在我的眼下,船过必司该海湾的那天,天时骤然起了变化:岩片似的黑云一层层累叠在船的头顶,不漏一丝天光,海也整个翻了,这里一座高山,那边一个深谷,上腾的浪尖与下垂的云爪相互的纠拿着;风是从船的侧面来的,夹着铁梗似粗的暴雨,船身左右侧的倾欹着。这时候我与叔和在水发的甲板上往来的走——那里是走,简直是滚,多强烈的震动!霎时间雷电也来了,铁青的云板里飞舞着万道金蛇,涛响与雷声震成了一片喧阗,大西洋险恶的威严在这风暴中尽情的披露了,"人生",我当时指给叔和说,"有时还不止这凶险,我们有胆量进去吗?"那天的情景益发激动了我们的谈兴,从风起直到风定,从下午直到深夜,我分明记得,我们俩在沈酣的论辩中遗忘了一切。

今天国内的状况不又是一幅大西洋的天变?我们有胆量进去吗?难得是少数能共患难的旅伴;叔和,你是我们的一个,如何你等不得浪静就与我们永别了?叔和,说他的体气,早就是一个弱者;但如其一个不坚强的体壳可以包容一团坚强的精神,叔和就是一个例。叔和生前没有仇人,他不能有仇人;但他自有他不能容忍的对象:他恨混淆的思想,他恨腌臜的人事。他不轻易斗争;但等他认定了对敌出手时,他是最后回头的一个。叔和,我今天又走上了风雨中的甲板,我不能不悼惜我侣伴的空位!

十月十五日